WANN

BIN

ICH

EIGENTLICH

ERWACHSEN

Ömchen in zärtlichem Andenken gewidmet
und für meinen Sohn Mathias geschrieben.

Gilt es denn so wenig,
die Sonne genossen zu haben,
im Frühling froh gewesen zu sein?
M. A.

Herstellung: Libri Books on Demand
ISBN 3-8311-1138-3

Beim Schreiben dieser kleinen Erzählungen
aus meinem Leben habe ich mich auf den Weg
in meine Vergangenheit gemacht.
Ich schrieb das auf, was aus dem Dunkel
des Vergessens hervortrat.
Dabei gab ich mir Mühe, redlich zu sein.
Die Auszüge aus dem Tagebuch meines Vaters
sind wörtlich entnommen.
Ich habe von vielen Menschen geschrieben.
Von denen, die mich prägten,
und denen, die meinen Weg nur streiften.
So habe ich versucht, im Rahmen meines
kleinen persönlichen Schicksals
ein Stück Zeitgeschichte festzuhalten.
Nur so sind diese Zeilen zu verstehen.
Einige Namen wurden von mir willkürlich
geändert.

E. H.

INHALTSVERZEICHNIS

Kinderjahre

Kriegsjahre

Nachkriegsjahre

Blick durch den Rückspiegel

TEIL 1

Kinderjahre

Das Ömchen heißt Ömchen. Die andere Großmutter heißt Großmutter. Ömchen bringt uns immer etwas mit, wenn sie aus Wildungen zu Besuch kommt.

Großmutter nie. Sie will sich die Liebe ihrer Enkel nicht mit Geschenken erkaufen. Sagt sie.

Mutter schärft mir ein, ehe Großmutter kommt, nicht zu fragen, ob sie mir was mitgebracht hat.

Ich tue das auch nicht, sehe aber unentwegt zu ihrer Tasche hin - in der Hoffnung, es könnte schließlich doch etwas drin sein.

Mein liebes Kind! Sagt Großmutter.

Ömchen sagt nur: Kind! Und das ist mehr.

Die Großmutter tut ständig etwas Nützliches.

Ömchen tut nichts und hat das ganze Gesicht voll Lachfältchen.

Die Großmutter ist sozial eingestellt.

Ömchen auch, nur, sie spricht nicht darüber.

Die Großmutter wohnt in Kassel. Ich kann mich an ihre Wohnung nicht erinnern. Ömchen wohnt in Wildungen. In einer Dreizimmerwohnung. An der Brunnenallee. Ich erinnere mich an jeden Winkel dort.

Sie wohnt mit dem Trienchen zusammen. Das Trienchen ist ihr Faktotum.

Was ist ein Faktotum, frage ich Mutter. Ein Faktotum ist . . . ja, was ist eigentlich ein Faktotum, fragt sie Vater weiter. Ein guter Geist im Haus, sagt Vater.

Aber da stimmt etwas nicht, denn ich weiß, dass Ömchen neulich zu Trienchen gesagt hat, es wäre von allen guten Geistern verlassen.

Trienchen war die Amme von Tante Käte, der Schwester von Mutter.

Eine Amme? Was ist das?

Sie hat der Tante Käte, als die noch klein war, Milch aus ihrem Busen gegeben.

Hatte denn Ömchen keinen Busen? Doch, aber da war keine Milch drin.

Jedenfalls, stelle ich fest, jetzt hat Ömchen einen Busen und Trienchen hat keinen mehr, weil sie alle Milch fortgegeben hat.

In der Wohnung von Ömchen riecht es immer nach Bohnerwachs, Bohnenkaffee und getrockneten Tannenzapfen, die Trienchen unter dem Herd liegen hat. Im Wald hat sie alle aufgesammelt. Fürs Feuermachen.

Ich habe diesen Geruch gerne, denn da, wo es so riecht, da wohnt mein Ömchen.

Trienchen kniet meist auf der Erde und reibt Bohnerwachs in die Holzdielen. Das Schild 'Frisch gebohnert' bleibt im Treppenhaus ständig hängen. Es stimmt immer.

Die Kaffeekanne steht von morgens bis abends auf dem Herd. Das ist ein Tröpfchen! sagt Trienchen und gießt sich ihren Emaillebecher voll. Das ist ein Tröpfchen! In der Gießtülle der Kaffeekanne steckt ein Stück Brotrinde. Weil sie Rinden nicht mehr kauen kann, schneidet Trienchen sie immer ab. Und davon steckt sie dann ein Stück in die Kaffeekanne. Damit der Kaffee warm bleibt.

Trienchen hat Augen, die rot und entzündet sind und immer tränen.

Auch dann, wenn sie lacht.

Ömchen sagt, sie soll nicht daran kratzen. Aber sie tut es doch. Sie kratzt immer. Und die Nase wischt sie sich am Handrücken ab, wenn sie nass ist. Das soll sie auch nicht, sagt Ömchen, wegen der Hygiene.

Trienchen kann alle Menschen nicht leiden. Außer uns.

Besonders die nicht, die noch im Haus wohnen.

Und den Kaufmann Bach. Den auch nicht. Den ganz besonders nicht.

Der betrügt, sagt sie. Alle betrügen, sagt sie.

Nur uns hat sie lieb. Wir sind gut, sagt sie.

Aber alle anderen Menschen sind böse. Schlecht und böse.

Aber das ist doch Unsinn, Trienchen, sagt Ömchen. Aber Trienchen lässt sich nicht davon abbringen. Alle Menschen sind böse.

Außer uns.

Niemand kann so gut Kartoffelpuffer backen wie Trienchen. Mit Apfelmus für die Kinder, mit Kaffee für die Großen.

In der Nähe von Ömchens Wohnung sind Verkaufspavillons mit Halbedelsteinen aus Idar-Oberstein. Ich habe noch nie so etwas Schönes gesehen. Ömchen geht mit mir dorthin und bleibt so lange stehen, bis ich mich sattgesehen habe an der ganzen Pracht.

Wenn das Wetter schön ist, bekomme ich nachmittags mein Sonntagskleid an, die weiße Haarschleife auf den Kopf und die guten Sandalen an. Dann gehen wir in den Kurpark, der nur ein paar Minuten entfernt ist. Ömchen und ich. Wir setzen uns vor die Musik, hören die Petersburger Schlittenfahrt und Donna Diana und ich spiele mit weißen Kieselsteinen, da, wo die Leute wahrscheinlich nicht hingespuckt haben. Ich füttere die Goldfische in dem Teich, in den ganz früher einmal Mutters Puppe hineingefallen und ertrunken ist. Dann hole ich mir einen Becher Brunnen, den ich mit einem Glasröhrchen trinke. Genau so, wie die ganz feinen Kurgäste dort.

Dann gehen wir wieder nach Hause, und wenn wir die Treppe zu Ömchens Wohnung hochsteigen, riecht es nach frischem Bohnerwachs.

In der Wohnung unter Ömchen wohnt Frau Bär.

Frau Bär hat einen Jungen, der Herbert heißt, aber sie hat keinen Mann.

Soviel ich weiß.

Sie wird mit ihrem Herbert nicht fertig. Nur Ömchen würde mit ihm fertig, sagt Frau Bär. Denn Ömchen hätte Autorität.

Frau Bär läuft mit einem Rohrstock hinter ihrem Herbert her. Immer um den Tisch herum. Aber sie kriegt ihn nicht, denn Herbert ist schneller als sie. Dann streckt er ihr die Zunge heraus und macht bähh!

Ich habe so etwas noch nicht gesehen und kann es einfach nicht vergessen.

Der Herbert ist aber ein Böser, sage ich zu Ömchen. Aber Ömchen sagt, dem fehlt nur Spielen und Lachen. Ich verstehe die Welt und Ömchen nicht mehr!

Wenn Du wieder nach Hause fährst, darfst Du Dir etwas von meinem Vertiko aussuchen, sagt Ömchen. Qualvolles Entscheiden!

Traumhaft schöne Sachen! Ein Kästchen mit bunten Muscheln beklebt. Ein Hütejunge aus Porzellan mit einem Stock in der Hand und einer Gans am Fuß. Ein Seehund mit richtigem Fell und Glasaugen. Und eine bizarr-gezackte, weißrosa Muschel, aus der man das Meer rauschen hört, wenn man sie ans Ohr hält. Stundenlang stehe ich davor.

Schließlich entscheide ich mich für die Muschel, denn da hat man gleich zweierlei: Das Meeresrauschen und die schöne Muschel.

Noch jahrelang stand ich unter dem Zwang der quälenden Ungewissheit, ob ich mich auch richtig entschieden hatte, als ich die Muschel nahm.

In dem Haus, wo jetzt die Hilfsschule ist, direkt neben den Teichen an der alten Stadtmauer, bin ich geboren.

Da oben auf dem Balkönchen bist du auf die Welt gekommen, sagte meine Mutter, wenn wir an dem Haus vorbeikamen. Ich glaubte das mit dem Balkon auch, solange, bis ich es der Brünhild, meiner Freundin, mal erzählte. Aber die sagte mir, sie wüsste ganz genau, dass man Kinder nicht auf einem Balkon bekäme. Abends, als ich schon im Bett lag, fragte ich Mutter danach, denn die musste es ja schließlich wissen. Aber Mutter stand vor der Heizung und klapperte etwas verlegen mit ihrem Ring zwischen den Heizungsrippen hin und her und meinte, ich könnte das jetzt noch nicht verstehen. Wenn es so weit wäre, dann sprächen wir noch mal darüber. Von diesem Augenblick an war alles, was mit dem Wort 'Geburt' zusammenhing, für mich etwas höchst Unanständiges, jedenfalls etwas, worüber man nicht spricht.

Nur einmal habe ich mich meinem Ömchen anvertraut und gesagt, ich glaubte, dass mein Lehrer sehr unanständig wäre, denn er hätte vor allen Kindern von einer 'großen Gebärde' gesprochen. Stell dir das vor!

Das kleine Mädchen auf dem vergilbten Bildchen, das bin ich an meinem zweiten Geburtstag. Ich stehe neben dem Sandkasten in unserem Garten und habe auf den weißblonden Ringellocken ein Kränzchen aus frischen Frühlingsblumen. Ein solches Kränzchen hatte mir die Tante Hanni, meine Patentante zum 25. April, meinem Geburtstag, gebunden. Sie konnte das, denn sie war Gärtnerin. Und ihren Garten liebe sie über alles, sagte sie, deshalb hätte sie auch nie geheiratet, denn, stellt euch vor: Jeden Tag dasselbe Gesicht in derselben Sofaecke!

13

Auf diesem Bild macht das kleine Mädchen noch kein Geburtstags-
lächeln. Es blickt ernst auf seine drei Brüder, die in dem Sand armlange Löcher
graben. Walter der Große, Richard der Mittlere und Gerhard.

Ein niedliches Kind, das Geburtstagskind!

Der Mund ist eine kleine Schnute. Deshalb nannte mich meine Mutter immer
'Schnütchen'. Aber so hieß ich nur, bis ich zur Schule kam. Dann fing nämlich
ein anderes Leben an und ich wurde 'Elsbeth' genannt. Wenn es aber um etwas
ganz Ernstes ging, nannte mein Vater mich 'Elisabeth'. So bin ich getauft, aber
eigentlich nie genannt worden. Elisabeth hat für mich so etwas, wie: Sag mal,
was hast du dir eigentlich dabei gedacht und ich bitte mir aus, dass das nicht
wieder vorkommt. Aber ich bin selten so genannt worden.

Der Sandkasten war in unserem Garten etwa dort, wo heute die Eingangstüre zu
unserem Häuschen ist. Eingerahmt war der Spielplatz von einer dichten Hecke
mit zuckersüßen Zwergstachelbeeren, hinter denen der Kump stand. Dieser
Kump war eine breite, runde Regentonne aus Zement, über der immer ein
Holzgitter lag, wie ein Deckel, damit der Regen hindurch, aber kein Kind
hineinfallen konnte.

Dieses Holzgitter hatte der Herr Pape noch gemacht, der alle Schreinersachen
für meinen Vater arbeitete. Auch das große Apfelgestell im Keller. Danach hat
er sich aufgehängt. Nicht wegen dem Apfelgestell. Das Aufhängen hätte er auch
so getan.

Dann hatten wir keinen Schreiner mehr und mein Vater hat immer wieder
gesagt, dass es ein Jammer wäre um diesen prachtvollen Pape.

Zu unserem Garten gehörte auch Bingo, unser Schäferhund, und ein
Hühnerpferch, in den, solange wir Hühner hatten, zweimal der Marder
eingebrochen ist. Jedes Mal hat er dabei Hühner mitgenommen. Das erste Mal
war das nicht so schlimm, aber das zweitemal passierte es im Krieg, als wir alle
Hunger hatten und unsere Hühner amtlich gezählt waren.

Das war schlimm.

Der Bingo ist dann irgendwann an natürlicher Altersschwäche gestorben. Die
Hühner waren eines Tages, lange nach dem Krieg, als wir wieder satt zu essen
hatten, auch nicht mehr da. Aber der Marder, oder einer seiner Nachkommen,
versucht noch heute im Herbst, wenn es kalt wird, unter den Ziegeln
durchzuschlüpfen und auf unseren Dachboden zu kommen.

Solange ich denken kann, hatten wir auch Kaninchen, für die wir Kinder das
Futter suchen mussten. Damals schrieb mein großer Bruder seinen berühmten

Schulaufsatz: 'Meine Sommerferien', der aus einem Satz bestand: 'Ich war dreimal krank und habe Hasenfutter gesucht!'

Der Garten selbst war in zwei Teile eingeteilt. In den Blumengarten, für den Mutter zuständig war, und in den Gemüsegarten, den Vater bearbeitete. Deshalb sagte mein Vater häufig, dass er in seinem Leben immer mehr für das Praktische, als für das Schöne gewesen wäre, dabei sah er dann schmunzelnd seine Frau an.
An dieser Stelle lachte ich. Nicht, weil ich den Witz verstanden hatte, sondern, weil ich die Sache mit dem Praktischen und Schönen schon oft gehört hatte und deshalb aus Erfahrung wusste, dass die großen Leute jetzt lachen würden.

In der Küche herrschte unser Dortchen.
Das Dortchen war das 'Mädchen'. Sie hatte, wie alle Dienstmädchen damals, ein bescheidenes Kämmerchen, war immer da und für alles im Haus zuständig. Sie wusste, wo alles lag, was wir suchten. Sie dachte vor der Schule an meinen Turnbeutel und an das Geld für die Pausenmilch. Sie sang mit mir Weihnachtslieder, wenn wir bergeweise Plätzchen backten, und von ihr erfuhr ich, dass die Kinder nicht aus dem Nabel kommen, dass ein Vater immer die wichtigste Person in der Familie ist, weil er der Hausherr ist, und dass alles, was er sagt, richtig ist, und dass sich am Hasenhüttchen manchmal ein nackter Mann herumtreibt.
Mein Dortchen gehört zur Familie, sagte meine Mutter und schenkte ihr zu Weihnachten etwas 'Praktisches'. Bettwäsche und Handtücher und Sachen, von denen ich meinte, dass man sich über so etwas gar nicht freuen könnte.
Dortchen aß, wie alle Mädchen, in der Küche und kam während der Mahlzeiten nur dann herein, wenn Mutter auf den silbernen Klingelknopf, der über dem Esstisch an der Lampe hing, gedrückt hatte. Einmal klingeln hieß: Wir möchten noch was, zweimal hieß: Abdecken.

Einmal bin ich von unserem Bingo gebissen worden. Und das kam so: Der Bingo lag gerne auf der Fußmatte unter der Kellertreppe. Ich setzte mich, wenn ich Lust hatte, immer mal zu ihm, spielte mit ihm, streichelte ihn und merkte, dass er sich darüber freute. Außerdem hatte er Zeit und ich auch.
Wir waren gute Freunde, der Bingo und ich. Manchmal kroch ich auch zu ihm in die Hundehütte, aber das war dann sehr eng und ist außerdem eine andere Geschichte.
Jedenfalls, als er wieder eines Sommertages so auf seiner Matte lag und alle Viere von sich gestreckt hatte, setzte ich mich zu ihm und kraulte ihn. Erst seine Ohren. Dann die Pfoten, die er weit von sich gestreckt hatte. Dabei sah ich, zum ersten Mal eigentlich, unten an seinem Bauch etwas, was mir bis dahin noch nie

15

so recht aufgefallen war. Ich fasste es an, so, wie ich auch seine Ohren anfasste, aber da sprang er, wie vom Blitz getroffen, auf und kniff mich in mein Bein, direkt oberhalb von meinen weißen Ringelsöckchen. Es blutete ja nicht weiter, aber man konnte es ganz deutlich sehen und vor allen Dingen hatte ich doch einen gewaltigen Schrecken bekommen, denn so was war mir mit dem Bingo doch noch nie passiert!

Ich habe es dann dem Dortchen erzählt.

Das hat so etwas gelacht und hat gesagt, dass der Bingo ein Hundemann ist und an diesem Punkt sehr empfindlich wäre. Und außerdem hätte das kein Mann gerne, wenn man ihn an diese Stelle fassen würde. Das sollte ich mir mal merken! Das Dortchen wird es schließlich wissen!

Jeden Sonntag Mittag nach dem Aufwaschen hatte unser Dortchen Ausgang bis zum Abendessen. Das war bei Heckmanns Marie und bei Frickes Anna genauso. Alle drei Mädchen hatten auch einen Schatz, der sonntags zur Essenszeit erschien, sich in die Küche setzte und wartete, bis alles fertig war. Dann gingen sie zusammen aus.

Der Schatz von unserem Dortchen hieß Hein. Er kam aus Kalkobes, aus dem gelben Haus, da, wo der Hohlweg anfängt, der zum Bärbchen geht. An einem Sonntagnachmittag hat mich das Dortchen mit nach Hause zu seinem Hein genommen. Die Mutter von ihm hatte Berge von Kuchen gebacken und sagte ständig mit einer schrecklich lauten Stimme zu mir:

Als gegesse! Als gegesse! Dir schmeckt's wohl nicht bei uns?

Ich konnte und konnte aber den Kuchen nicht hinunterschlucken, weil ich einen dicken Kloß im Hals fühlte, der dicker und immer dicker wurde. Ich dachte, der Hals ginge mir zu. Aber in dem Augenblick, als aus meinen Augen ein Tränenstrom kam, löste sich der Kloß etwas. Ich weinte dann so lange, bis das Dortchen aufstand, mich an der Hand nahm und wieder nach Hause brachte. Da war auch der Kloß wieder weg.

Bald danach heiratete sie den Hein und am Abend, ehe sie von uns wegging, sah ich, dass meine Mutter ganz verweinte Augen hatte und das Dortchen auch. Mein Vater klopfte dem Dortchen auf die Schulter und sagte zu ihrem Hein, der daneben stand, dass er eine Perle als Frau bekäme. Und ob er das auch wüsste? Eine Perle!

Richtig aufgewachsen bin ich eigentlich bei Frickes. Die wohnten schräg gegenüber, ein Stück den Berg hinunter und einmal um die Serpentine.
Der Dietrich war etwas älter als ich und die Brünhild ein paar Monate jünger. Ich war also mittendrin.
Und das nicht nur, was das Alter anging, sondern auch so.
Der Dietrich hat in meine Kinderkaffeemühle gepinkelt. Nur mal so. Und weil er wissen wollte, wie das geht, wenn man da oben reinmacht und alles mit dem Schublädchen wieder herauszieht. Es war aber mehr, als in das Schublädchen ging. Mach ich wieder weg, sagte er, während er sich seine Hose zuknöpfte.
Im Sommer haben wir meist im Garten gespielt. Im Winter oben auf der Diele. Wenn die Brünhild beim Spielen am Verlieren war, sagte sie: Ich muss mal! Dann ging sie weg und kam nicht wieder.
Und dadurch hat sie nie verloren.
Einmal hat in Frickes großer Spielkiste ein Zweipfennigstück gelegen, das beim Auskippen der Kiste vor meinen Stiefel rollte. Ich weiß noch genau, wie ich dann mit meiner Fußspitze daraufgetreten bin und so das Geldstück plötzlich nicht mehr zu sehen war. Als dann einen Moment keiner guckte, habe ich das Geld in meine rechte Schürzentasche gesteckt und wusste in diesem Moment genau, dass ich nun ein Dieb war.
Zu Hause beim Mittagessen und immerzu musste ich daran denken, dass ich gestohlen hatte. Richtig gebrannt hat es in meiner Tasche! Am Nachmittag habe ich das Geld dann so heimlich, wie ich es fortgenommen habe, wieder in die Spielkiste zurückgetan.
Aber ich weiß noch genau, dass das viel schwerer war, als das Wegnehmen und dass ich heilfroh war, als ich es wieder los war.

Das Schönste bei Frickes waren die Geburtstage.
Da gab es Spritzkuchen eine ganze Schüssel voll. Eine Schüssel, so groß wie die, die bei meinen Eltern im Schlafzimmer auf dem Waschtisch stand. Wir waren damals noch nicht so vollgestopft und satt wie heute und gingen mit unverdorbenem Magen an diese Genüsse. Wir freuten uns das ganze Jahr darauf und durften davon essen, solange und soviel, bis wir rundum satt waren.
Am fünften Januar hatte Brünhild Geburtstag. Wenn wir mit dem Kaffeetrinken fertig waren und uns den Bauch mit Kuchen vollgeschlagen hatten, wurde der Weihnachtsbaum geplündert. Dazu setzten sich alle Kinder und auch die großen Leute im Halbkreis um den Baum. Um sich nun von all den Herrlichkeiten, die daran hingen, etwas aussuchen zu dürfen, musste jeder etwas zum Besten geben. Das galt für die Kinder ebenso wie für die Großen. Jeder das, was er grade konnte. Ein Gedicht aufsagen, singen, oder eine Geschichte erzählen. Es durfte auch ein Purzelbaum sein. Danach jedenfalls hatte man die freie Auswahl für ein

Stück   vom   Baum.   Einen Schokoladenring oder eine Kugel, ein Glöckchen oder Engelchen: alles für uns traumhafte Köstlichkeiten.

An einem solchen Geburtstag, als es gegen Abend schon ganz finster war, hing plötzlich ein brennendes Körbchen draußen vor dem Wohnzimmerfenster. Rund um den Körbchenrand steckten brennende Kerzen und im nächtlichen Hintergrund fielen dicke Schneeflocken zur Erde. Unvergessliches Erlebnis! In dem Körbchen selbst lagen allerlei kleine Herrlichkeiten für uns Kinder.

Die Tante Fricke hatte dieses nächtliche Wunder zuerst erblickt, war ans Fenster gelaufen und hatte gerufen: Ja, was ist denn da? Ein Himmelskörbchen! Dann machte sie das Fenster auf und schnitt mit einer langen Schere, die ganz zufällig auf dem Fensterbrett lag, die Schnur, an der das Körbchen vom Himmel heruntergelassen war, durch. Ich weiß, dass ich mich von der leuchtenden Faszination dieses Nachweihnachtswunders gar nicht trennen konnte. Ich stand wie gelähmt im Hintergrund, während alle Kinder aus dem geöffneten Fenster noch: Danke, liebe Engelchen, zum Himmel riefen. Dietrich, der sehr viel schneller Herr der Situation war, lehnte sich aus dem Fenster und griff nach oben, um des anderen Seilendes noch habhaft zu werden. Aber das hatten, wie man sich denken kann, die Engelchen mittlerweile wieder in den Himmel zurückgezogen.

Aber in einem Jahr, da gab es keinen fünften Januar und auch keinen Geburtstag von Brünhild. Und kein Garnichts. Und das kam so:

Die Brünhild hatte aus dem Badezimmerfenster gucken wollen. Damals war sie aber noch nicht groß genug, um an das Fenster zu kommen. Sie stieg dazu auf 's Klo. Dabei ist sie ausgerutscht und in die Kloschüssel getreten und die hat dann einen großen Sprung gehabt. Und weil die Brünhild dann auch noch gelogen hat, sie wäre das nicht gewesen, das mit der Kloschüssel und mit dem Fenster, da wurde ihr Geburtstag einfach nicht gefeiert. Nicht gratuliert. Vergessen. Gestrichen. Ganz einfach. Und Spritzkuchen hat es natürlich auch keinen gegeben, auf den wir uns schon so lange gefreut hatten.

Als ich Mumps hatte und im Bett lag, kam unsere erste Katze. Plötzlich war sie da und wir hatten eine Katze.

Die Tante Calla hatte sie aus Wildungen mitgebracht und war mit ihr im Bummelzug über Treysa nach Hersfeld gefahren. Dazu hatte sie in eine Pappschachtel große Löcher geschnitten, damit die Katze genug Luft auf der langen Reise bekam. Aber im Laufe der Fahrt wurde der Boden des Kartons weich und weicher und löste sich schließlich auf.

Dadurch bekam die Katze ihre Freiheit wieder und wurde für den Rest der Reise auf dem Arm transportiert, wofür sich die Tante dann in das Abteil für Reisende mit Traglasten setzen musste.

Es war eine schöne, junge Katze. Schwarz-weiß mit grünen Augen. Sie wurde mir aufs Bett gelegt und damit hatte sie Einzug in unsere Familie gehalten.

Sie sollte die Stammmutter von vielen Katzengenerationen werden. Als sie an einem Muttertag ihre ersten Jungen bekam, war ich ganz zufällig dabei. Sie lag in ihrem Körbchen unter dem Herd, das Mädchen hatte Ausgang, es war Mittagszeit und die Eltern schliefen. Da sah ich, wie unserem Kätzchen plötzlich das erste Junge aus dem Leib kroch. Wie eine nasse Maus kam es da heraus und wurde gleich von der Mutter geleckt. Wie erstarrt betrachtete ich das Ganze. Ich war natürlich völlig unvorbereitet und ahnungslos. Als das nächste Junge geboren war, lief ich, wie von Sinnen vor Aufregung, zu Frickes.

Unsere alte Katze kriegt gerade Junge! Ganz nass kommen sie da heraus! Dietrich verstand sofort. Er versprach mir einen Drehbleistift, wenn ich ihn mitnähme und ihm alles zeigte.

Drei kleine Kätzchen waren mittlerweile geboren. Mehr kamen aber nicht. So gab es also auch nichts mehr zu sehen, als nur eben die kleinen Katzen. Das fand Dietrich aber nichts Besonderes mehr und deshalb gab er mir auch den versprochenen Drehbleistift nicht.

Was ich nun wieder sehr ungerecht fand.

Einmal in meinem Leben habe ich eine Trompete besessen. Aber das hat nicht lange gedauert und kam so:

Am heiligen Abend, ehe bei uns so richtig Weihnachten anfing, wurde ich immer zu meiner Patentante Hanni geschickt, wo ich beschert wurde. Unter dem Wort 'beschert' konnte ich mir nichts Genaues vorstellen. Sicher war nur, dass ich mit dem Ziel hinging, mir mein Weihnachtsgeschenk abzuholen.

In diesem Jahr handelte es sich um eine goldene Trompete, die mit einer glänzenden Kordel umwickelt war. Diese Kordel endete wiederum in einer dicken, schillernden Quaste, die von der Trompete herunterhing.

Der Weihnachtsbaum brannte, es war sehr feierlich und meine schöne Trompete funkelte im Schein der vielen Kerzen.

Ich sehe sie noch ganz genau vor mir.

Aber eine Trompete ist nicht nur zum Ansehen da, sondern zum Blasen. Das wusste ich und tat es auch, soweit ich eben Luft hatte. Wie viel Luft aber, das wollte ich damit ausprobieren, ob ich wohl mit meiner Trompete eine Kerze würde ausblasen könne. Ich ging dazu also ganz nahe an den Weihnachtsbaum heran, so, dass die Luft aus meiner Trompete direkt auf eine brennende Kerze treffen musste.

Worauf ich dabei aber nicht achtete, war, dass unter dieser Kerze noch eine weitere brannte, deren Flamme mit der Wollquaste eine innige Berührung

einging. Worauf diese zu brennen anfing. Ehe ich das Ganze aber richtig begriffen hatte, schlug mir die Tante Hanni die Trompete aus den Händen.
Wo sie sie mir doch grade erst geschenkt hatte!
Was dann kam, ging noch schneller. Ich hörte von meiner schönen neuen, glänzenden Trompete nur noch ein kurzes ächzendes Metallgeräusch und sah, wie der Schuh von Tante Hanni sie auf dem Fußboden total platt trat.
Meine Weihnachtsbescherung war hier damit für dieses Jahr beendet und ich musste ohne Trompete nach Hause gehen.
Das ist ja eine schöne Bescherung, sagte Mutter, nachdem ich ihr alles erzählt hatte. Und seitdem weiß ich nun auch, was Bescherung ist.

Den Tag, an dem ich in die Schule kam, habe ich vergessen. Ich glaube, man nennt so etwas Verdrängung.
Jedenfalls erinnere ich mich an nichts mehr. Nicht mal an die große Zuckertüte, die das kleine Mädchen auf dem Foto, was an diesem Tag gemacht wurde, in seinem Arm trägt. Ich entdecke auf dem Bild kein vergnügtes Schulkindgesicht. Dieses kleine Mädchen sieht traurig aus, so, als hätte es ein großes Weinen in sich.
Es hat einen mittelblonden Pagenkopf und schaut betrübt zur Erde. Im Arm hält es die Schultüte. Das Kleidchen ist aus Baumwolle und hat ein rundes Krägelchen.
Alle meine Kleider, die ich in diesen Jahren trug, hatten diese Form. Es war die einzige, die Mariechen Pape nähen konnte.
Seit ihr Vater, der prachtvolle Schreiner, tot war, kam Mariechen oft und nähte Kleider, Schürzen und Nachthemden für die ganze Familie. Wenn sie zum Nähen kam, war das immer ein Fest für mich. Schon morgens zum Frühstück war sie da, spreizte beim Kaffeetrinken den kleinen Finger weit von der Tasse ab und sagte jedes Mal, wenn sie sich etwas nahm, ich bin so frei.
Diese Vornehmheit beeindruckte mich nachhaltig. Ich durfte, wenn sie nähte, das Handrad an der Maschine drehen, denn es gab damals noch keine elektrischen Nähmaschinen.
Und überhaupt ging alles etwas langsamer und gemütlicher zu.

Eine Königin hat mir Lesen und Schreiben beigebracht. Die Lehrerin hieß Fräulein König. An meinem ersten Schultag soll ich mich nicht von der Seite meiner Mutter gewagt haben. Als die Mütter gebeten wurden, für zehn Minuten die Kinder mit der Lehrerin allein zu lassen, hätte ich Mutter mit tränenvoller Stimme nachgerufen: Grüß' den Vater noch mal von mir! Außer Fräulein König hatten wir noch den Herrn Henning im Singen. Der hatte nur einen Arm. So etwas hatte ich noch nie gesehen und erzählte es zu Hause. Mein Vater erklärte mir, Herr Henning hätte seinen Arm im Krieg verloren. Ich weiß noch, dass ich mir lange Zeit überlegte, wo er wohl seinen Arm verloren haben könnte. Man lässt doch schließlich nicht irgendwo einen Arm liegen!

Aber im Krieg war ja vieles möglich.

Bei Fräulein König war die Welt für mich noch in Ordnung. Auch die Schule. Auf der einen Seite in der Bank saß neben mir die Meta, mit der ich über alles sprechen konnte und sie mit mir. Sie wohnte im Lierloch, wo auch unsere Zeitungsfrau zu Hause war.

Eines Tages vertraute Meta mir etwas an. Um mir dieses Geheimnis zu sagen, rückte sie ganz nahe an mich heran und flüsterte es mir ins Ohr: Du, mein Onkel ist ein Kommunist! Ist das etwas, worüber man nicht sprechen darf und was Kinder noch nicht verstehen können? Das weiß ich nicht. Nur, dass es etwas Schlimmes sein muss, das weiß ich.

Mit der Lene, die auf der anderen Seite von mir saß, habe ich meine ersten Tauschgeschäfte gemacht. Jeden Morgen gab ich ihr mein Geld für die Pausenmilch, was ich von zu Hause mitbekam. Dafür versprach sie mir, irgendwann mal eine Tüte voll von den glänzenden, gestickten Zigarettenblumen mitzubringen. Brav lieferte ich Morgen für Morgen mein Geld ab. Wann bringst Du mal die Tüte mit? – Bald!

Es dauerte lange, lange Zeit. Aber eines Tages war es soweit. Noch heute sehe ich die große Tüte, gefüllt mit den herrlichsten Stoffblumen aus den Zigarettenpäckchen. Die Lene riet mir aber, sie niemandem zu zeigen, oder etwas darüber zu sagen. Wegen Deinem Pausenmilchgeld und wegen Dir zu Hause. Weißt schon. Ich wusste. Und es leuchtete mir ein.

Als es zur nächsten Pause läutete, gab mir die Lene noch einen guten Rat. Ich sollte die Tüte am besten während der Pause unter meine Schulbank in die rechte Ecke legen, so zwischen unsere beiden Ranzen. Denn man weiß nicht, wer so alles in der Pause in die Klasse kommt. Auch das leuchtete mir ein und ich war froh über diesen Rat, denn ich selbst wäre doch gar nicht auf diese Idee gekommen. Ich machte alles so, wie sie es mir geraten hatte. Als ich dann vom Schulhof zurückkam und nach meiner Tüte griff, war sie verschwunden. Sofort vertraute ich natürlich Lene meinen Schrecken an, denn außer ihr wusste doch niemand etwas von unserem Geschäft. Da hatte sie wieder einen sehr guten Rat für mich: Guck Dir mal alle Kinder aus der Klasse ganz genau an. Das Kind, was dann nicht so ganz richtig zurückschaut und dabei womöglich noch etwas rot im Gesicht wird, das hat Dir Deine Blumen gestohlen.

Ich habe alle Kinder angesehen. Aber alle haben ganz richtig geguckt und keins ist rot dabei geworden.

Ich habe also trotz dieses guten Rates meine Tüte nicht wieder bekommen. Meine Zigarettenblumen sind für immer verschwunden geblieben. Aber vergessen habe ich sie nie!

Ganz in der vordersten Reihe saß ein Mädchen, das war die Faule. Das Möllers Marta. Das war so faul und dumm, dass wir immer über sie lachen mussten. Und das Fräulein König auch.

Wenn wir mittags unser Nachhause-Lied sangen:

'Unsern Eingang segne Gott – unsern Ausgang gleichermaßen. Segne unser täglich Brot, - segne unser Tun und Laaassen . . .', da hat das Möllers Marta gar nicht richtig mitgesungen, sondern nur gebrummt. Wie das Mensch brummt, sagten alle. Brummer, brumm noch mal, riefen die Kinder hinter ihr her. Und einmal, als sie das Gebet sprechen sollte, 'Wie fröhlich bin ich aufgewacht . . .', da hat sich die Marta wieder in die Bank gesetzt, die Hände vors Gesicht gehalten und sich geschämt. Vielleicht hat sie auch geweint. Aber das weiß ich nicht so ganz genau.

Jedenfalls einmal, als sie wieder ihre Aufgaben nicht gemacht hat, ist das Fräulein König böse geworden und hat gesagt, jetzt müsste sie aber doch den Rohrstock holen. Und das nächste Mal krichsterse!! Und dann hat sie den großen Schrank aufgemacht, wo die Tintenfässer und der Spucknapf drin waren, hat den Rohrstock rausgeholt und hat ihn auf ihr Pult gelegt. So, dass wir ihn alle sehen konnten.

Das Marta hieß nicht die Marta, sondern das Marta. Und das Mensch. Nicht der Mensch. Ich musste das damals ja auch erst alles lernen. Das Marta kam von Bingartes, was es heute nicht mehr gibt, denn da stehen jetzt die vielen Häuser und Fabrikgebäude von Hoechst.

Jedenfalls, an der Stelle, wo heute die großen Hallen und der hohe Wasserbehälter und die betonierten Straßen sind, da war damals Bingartes. Und das war eine schöne Domäne mit vielen Feldern und Äckern, Wiesen, Bäumen und Büschen. Und wenn zum Winter die Fulda Hochwasser hatte und die Wiesen überschwemmt waren, dann konnten wir, wenn alles zugefroren war, bis nach Bingartes Schlittschuhe laufen. Im Sommer dann, wenn wir von der Schäferei Johannesberg durch die Wiesen und Felder herunterkamen, dann wanderten wir über Bingartes heim. Alle Leute, die uns unterwegs begegneten, zogen ihre Mützen und die Kinder machten einen Knicks, wenn mein Vater mit uns daher ging, denn sie kannten ihn, weil er nämlich der Bürgermeister war. Aber mir war das egal, denn ich hatte immer Durst und fragte, ist denn hier gar kein Würzhaus in Bingartes, da, wo das Marta herkommt?

Martas Mutter war eine Magd auf der Domäne und einen Vater hatte sie nicht. Ich wusste nicht, dass es so etwas überhaupt gibt, dass man keinen Vater hat. Nicht mal einen gestorbenen. Die Brünhild hatte mir gesagt, das Schlimme wäre, dass es auch niemals einen gehabt hätte. Aber darauf konnte ich mir noch weniger einen Vers machen.

Wie anders war doch die Beate! Die beneidete ich nun wieder, denn die hatte Kleider an, wie ich sie mir immer wünschte, aber nie bekam, weil das Mariechen ja nicht anders nähen konnte, als so, wie meine Kleider eben waren.

Hin und wieder durfte Ruth vorne vor die Klasse kommen und ihr schönes Lied singen. Und das ging so:

Laura, Laura, let, (an dieser Stelle schnalzte sie mit der Zunge)
Ich schwärme für' s Ballett,
Ich schwärme für den Stern,
Ein jeder hat mich gern.
Ich trag' ein seid' nes Kleid, (Schnalzen)
'Nen Federhut so breit (große Bewegung um den Kopf)
Zwei Handschuh' aus Glacé (Streichen über den Handrücken)
Ein volles Portemonnaie. (Nun schlug sie sich auf eine Hinterbacke.)
Das war hinreißend!

Ich hätte mir glühend gewünscht, auch so ein schönes Lied zu können. Und dann vor der Klasse singen zu dürfen. Aber unser Dortchen kannte außer Weihnachtsliedern nur La Paloma, und das kannten schon alle.

Meine Mutter fand diese Art von Liedern überhaupt nicht schön, was für mich nun wieder unbegreiflich war.

Einmal durften wir eine Puppe mit in die Schule bringen. Wie sollten die aussuchen, die wir am liebsten von unseren Puppen hatten. Ich brauchte nicht lange zu suchen, denn ich hatte nur meinen Hansi. Der Hansi war mein Kind. Und ich liebte ihn so zärtlich, wie eine Mutter eben ihr Kind lieb hat. Tag für Tag war ich für Hansi da und er für mich. Immer habe ich mit meinem Hansi gespielt und er wurde auch nie durch eine andere, schönere Puppe verdrängt.

Die kleine Katze, die mir die Tante Calla Winkhaus auf mein Bett gelegt hatte, blieb bei uns und wurde von der ganzen Familie als ihr ordentliches Mitglied anerkannt.

Immer im Frühjahr und Herbst wurde ihr Körbchen in der Küche unter dem Herd für ein neues Wochenbettchen vorbereitet. Anschließend wurden alle Verwandten und Bekannten, die noch nicht im Besitze einer Katze von uns waren, mit einer jungen beglückt. Das ging so lange, bis diese Marktlücke ausgefüllt war und alle mit ihren eigenen Wochenbettchen zu tun hatten. Da entschlossen sich meine Eltern ein für alle Male ein Ende mit dem ewigen Katzenkriegen zu machen. Sie fragten unsere Schmandfrau, die Frau Stielmann aus Obergeis, die jede Woche mit frischem Rahm zu uns kam, ob sie unsere Katzenmutter vielleicht haben wollte. Frau Stielmann war eine gute Frau mit einem großen Bauernhof und vielen Mäusen und konnte aus diesem Grunde unsere Katze gut gebrauchen. Obergeis ist etwa 7 Kilometer von Hersfeld entfernt. Die Katze wurde also in einen Sack gesteckt, der Sack dann in die Köze getan, die Frau Stielmann immer auf dem Rücken trug und wo sonst ihre Sahnekanne drin war. So fuhr sie mit dem Fahrrad und der Katze auf dem Rücken nach Obergeis zurück.

Als es dann ans Abschiednehmen ging, wurde ich zu Brünhild geschickt. Ich habe aber bei Frickes aus dem Klofenster geguckt und gesehen, wie Frau Stielmann auf ihrem Rad und der Köze auf dem Rücken unseren Berg hinuntergefahren ist. Und von diesem Augenblick an konnte ich Frau Stielmann nicht mehr leiden.

Als ich wieder nach Hause kam, machte meine Mutter ein trauriges Gesicht und Dortchen putzte sich die Nase in den Schürzenzipfel und meinte, nun hätte sie sich grade so richtig an das Katzenviech gewöhnt.

Als Vater mittags nach Hause kam, fragte er nur: Die Katze? Fort!

Und dann hat beim Mittagessen keiner ein Wort gesprochen, aber ich glaube, alle haben dasselbe gedacht. Mein Vater wurde am selben Abend krank und musste mit Fieber ins Bett. Vier Tage später machte es an unserer Haustüre 'miau'! Schmutzig, struppig und abgezehrt von dem weiten Weg hatte unsere alte Katze in vier Tagen den weiten Weg zu uns wieder zurückgefunden. Unser Vater war von Stund an wieder gesund und die Katze blieb bei uns, bis sie gestorben war und ich weiß noch heute, wo wir sie beerdigt haben: Unter dem Mirabellenbaum, wo bereits eine andere Grabstelle war, mit einem Holzkreuz, auf dem stand: 'Hier ruht Fögelchen'.

Das Fritzchen hat mir als erster die Ehe versprochen. Wir waren beide sieben. Jeden Morgen trafen wir uns an dem Platz, wo früher das Kurhotel stand und gingen zusammen zur Schule.

In den Ferien bauten wir uns ein eigenes, richtiges Haus. Ganz für uns alleine. Hinten im Garten von Fritzchens Eltern. Wenn unser Haus fertig ist, dann heiraten wir, sagte der Fritz. Ich hatte keinen Grund, an ihm zu zweifeln.

Während der ganzen Sommerferien fuhren wir jeden Morgen mit einem kleinen Handwägelchen die lange Landstraße entlang in Richtung Asbach. Bis zur Ziegelei. Dort kannte der Fritz nämlich einen Arbeiter, der uns jedes Mal ein paar Backsteine in unseren Wagen legte. Die bekamen wir von ihm für unser Haus geschenkt. Denn der Fritz hatte diesen Mann informiert. Auch über unsere gemeinsame Zukunft.

Natürlich bestand bei uns nicht der ganze Tag nur aus Bauen.

Soll ich dir mal was zeigen, was du noch nie gesehen hast, fragte mich der Fritz einmal. Zeig her! Nein, heute Nachmittag erst. Warum erst heute Nachmittag? Weil es so etwas Besonderes ist. Und außerdem müssen wir dazu hinter Friedrichs Scheune gehen. Da zeige ich es dir. Ist es etwas, was man nur sehen kann, oder kann man es auch anfassen? Auch anfassen. – Wenn man sich traut natürlich nur!

Was ist das, fragte ich, als ich es sah.
Ein toter Molch!
Ein toter Molch?
Ein toter Molch.
Ach so, ist das alles?
Ja, das ist alles, sagte er.

Als unser Hausrohbau etwa bis zu meinem Nabel reichte, hatte die Schule wieder angefangen. Aber das Fritzchen wartete nicht mehr am Kurhotel auf mich. Von seiner großen Schwester Rosi, die schon eine Handtasche hatte, erfuhr ich, der Fritz hätte beim Mittagessen gesagt, er wolle mit dem Frauenzimmer nicht ins Gerede kommen. Mit dem Frauenzimmer war ich gemeint, das wusste ich. Aber was Gerede war, das wusste ich noch nicht.
Fest stand nur, der Fritz hatte sein Versprechen mit dem Heiraten nicht gehalten. Und deshalb schrieb ich auf unserem Schulweg überall mit Kreide hin:

'Der Fritz ist doof'

Bei deiner Geburt warst du so winzig, sagte meine Mutter. Und immer so zart. Die schwache Blase! Abends um zehn wurde ich noch mal auf den Topf gesetzt. Genau dann, wenn ich am tiefsten schlief. Ein paar Mal bin ich mit dem Topf umgefallen, weil ich wieder eingeschlafen war. Aber es ging und ging nicht. Von Mittag an hatte ich schon nichts mehr trinken dürfen. Mein Po drückte sich tief in den Porzellantopf und bekam einen roten Rand.
Nun mach schon!
Geht aber nicht!
Beim Aufstehen hatte sich der leere Topf festgesogen.
Sag mal, bohrst du etwa in der Nase, fragte mich der Onkel Friedrich mit scharfem Blick.
Ich? Nöö!
Aber wie kommt denn dann der Furunkel in deine Nase?
Onkel Friedrich war mein Onkel und unser Hausarzt. Ich hatte Angst vor ihm, denn er sagte, er könnte genau sehen, ob Kinder wirklich krank wären oder nur so täten, weil sie die Schule schwänzen wollten.
Du bist zu dürr, sagte er über seinen goldumränderten Kneifer zu mir. Du isst jetzt jeden Tag ein viertel Liter Schlagsahne.
Was süß beginnt, kann auf die Dauer ein Albtraum werden!
Zunächst sonnte ich mich in den neidvollen Blicken meiner Brüder.
Aber dann: Tag für Tag Schlagsahne mit Zucker, . . .

Schlagsahne mit Preiselbeeren, . . .
Schlagsahne mit Heidelbeeren, . . .
Schlagsahne mit Zitrone, . . .
Schlagsahne mit Zucker, . . .

Nach vier Wochen löste das Wort Übelkeit bei mir aus, kurze Zeit später schon der Gedanke daran. Aber auf die Idee, zu sagen, ich kann nicht mehr, ich will nicht mehr und ich tu's auch nicht mehr, kam ich nicht. Denn ich war ein ängstliches Kind.

Wollte immer lieb und gut sein.

Und das vor allen Dingen.

Mein Erinnern besteht aus der Angst, meiner Mutter könnte etwas zustoßen. Ich heftete mich an ihre Rockschöße und verfolgte sie auf Schritt und Tritt. Ich heulte mir die Augen rot, wenn sie fortging, ohne mich mitzunehmen. Wenn sie verreiste, bekam ich Fieber.

Ich sehe ein Kind, was ängstlich ist, an die Hand genommen werden will, sich anlehnen will. Es hat Angst vor dem Alleingelassenwerden, Angst vor allem Unwägbaren, Angst vor der Dunkelheit.

Ich wollte lieb sein, damit die anderen mich nicht allein ließen, mich nicht vergaßen, mir gut waren.

Das wurde erst anders, als unser geliebtes Ömchen aus Wildungen in unseren Haushalt übersiedelte. Sie war für mich der Fels in der Brandung meines Lebens. Sie war der Hort, bei dem ich immer Wärme, Verständnis und vor allem: immer Heiterkeit fand.

Was willst du mal werden, Kind, fragte sie mich. Entweder Schauspielerin oder Krankenschwester. So ganz genau weiß ich das noch nicht. Was aber ganz sicher ist, ist, dass ich mal Mutter werde!

Wir schmiedeten Pläne. Wir lachten und weinten zusammen. Mochte die Welt noch so unruhig sein: Bei Ömchen war Ruhe. Sie hatte Zeit. Und Geduld. Bei ihr wurde das Wichtigste, was in mir war, entwickelt: Heiterkeit und Optimismus.

Kind! Du hast Talent! Mach' was draus!

Bruder Gerhard kommt zu spät zum Essen. Vaters Blick wird finster. Erst gestern hatte er zu ihm gesagt, ich bitte mir aus, dass du zu den Mahlzeiten pünktlich bist! Verstanden?

Vater zieht seine Taschenuhr, die an einer langen, eisernen Kette hängt und auf der – noch aus dem ersten Weltkrieg – 'Gold gab ich für Eisen' steht, aus seiner Westentasche. Auf meiner Uhr ist neunzehn Uhr vorbei! Darf ich fragen, wo Du dich wieder herumgetrieben hast?

Mutter fährt Kreise mit ihrem Serviettenring auf der Tischdecke. Walter feixt in sich hinein. Er weiß es, denn er hat Gerhard in der Stadt gesehen. Richard bleibt neutral. Er hat den ganzen Nachmittag zu Hause Nachhilfestunden gegeben.

Ich platze fast vor Freude, denn ich finde, dass das jetzt die gerechte Strafe dafür ist, dass Gerhard mir heute wieder so einen Schrecken eingejagt hat, als er sagte, ich wäre viel zu hässlich, um jemals Schauspielerin zu werden. Und überhaupt! Ich sollte mir nur keine Schwachheiten einbilden! Wo ich doch leider sowieso ein Chinese wäre! Ein Chinese? Ich? Ja, klar! Hier hast Du es schriftlich. Hier steht es. Gedruckt. Schwarz auf weiß. Wenn du lesen kannst!

Hier: 'Jedes vierte Kind, was auf die Welt kommt, ist ein Chinese!' Na, stimmt's oder stimmt's nicht? Und außerdem, der Kirschenstein, den du neulich verschluckt hast, der wird in deinem Bauch noch einmal ein schöner Kirschbaum, von dem wir dann alle aus deinem Mund immer Kirschen ernten können. Über all dies war ich sehr unglücklich.

Aber ich glaubte ihm natürlich, denn er war schließlich sechs Jahre älter als ich. Und er hatte schon eine Armbanduhr.

Aber Ömchen, die ich dann in meiner Not fragte, sagte, dass das alles gar nicht stimme. Das mit den Chinesen nicht. Und das mit dem Kirschkern auch nicht. Und das mit der Schauspielerin, Ömchen? Ach Kind, das kann noch niemand so recht sagen. Das ist noch lange Zeit bis dahin.

Hast du mal was von Hellsehen gehört, fragte ich die Brünhild. Das ist, wenn einer was sieht, was kein anderer sehen kann und das stimmt dann auch tatsächlich. Mein Ömchen hat es mir so erzählt, als ich die Masern hatte. Die kannte nämlich einen, der das mit dem Hellsehen konnte.

Richard Engel hieß der und wohnte in Bonn. Und hypnotisieren konnte er auch. Zu dem kamen alle Leute, die mal hypnotisiert werden wollten. Auch die Schwester von Ömchen. Die Tante Marie. Die hat er mit ihrer Platzangst hypnotisiert. Und dann hatte sie keine mehr und konnte wieder alleine über die Straße gehen.

Aber Ömchen hat dann aufgehört mit dem Erzählen, denn ich hatte Fieber. Und sie hat mir gesagt, dass ich lieber nicht über das sprechen soll, was sie mir da eben erzählt hat, denn sonst hieße es, sie hätte das Kind aufgeregt und davon käme jetzt das hohe Fieber.

Weißt du, wo das Wort 'schwanger' in der Bibel steht, fragte ich die Brünhild auf einem unserer endlosen Wege von der Schule nach Hause.
Nee, weißt Du's?
Ich zeig dir's heute Nachmittag, aber du darfst mich dann auch bei niemandem verpetzen! Ehrenwort! Aber weißt du denn, was ein Fehltritt ist?
Wenn einer gestolpert ist und sich weh getan hat?
Nee! Was ganz anderes. Auch so etwas, worüber man nicht spricht.
Ach so!

Stundenlang trödelten wir auf unseren Nachhausewegen, verfolgten die Ameisen, die aus den Ritzen der Steine kamen und jagten mit dem Zeigefinger die kleinen roten Spinnen, die in der warmen Sonne auf den grünen Holzstaketen von Engels Gartenzaun saßen und davoneilten.
Nichts drängte uns. Wir hatten Zeit. Alles hatte Zeit.
Zu Hause fielen wieder meine alten, harten Schulbrote aus meinem Ranzen. Ich hatte sie wieder nicht gegessen. Schämst du dich denn gar nicht, wo du sowieso so dünn bist und wo es so viele hungrige Kinder auf der Welt gibt, schimpfte Dortchen.

In meiner Klasse war kurze Zeit ein Mädchen, das hieß Esther. Eines Tages war die Esther nicht mehr da. Niemand von uns hat sich eigentlich darüber gewundert. Und niemand hat nach der Esther gefragt.
Es war eben so.
Die Esther war fort.
Und blieb fort.
Ihr Vater wäre ein Jud, sagten die anderen Kinder.
Als ich das meiner Mutter berichtete, meinte die, das wäre doch ganz egal, was der Esther ihr Vater wäre. Hauptsache, sie wäre ein nettes Mädchen.
Und das war sie eigentlich auch.

Eines Tages kamen wir aus der Schule und gingen nach Hause zurück. Die Olga und ich. Wir gingen am Umspanntürmchen vorbei. Das war da, wo jetzt das Hotel Wenzel ist. Da genau gegenüber auf der Kreuzung. Da sagte die Olga plötzlich, jetzt müsste sie ausspucken. Und sie spuckte vor sich auf den Bürgersteig.
Weshalb sie gespuckt hätte, wollte ich wissen.
Weil das da drüben auf der anderen Seite ein Jud war.
Ein Jud?
Ja, ein Jud!
Und da muss man spucken?
Ja, das muss man.

28

Meine Tante Minna redete gerne und viel. Dafür war sie bekannt. Und gefürchtet. Tut mir nur einen einzigen Gefallen, sagte ihre Schwägerin, tut mir nur den einzigen Gefallen und beerdigt mich später ja nicht mal neben meiner Schwägerin Minna. Denn die bringt es fertig und schwätzt auch noch im Grab. Stellt euch vor, ich könnte ihr dann womöglich nicht mehr sagen, dass sie jetzt endlich den Mund halten soll.

Die Tante Minna hatte außen neben ihrer Wohnungstüre eine kleine Schiefertafel hängen. Wenn sie ausging, schrieb sie darauf, wohin. Eines Tages sah mein Bruder Walter, dass auf dieser Tafel stand: 'Bin auf dem Friedhof'. Er schrieb darunter: 'Ruhe sanft!' Und das hat sie ihm sehr übel genommen, denn mit Friedhof und so etwas mache man keine Witze.

Aber trotzdem häkelte sie meiner Mutter zu deren nächstem Geburtstag ein Staubtuch mit vielen Luftmaschen. Bei jeder Luftmasche, sagte sie, habe ich vor mich hingesagt: Meine liebe, gute Elli, meine liebe, gute Elli, meine liebe . . .

Eine gute, gute Haut ist sie doch wirklich, meinte Mutter, als sie Vater das Geburtstagsgeschenk zeigte. Ein Albtraum ist sie, ein ab-so-lu-ter Albtraum! Sagte Vater.

Auf tragische Weise büßte die Tante ihre teuere Armbanduhr ein. Das passierte, während sie eine ihrer vielen Abmagerungskuren machte. Ehe sie auf die Waage stieg, legte sie ihre Uhr ab, denn sie wollte nur das Allernötigste mitwiegen. Viel später wurde der Tante dann klar, dass sie zwar nicht abgenommen, dafür aber ihre Uhr neben der öffentlichen Waage hatte liegen lassen.

Sie lächelte dünn, als sie uns von ihrem Pech erzählte und meinte: Ohne Opfer geht es eben nicht!

Eines jedenfalls stand für mich fest: Wenn ich auf dem Weg zur Schule vermeiden würde, auf die Ritzen der langen Randsteine des Bürgersteigs zu treten, dann konnte mir in der Schule nichts Böses passieren.

Manchmal zähle ich auch die Staketen der Gartenzäune. Wenn eine grade Zahl herauskam, wurde alles gut. Wenn aber eine ungrade . . . na ja . . !

Das war ein Gesetz, was ich mir selber geschaffen hatte, eine Rechnung, auf die Verlass war. Meine Mutter verstand das zwar nicht und meinte, Lernen wäre sicherer als Ritzezählen. Aber Ömchen war da wieder ganz anderer Meinung und sagte, gerade dann, wenn du mal aus Versehen auf die Ritze getreten bist, dann ist das ein gutes, beruhigendes Zeichen für dich. Auch, wenn mal eine ungrade Zahl herauskommt, kann sich dieser Zufall nur sehr günstig auswirken. Und gerade dann kannst du völlig ruhig sein, Kind

Dass meine Mutter meine Stiefel bei Herrn Randerath kaufte, habe ich meinen Freundinnen nicht erzählt, denn ich wusste mittlerweile, dass der Herr Randerath auch so ein Jude war, bei dem man eigentlich nicht kaufte.

Bei Herrn Cohn war das nämlich auch so. Der hatte seine Drogerie da, wo heute der Döpper mit seinen Klavieren ist. Eines Tages, als wir Besuch hatten, wurde ich zu Bäcker Jäger geschickt, um eine Tüte Hefeteilchen zu holen. Ich hielt die Tüte da fest, wo man eine Tüte eben anfasst, als es zu regnen anfing. Die Tüte mit dem Gebäck wurde nass und nasser, platzte und alle Kuchenteilchen fielen auf den Bürgersteig. Das passierte genau vor der Drogerie von Herrn Cohn, der in diesem Augenblick hinter seiner Türe stand und in den Regen guckte. Als er mein Unglück sah, kam er und half beim Aufsammeln. In seinem Geschäft haben wir dann alles wieder abgewaschen und in eine neue Tüte gesteckt. Zu Hause jedenfalls merkte niemand etwas von meinem Missgeschick. Seitdem betrachtete ich Herrn Cohn als meinen besonderen Freund und Vertrauten. Wir zwinkerten uns vielsagend zu, wenn ich bei ihm vorbeiging und ich hatte nie die Sorge, er könnte mich verpetzen.

Aber irgendwann ist dann der Herr Cohn nicht mehr da gewesen. Auch der Herr Randerath nicht. Ich weiß nicht, wo sie geblieben sind.

Frau Kuhn war unsere Waschfrau. Sie hatte ganz ribbelige Hände. Und drei Söhne. Wenn wir Waschtag hatten, kam sie schon frühmorgens um halb fünf und steckte das Feuer unter dem Waschkessel an. Ich wusste gar nicht, dass man schon so früh aufstehen konnte. Mit dem Waschen muss sie ihre Kinder durchbringen, sagte meine Mutter. Aber ich wusste nicht was 'durchbringen' ist. Für mich bedeutete der Waschtag, dass es Graupensuppe gab. Ich hasste Graupen, weil sie mich an meine eitrigen Mandelpfröpfe erinnerten, die alle drei Wochen aus meinen Mandeln kamen. Sie waren dann im Mund und ich spuckte sie aus. Ich empfand das als etwas völlig Normales und nahm es hin wie Essen und Trinken.

Mein Vater saugte mir die Mandeln von Zeit zu Zeit ab. Solche Tätigkeiten vollführte er mit Wonne, denn sie bestätigten ihm immer von neuem, dass sein eigentliches Talent die Medizin und nicht die Juristerei war. Also benutzte er jede sich ihm bietende Gelegenheit, um sich hausärztlich zu betätigen. Und hierfür bot ich ihm eine Fülle willkommener Gelegenheiten.

Graupensuppe jedenfalls war für mich aus vorgenanntem Grund ein Greuel und deshalb konnte ich auch den Waschtag nicht leiden. Die beiden, Graupensuppe und Waschtag, gehörten zusammen, wie Schule und Lernen.

Eines solchen Mittags wurde ich zu Frau Kuhn in die Waschküche geschickt, um sie zum Essen zu holen. Sie stand, in eine Wolke von Dampf gehüllt, an dem großen Holztrog, hatte eine lange, schwarze Schürze vor, die Füße in Holzpantinen und die roten Arme bis zu den Ellenbogen in heißem

Seifenwasser. Als sie mich sah, hob sie das schweißnasse Gesicht und lächelte mich an. Dann strich sie sich mit dem Unterarm die langen Haarsträhnen aus der Stirn, die sich aus ihrem dicken Knoten gelöst hatten und trocknete sich seitlich an ihrer Schürze beide Hände zugleich ab, indem sie sie auf ihren Oberschenkeln auf- und abstrich. Dann schlenkerte sie die Holzschuhe von den nackten Füßen und, während sie sich die nasse Schürze abband, sagte sie zu mir, dass ich einmal keine Waschfrau werden müsste.

Nein, du brauchst das mal nicht. Musst auch nie so früh aufstehen wie ich, kannst immer schön ausschlafen. Dafür wird dein Vater schon sorgen. Ganz sicher. Das wird er.

Diese Sätze haben sich tief in meine Erinnerung eingegraben, ebenso wie ihr Blick, als ich sie fragte, wer bei ihr die Wäsche wäscht, wenn sie Waschtag hat.

Ach Gott, sagte sie da, ach Gott!

Dann fasste sie mich mit ihrer ribbeligen Hand an und wir gingen zusammen zur Graupensuppe.

Als ich zehn war, kam ich aufs Lyzeum und war damit der freundlichen Betulichkeit von Fräulein König, aber auch dem Gefühl ruhiger Geborgenheit entzogen.

Ich glaube, dass mit diesem Eintritt in die 'höhere Schule' viele Veränderungen in mir und um mich herum vor sich gingen. Stolz zog ich die rote Schülermütze auf, die bei Herrn Prager gekauft war.

Tränenlos hatte ich mich von meinen bisherigen Freundinnern, der Meta, der Olga, der Lene und allen anderen, getrennt. Die meisten blieben in der Volksschule.

Ich gehörte nun zu den Mädchen in der Oberschule. Ich war Sextanerin! Ganz unterschwellig wurde mir bewusst, dass diese Einstufung weniger mit Leistungen zusammenhing, als dass sie etwas mit den Familien, besonders mit den Vätern der Kinder, zu tun hatte.

Aus dieser Sicht hatte ich die Welt und die Menschen noch nicht erlebt und ganz sicher hat eine Einteilung in diesem Sinne in meinem Elternhaus auch nie stattgefunden.

Mit der roten Schülermütze wuchs langsam in mir ein Gefühl, das mir bis dahin verborgen war. Es waren Eindrücke, die mir zu Hause nie vermittelt worden waren, die ich aber mit dem Älterwerden auch durch ein verändertes Verhalten einiger Erwachsener mir gegenüber feststellte.

Zunächst wusste ich diese undeutlichen Empfindungen noch nicht einzuordnen. Ich merkte aber, dass es Erwachsene gab, die mir mit einer gewissen Unterwürfigkeit entgegentraten, merkte auch, dass dieses damit zusammenhängen musste, dass ich die Tochter meines Vaters war. Merkte, dass ich Privilegien hatte, die andere nicht hatten. Eine Berechtigung auf den Anspruch, etwas Besseres zu sein.

Ich spürte es, wenn ich meinen Vater vom Rathaus abholte, oder wenn ich zum Einkaufen geschickt wurde. Mein Name allein öffnete mir die Türen. Weckte die Aufmerksamkeit der Menschen. Ein süßes Gift, das ich genüsslich kostete.

Ich lernte, dass es Unterschiede gab zwischen den Menschen. Dass ich selbst auf der Seite der Glücklicheren war, nahm ich bald als selbstverständlich hin. Ich dachte auch nicht weiter darüber nach.

Aber daneben blieb ich ganz sicher auch ein Kind mit aller Unvoreingenommenheit der Welt und den Menschen gegenüber. Ein Kind, das sich nach Lob und Bestätigung sehnte und das vor allem lieb gehabt sein wollte. Ein Kind, das sich freuen konnte und das Ängste und Schuldgefühle hatte, wie jedes andere auch.

Der Beginn in der neuen Schule war schön. Ich fand neue Freundinnen, die alten waren schnell vergessen. Glücklicher Tag in der Sexta:

Vor allen Lehrern und Schülern sollte eine Aufführung stattfinden. Für die Rolle der Maria in dem Krippenspiel wurde ich ausgesucht. Ich ging auf Wolken!

Wie im Traum eilte ich nach der Schule heim, um Ömchen von der großen Neuigkeit zu berichten. Nun war der Anfang gemacht! Der Weg zur Schauspielerin lag deutlich vor mir und nichts stand dem Ziel mehr entgegen.

Alles kam so, wie Ömchen schon immer prophezeit hatte:

Du bist eine Komödiantin und hast Talent, Kind! Mach` was draus!

Obschon ich während des ganzen Stückes mit auf der Bühne saß, war meine Rolle recht bescheiden. Sie bestand nur aus einem einzigen, kurzen Satz. Aber dafür hatte ich ein langes, weißes Gewand an, ein zartblaues Seidentuch um den Kopf geschlungen, meine zärtlich geliebte Puppe Hansi im Arm und war einzig von dem Gedanken erfüllt, dass ich einfach berückend schön aussah.

Schon in den Tagen zuvor wurde ich von wildem Lampenfieber geschüttelt. Macht nichts, Kind, beruhigte mich Ömchen, das ist ganz normal und geht außerdem allen großen Schauspielern so.

Ich fieberte dem Tag der Aufführung entgegen. Sie wäre auch ein glatter Erfolg geworden, wenn ich nicht vor lauter Konzentration auf mein schönes Aussehen und meinen Hansi im Arm, meinen Einsatz total vergessen hätte. Ich war so absolut abwesend, dass ich mich an der Stelle, an der ich meinen einzigen Satz hätte sprechen müssen, leider beharrlich ausschwieg.

Von allen Seiten wurde mir mein Stichwort zugeflüstert, schließlich so laut, dass es selbst ein Tauber hätte hören müssen, aber ich begriff einfach nicht, dass ich damit gemeint und an der Reihe war.

Die Zeichenlehrerin, Fräulein Köppler, die das ganze Stück eingeübt hatte, sagte hinterher, dass ich ihre schöne Aufführung gänzlich verdorben hätte. Geschmissen, sagte sie ,und es wäre einfach blamabel gewesen. Das bekümmerte mich natürlich sehr. Aber doch nur so lange, bis ich mit meinem

Ömchen gesprochen hatte, die mir sagte, dass das gar nichts ausmache. Im Gegenteil! Denn diese Aufführung wäre für mich die Generalprobe für meine Karriere gewesen. Und das wüsste doch schließlich jeder, der vom Theater etwas verstünde: Die Generalprobe dürfe gar nicht gelingen, damit die Hauptaufführung etwas würde. Meine Hauptaufführung käme dann später. Viel, viel später. Und die wird dann bestimmt ein ganz großer Erfolg!

Die Tante Fricke ist für das Luftbad zuständig. Das Luftbad war früher da, wo jetzt die Psychosomatische Klinik steht. Über dem Galgengraben also. aber dieser heißt heute auch nicht mehr so, er ist umgetauft in Hainberg, weil nämlich die Leute, die in die 'Psychosomatische' müssen, sich an dem Wort 'Galgen' vielleicht stoßen könnten. Und deshalb.
Jedenfalls, da war früher das Luftbad. Aber so richtig mit drin gewesen bin ich eigentlich nie. Ich kannte es mehr von außen, denn es war von einer dichten Hecke umgeben und durch ein großes Holztor verschlossen. Und einen Schlüssel hatten wir nicht, weil wir keine Luftbadleute waren. Das Tor wurde nur aufgemacht, wenn die Äpfel geerntet wurden. Dann konnte ich mal hineinsehen. Da war aber eigentlich gar nichts! Nur ein großer Garten. Und eine Wiese mit vielen Apfelbäumen drauf. Und ein Hüttchen. Sonst nichts.
Ich verstand nicht, weshalb man dazu einen extra Schlüssel brauchte. Denn eine Wiese und Apfelbäume hatten wir zu Hause auch. Und ein Hüttchen ebenfalls.
Als ich Mutter mal fragte, weshalb wir nicht auch mal ins Luftbad gingen, meinte sie, wir hätten doch unser eigenes Luftbad im Garten.
Irgendwann holte ich morgens einmal Brünhild zu Hause ab. Ich war sehr zeitig, denn wir wollten einen Schulausflug machen. Wenn wir Schule hatten, holte ich sie nie ab, denn dann kam ich immer zu spät.
An diesem Morgen aber saß Brünhild noch an Frühstückstisch. Ich setzte mich zu ihr und sah zu, wie sie frühstückte. Da tat sich die Türe auf und Brünhilds Mutter, die Tante Fricke, kam herein und hatte eine Kaffeekanne in der Hand.
Ich kannte die Tante Fricke doch so gut. Aber dieses Mal bekam ich einen gewaltigen Schrecken, denn sie hatte nichts an. Rein gar nichts.
Ich hatte noch niemals einen nackten Erwachsenen gesehen und dachte nun, ich würde gleich ohnmächtig vom Stuhl fallen.
Ich blieb dann aber trotzdem sitzen und die Tante Fricke schenkte der Brünhild Kaffee ein. Du kennst doch Luftbadleute, sagte sie zu mir. Ich sagte ja. Aber in Wirklichkeit kannte ich noch gar keine.
Ich hatte bisher nur einmal meinen Vater nackt von hinten gesehen, als ich überraschend ins Elternschlafzimmer kam.
Alfred, du verlierst deine ganze Autorität, sagte da Mutter erschrocken. Ich habe mir danach immer überlegt, wo mein Vater was verloren haben konnte, wo er doch sowieso nichts anhatte!

Als unser Dortchen geheiratet hatte, kam die Else zu uns. Die Else hieß eigentlich Elli, weil Mutter aber auch Elli hieß, hatte sie das Vorrecht und die andere Elli wurde bei uns in Else umgetauft. Sie durfte sich einen Namen wählen und fand Else am schönsten.

Die Else war sehr still. Sie sang keine Lieder mehr mit mir wie Dortchen und sie hatte abgekaute Fingernägel, was mir gleich auffiel. Aber auch sie war eine Perle, denn sie putzte den ganzen Tag. Hauptsache sauber, sagte sie immer. Hauptsache sauber! Zweimal täglich wusch sie sich von Kopf bis Fuß. Ein Bedürfnis, das mir ein absolutes Rätsel blieb.

Wir hatten die Else auch alle gerne, obschon sie selten lachte. Mit dem Dortchen war so etwas wie die Sonne aus der Küche verschwunden. Dafür erzählte mir die Else von sehr schlimmen Dingen, die sie wusste, und solchen, die noch passieren konnten. Sie sah oft großes Unglück auf sich selbst und auf unsere ganze Familie zukommen. Diese düsteren Prophezeiungen verfolgten mich bis in meine Träume, denn die Else sagte mir vieles, was sie ahnte, oder vielleicht sogar richtig wusste, was ich aber niemandem weitersagen durfte.

Unsere Else hat schweres Blut, sagte Mutter einmal. Das kommt sicher daher, dass sie keine Mutter hatte. Ich sah oft, dass meine Mutter die Else liebevoll in ihre Arme nahm.

Auch die Else wurde ein Teil unserer Familie. Genau wie das Dortchen. Aber eines Sonntags saß auf dem Stuhl in der Küche, auf dem früher Dortchens Hein gesessen hatte, der Philipp. Er war der Freund von der Else und holte sie, wenn sie Ausgang hatte, ab. Er kam jeden Sonntag und eines Tages sagte die Else, nun würde sie ihren Philipp heiraten.

Dann zog sie mit ihm in eine Ein-Zimmer-Wohnung an die Postecke. Da habe ich die schönste Aussicht aus meinem Fenster, sagte sie. Die schlimmsten Unglücker passieren nämlich auf der Postkreuzung und ich kann sie dann alle sehen. Oft ging ich mit Mutter zu der Else und besuchte sie. Sie wurde immer stiller und weinte oft. Und eines Tages war sie dann nicht zu Hause. Sie wäre fort, sagte die Nachbarin. In Marburg. In der Klinik. Da fiel mir wieder das schwere Blut ein und dass das davon kommt, wenn man keine Mutter mehr hat, wie die Else.

Dies alles steigerte meine Angst davor, meiner Mutter könnte etwas zustoßen. Diese Sorge wurde so beherrschend, dass jede noch so kurze Trennung von meiner Mutter für mich zur Qual wurde. Ich machte schreckliche Szenen, nur um Mutter von kleinen Unternehmungen abzuhalten.

Ich lernte, mit Ausdauer zu heulen. Stundenlang. Ich wollte es erzwingen.

Das Kind wird hysterisch!

Ich wusste zwar nicht, was hysterisch ist, merkte aber, dass ich Angst hatte. Angst vor den schrecklichen Prophezeiungen der Else, von denen ich doch nicht sprechen durfte. Angst, dass meiner Mutter etwas Schlimmes zustoßen könnte und dass dann mein Blut ebenso schwer werden könnte wie das Blut von unserer Else, bei der das ja auch passiert war, weil sie keine Mutter mehr hatte.

Viel später konnte die arme Else mit der Bürde ihres Gemütes nicht mehr fertig werden. Und als auch die Fahrten nach Marburg nichts mehr halfen, ging sie eines Nachts an der Stelle, wo früher das Wehr war, ehe es zusammenstürzte, in die Fulda und ertrank.

Nach der Else kam dann die Änne.

Die war nun wieder gar nicht still, sondern sie hatte den ganzen Tag das starke Bedürfnis, sich zu unterhalten. Auf ihren Besen gestützt, konnte sie lange Gespräche führen und Mutter wurde oft ganz kribbelig, wenn sie der Änne bei der Arbeit zusah. Außerdem verliebte sich Änne in meinen Bruder, denn sie verwechselte seine Vorliebe für Bratkartoffeln mit der für sie persönlich, und als ihre Zuneigung auf keine spürbare Erwiderung stieß, wurde sie krank, fuhr nach Hause und kam nicht wieder.

Aus der Änne wurden dann zwei Mädchen. Lisbeth und Marie.

Sie ergänzten sich vortrefflich, denn eine verließ sich auf die andere und was die eine nicht tat, tat die andere auch nicht. Die Lisbeth verlor die Lust daran, anderen Leuten ihren Dreck wegzumachen, fuhr heim und blieb danach für uns verschollen.

Die Marie blieb. Aber als der Krieg drohte, kaufte sie sich zu ihrer Armbanduhr noch eine goldene und einen Ring mit einem wertvollen Stein, denn man kann nicht wissen, wie die Zeiten noch werden, packte ihre Sachen und beendete die lange Reihe unserer Dienstmädchen. Dann kam Frau Steinberg zum Putzen. Und die Betten machten wir von nun an alleine.

Was Glücklichsein wirklich ist, darüber habe ich mir noch keine rechten Gedanken gemacht.

Aber wenn frühmorgens der Star, der hinter der Dachrinne unter meinem Fenster sein Nest hat, schnalzt und pfeift, mit den Flügeln schlägt und lange, sehnsuchtsvoll-gezogene Töne von sich gibt, wenn die erste Morgensonne den Eingang von Heckmanns Haus in lieblich-rotes Licht hüllt, wenn noch kein Mensch, kein Laut auf unserer kleinen Straße ist und die Tautropfen unten von der Wiese wie funkelnde Edelsteine zu mir heraufblitzen, wenn Eltern und Brüder noch schlafen, das Mädchen in der Küche sein Tagewerk noch nicht begonnen hat und alles noch ganz still und friedlich ist, dann habe ich so ein Gefühl in der Gegend, wo mein Herz sitzt.

Ich glaube, das ist Glücklichsein.

Oder, wenn der Vater hinter mir am dunklen Fenster steht, seine warmen Hände um meine Schultern gelegt hat und mit mir das Gewitter beobachtet, wenn er mir zeigt, was für ein Wunder die blitzenden Zacken sind, die da vom Himmel herunterschnellen und für einen Lidschlag die Welt in Tageshelle tauchen, wenn ich den Atem des Vaters an meinem Ohr spüre, wie er mit beruhigender Stimme die Schönheit dieses Augenblicks vor mir enthüllt, und ich mich trotz der wilden Donnerschläge, die mich zutiefst erschrecken, geborgen fühle, weil mir, solange der Vater nah, auch nichts passieren kann.

Ich glaube, auch das ist Glücklichsein.

Wenn die Mutter am Abend auf dem Rand meines Bettes sitzt, meine Hand in der ihren hält und wir durch das weitgeöffnete Fenster in den stillen Abend hineinblicken zu den hohen Tannen hin, die dunkel hinter Engelhardts Garten stehen und wenn wir dann das Lied vom Mond, der aufgegangen ist, singen und beide dorthin sehen, wo der Wald steht, schwarz und schweigend, dann glaube ich, fühle ich etwas,

das ist Glücklichsein.

Ich sitze am Ufer der Fulda vor dem Bootshaus, in dem unser Boot, die 'Elli' liegt, mit der die Brüder manchmal bis zum Laufholz paddeln. Über dem Schilf, das hier ganz dicht gewachsen steht, schwirrt eine Libelle heran und bleibt zitternd über einer Rispe stehen.
Ich betrachte den Zauber dieses Geschöpfes, den lautlosen Schlag der durchsichtig- zarten Flügel, die in der Frühsonne pastellhaft in allen Farben des Regenbogens schimmernd vor meinem entzückten Kinderauge einen Elfentanz vollführen. Sich für die Kürze eines Augenblicks niederlassend auf dem grünen Kelch des Schilfrohres, um sogleich wieder emporzuschnellen und um wiederum zitternd über dem Wasser stehenzubleiben.
Dann hält dieser zarte Augenblick den Atem an. Alles scheint versunken, nichts existiert mehr außer diesem Zauberwesen mit seinem flügelnden Tanz und mir.
Waren es Minuten nur, oder Stunden? Ich weiß es nicht zu sagen. Auch nicht, wie alt ich war. Nur das ist geblieben:
Das Gefühl des zutiefst Glücklichseins.

Irgendwann, wenn Tag und Nacht ineinander fließen und sich frühmorgens ihre beste Stunde geben, werde ich durch das Geräusch des Wetzmessers wach. Scharf und schnell wird es über das Sensenblatt gezogen, ehe es erneut durch das hohe Gras der Wiese unter meinem Fenster gleitet.
Risch- ratsch- ritsch . . . vertrautes Sommergeräusch aus vielen Jahren. Unverwechselbarer Duft nach Frischgemähtem.

Ich liege in meinem Bett, habe die Hände im Nacken gefaltet, schaue zur Zimmerdecke und sehe dennoch alles, was da unten im Garten passiert. Ich sehe die taubedeckten Halme aufrecht stehen, sehe das Schneeweiß der Margeriten, die roten Tupfen der Kuckucks- und der Lichtnelken, des Sommerklees und des wilden Sauerampfers. Sie alle fallen nun unter dem zischenden Geräusch des Sensenblattes: Die Hasenpfötchen, Weißglöckchen und Goldnessel, der Storchenschnabel und das lichtblaue Vergissmeinnicht.

Es ist meine Wiese und es sind meine Blumen, die da jetzt fallen, denke ich, und das Geräusch des zischend-scharfen Messers macht mich traurig.

Aber ich weiß, dass das alles so in Ordnung ist. Das hat Vater gesagt. Das muss so sein, hat er gesagt. Einmal im Jahr muss der Mann kommen und die Wiese muss dann gemäht werden.

Das ist alles in Ordnung so. Vater hat es ja gesagt. Dieses Bewusstsein verleiht mir Ruhe und inneres Gleichgewicht. Ich weiß, dass sich gleich der Mann, wenn er mit der Wiese fertig ist, unter den Birnbaum setzt und sein Frühstücksbrot aus dem Rucksack holen wird. Dann wird er kurz seine Mütze in den Nacken zurückschieben und die schweißnasse Stirne mit einem roten Tuch abwischen. Ein schniefendes Geräusch werde ich hören, wenn er mit seinem Handrücken unter der Nase hin- und herstreicht, dann wird er sein Brot aus dem Zeitungspapier wickeln, das Taschenmesser aufklappen, ein Stück vom Brot auf die Spitze des Messers spießen und in seinen Mund schieben.

Und noch ehe die Morgensonne ihre ersten sanften Strahlen über den Dreienberg auf das kleine Städtchen fallen lässt und Häuser, Straßen und Gärten mit rötlichem Schleier überdeckt, werde ich die schweren, eisenbeschlagenen Stiefel des Mannes den Gartenweg hinuntergehen hören. Dann wird das Holztürchen ins Schloss fallen und alles wird wieder so still sein wie an allen anderen Tagen um diese Zeit.

Dann, das weiß ich, dann kommt es auf jede Minute an! Leise, ganz leise werde ich die Schlafzimmertüre öffnen und die Treppe hinunterlaufen. Unten an der Kellertreppe wird sich Bingo erheben, mir schwanzwedelnd entgegenkommen und an meinen Zehen schnüffeln. Dann werde ich dort draußen noch retten, was zu retten ist. Stengel für Stengel werde ich aufheben und zu einem großen Bündel zusammenfassen.

Die Fußsohlen werde ich, wenn sie nass und kalt sind, zwischendurch an den Unterschenkeln auf- und abreibend, trocknen, während mein Strauß im Arm größer und immer größer wird.

Die helle Vase werde ich dann für das Esszimmer füllen und die andere kommt im Wohnzimmer auf Vaters Schreibtisch. Den größten Strauß werde ich in den großen braunen Tonkrug, in den im Winter die Eier eingelegt werden, in die Schattenecke vor der Haustüre stellen.

Ich muss mich sehr beeilen, damit Dortchen noch nicht auf ist. Denn die wird, wenn sie mich sieht, die Hände in die Hüften stützen, wird mich ernst ansehen und sagen: Nichts an den Füßen und im Nachthemdchen? Willst wohl Halsweh kriegen? Oder Husten? Marsch ins Bett!

Aber Mutter! Für Mutter wird es eine Überraschung werden! Ganz bestimmt! Und freuen wird sie sich, wenn sie nachher herunterkommt und das ganze Haus voll Blumen findet! Lauter gerettete Blumen! In die Arme wird sie mich dann nehmen. Und ein Küsschen wird sie mir geben. Ganz sicher.

Und dann weiß ich, dass ich wirklich glücklich bin.

Bück' dich, sagt Onkel Friedrich. Mehr! Tiefer! So und nun wieder hoch! Steh grade! Du kannst doch grade stehen? Und nun noch mal bücken!

Ich fühle, wie er mit der Fingerkuppe jeden Wirbel abtastet. Von oben nach unten und wieder zurück. Sag mal, tut dir das weh?

Nein, weh tut mir nichts.

Gar nichts?

Nein gar nichts.

Der Onkel drückt mit Zeigefinger und Daumen seinen Kneifer fest, dann wendet er sich an meine Eltern und sagt: Minimal! Trotzdem empfehle ich Professor Mai. Sicherheitshalber. Eine Kapazität! Ich möchte nichts versäumen.

Der Professor hat weiße Haare und eine sanfte Stimme. Er spricht nur mit der Mutter. An mich wendet er sich gar nicht.

Eine kleine Verkrümmung, gnädige Frau, nichts Beängstigendes. Ein kleiner Schönheitsfehler sozusagen. Wächst sich aus. Wenn sie groß ist, ist sie eine hübsche, junge Dame. Rank und schlank. Kein Grund zur Beunruhigung! Wir können das auf sich beruhen lassen.

Der Vater hatte es zuerst gesehen, das mit der Wirbelsäule. Als ich in der Badewanne war. Er wird es auch weiterhin beobachten. Auch, wenn der Professor ihn beruhigt hat. Vater ist zwar Jurist. Aber auf seinen medizinischen Blick ist Verlass! Er wird es selbst beobachten. Und er wird sich nicht blind auf die Herren Ärzte verlassen. Ganz bestimmt nicht! Auch auf sogenannte Koryphäen nicht!

Von nun an trage ich bei unseren Sonntagsspaziergängen Vaters Spazierstock hinter dem Rücken und durch die Ellenbogen gesteckt.

Immer die Brust' raus und die Schultern zurück! Und tief atmen! Das ist wichtig! Tief atmen!

Ich bekomme Kraftnahrung. Biomalz und Lebertran. Höhensonne. Ein dürres kleines Mädchen bin ich. Lange Arme und Beine, dünne Zöpfchen, wie Rattenschwänze.

Mir fällt das gelbe Bildchen von meinem zweiten Geburtstag wieder in die Hand:

Ein Pummelchen mit Goldlöckchen!

In Mutters Schreibtisch liegt ein Briefumschlag. Auf dem Umschlag steht: Locken von Elsbethchen. Zwei Jahre.

Wie gut, dass sie noch da sind, denke ich.

Oktober auf der Insel Baltrum.

Die Überfahrt ist stürmisch. Mutter kämpft mit Übelkeit. Hält das Taschentuch vor den Mund. Wenn schon, dann spuck´ ins Wasser, sagt Vater. Mutter hat eine tiefe, steile Falte in der Stirn. Und die Mundwinkel eingezogen. Wenn ich das geahnt hätte, sagt sie.

Wir wohnen in Apels Haus und suchen Treibholz am Strand für den Herd. Überall ist es klamm und kalt. Vater spielt Ringtennis mit mir. Davon soll ich hungrig und warm werden. Das Klo ist ein Holzhäuschen draußen in den Dünen. Mit einem schweren Holzdeckel. Ich halte die Luft an und friere von unten. Abends und nachts ist es dort stockfinster und ich fürchte mich.

Es gibt oft Erbswurstsuppe und in einem kleinen Glasschrank liegt Sepia. Ich möchte es anfassen, aber der Schrank ist abgeschlossen.

Am ersten Abend werde ich, wenn es dunkel ist, zu Petersens geschickt. Mit der Milchkanne. Herr Petersen hat eine Kuh. Und einen großen Hund, den ich schon am Mittag sah, als ich mit den Eltern dort war. Er lag in der Sonne und schlief. Und ich dachte an unseren Bingo.

Aber nun kommt er plötzlich mit wütendem Gebell aus seiner dunklen Hütte auf mich losgeschossen.

Mir stockt das Herz. Bleibe wie gelähmt stehen.

So lange, bis die Kette mit donnerndem Klirren irgendwo anschlägt und gespannt ist. Zwei Schritte trennen mich von dem Ungeheuer. Wild schnarchend verfolgt es meine letzten Sprünge zur Haustür, die ich hinter mir zuwerfe.

Erschöpft lehne ich mich mit dem Rücken dagegen. Ich schließe die Augen und spüre das rasende Klopfen meines Herzens. Die leere Aluminiumkanne fällt aus meiner zitternden Hand mit blechernem Lärm auf den Steinboden im finsteren Hausflur.

Da öffnet sich die Küchentüre, und vom matten Schein einer Petroleumlampe beleuchtet, sehe ich in das Gesicht von Herrn Petersen.

Na, mien Deern?

Gerettet, denke ich, gerettet!

Mutter braucht bei dem ständigen Seewind etwas auf den Kopf. Für die wehenden Haare.

Ein freundlicher Jüngling breitet mit geübter Bewegung vor den Eltern ein Kopftuch nach dem anderen auf dem Tresen aus. Mutter greift das hellblaue mit den weißen Punkten heraus und hält es begutachtend in der Hand.

Bleu, sagt der Jüngling spitzmündig-lächelnd und weist mit eleganter Geste auf das Tuch hin.

Blau, verbessert Vater ihn energisch.

Bleu, kommt es süß aber wissend zurück.

Ich sehe, dass dieses Tuch blau ist, antwortet Vater.

Der Jüngling lächelt überlegen in sich hinein.

Ich spüre in diesem Augenblick, was er von meinen Eltern denkt, die sich belustigt- lachend zurückbiegen. Ich sehe mich um, ob uns etwa jemand beobachtet. Das Gefühl grenzenloser Blamage steigt in mir hoch. Ich bin überzeugt, dass der Jüngling genau weiß, wie es richtig heißt, und mein Vater sich nur einbildet, er wüsste es besser.

Die Situation ist schrecklich peinlich für mich.

Was haben wir uns eben blamiert, sage ich beim Hinausgehen. Blamiert? Wieso?

Wegen dem Bleu und dem Blau!

Und wieso 'wir' , fragen beide lachend.

Ich stelle für mich fest, es ist doch manchmal sehr unangenehm, solche Eltern zu haben!

Mein Bruder Gerhard ist krank, sitzt in seinem Bett und häkelt. Das hat er bei Tante Helma in der Bastelstunde gelernt. Er häkelt mit Ausdauer, Mutter kann kaum nachkommen mit der Wolle. Er häkelt Staubtücher, Topflappen, Kaffeewärmer und Kleiderbügelhüllen. Stör' mich nicht! Ich muss zählen! Sein rechter Zeigefinger, um den die Wolle gewickelt ist, steht hoch und bewegt sich hin und her. Gerhard kann auch Laubsägen. Nachdem er unseren Haushalt mit allem, was mit einer Laubsäge zu machen ist, vervollständigt hatte, als auch bei Verwandten und Freunden keinerlei Bedarf in dieser Richtung mehr bestand, ging er zum Häkeln über.

Im übrigen ist Gerhard dagegen. Gegen alles. Und grundsätzlich. Kürzlich hatte ich Angst, Vaters Stirnader könnte platzen. Denn jedes Mal, wenn Vater sagte, das wäre nicht so, antwortete er: Kommt mir aber doch so vor!

Das ging ein paar Mal hin und her. Vaters Gesicht wurde rot und röter, aber Gerhard blieb dabei: Kommt mir aber doch so vor! Da flog er aus dem Zimmer und musste in der Küche weiteressen.

Gerhard ist sechs Jahre älter als ich und wir zanken uns oft. Richard ist der Mittlere. Neun Jahre älter und mein Vorbild! Aber ich weiß, so werde ich niemals werden, denn ich bin zu dumm. Das meint Gerhard auch.

Richards Zeugnis besteht nur aus Einsen, er verdient sich einen Haufen Geld mit Nachhilfestunden und ich habe ihn noch niemals 'Scheiße' sagen hören. Dazu ist er zu anständig.

Walter, der Älteste, ist zwölf Jahre älter und der Feinste von uns. Wir nennen ihn den Grafen, weil er so fein ist. Er raucht 'Eckstein', geht jeden Nachmittag zum Bummel, er ist nie so ordinär laut, lächelt jovial und hat eine Flamme. Mit Freund Benno hört er im Sender Luxemburg minderwertigen Jazz, worüber Vater empört ist. Wenn er von meinen Eltern spricht, sagt er: 'mein alter Herr' und 'meine alte Dame', und auch das ist sehr vornehm.
Bei der Gartenarbeit fehlt Walter, weil er zum Bummel muss. Im Fortgehen winkt er uns zu, hat den Mantelkragen hochgestellt, den Gürtel eng, sieht sehr flott aus, ruft: Bye – bye! und verschwindet. Gerhard ist zunächst bei der Gartenarbeit dabei, will dann aber alles anders machen und Vater sagt ihm, dass er auf seine weitere Mitarbeit verzichten kann. Und damit ist er entlassen. Richard gräbt, legt Beete an, hilft Vater und 'hält gegen'. Und ich muss Steine sammeln.

Von dem Dickmanns Gretel kann ich nun keine Achtung mehr haben! Ich hatte immer gedacht, dass die ein anständiges Mädchen ist, aber nun weiß ich seit heute: Sie ist es nicht! Ganz im Gegenteil sogar! Heute Nachmittag bin ich nämlich mit meinem Turnbeutel in die Alpen gegangen. Das sind natürlich nicht die richtigen Alpen, sondern nur der Höhenweg über der Stadt, ziemlich hinter unserem Haus hoch, am Luftbad vorbei und noch ein kleines Stück weiter. Da sind die Alpen. Und da stehen schöne große Kastanienbäume. Ich brauche nämlich für das Lullusfest Kastanien, wie alle Kinder. Wir werfen sie dann in das Feuer, weil das so schön knackt, wenn sie darin platzen. Das ist so ein Brauch, wie das ganze Lullusfest selbst, zu dem eben auch Kastanien gehören. Jedenfalls sah ich, als ich mit meinem Turnbeutel so durch die Alpen ging, wo man übrigens nur selten jemandem begegnet, plötzlich die Gretel mit ihrem Galan. Ich weiß nicht, ob der so heißt, aber mein Vater nennt ihn so. Er hatte seine Hand um ihre Schultern gelegt und ging, ganz nah an sie gedrückt, neben ihr. Auf einmal, da hat er sie von vorne gepackt und dann hat er seinen Mund mit aller Gewalt auf ihren draufgedrückt.

Ich dachte zuerst, er wollte ihr was tun. Aber dann habe ich gemerkt, dass ihr das gar nichts ausmacht. Im Gegenteil! Sie hat sich nämlich gar nicht gewehrt, sondern sie ist ganz lange mit ihm so stehen geblieben.

Mir ist dabei vor Aufregung fast schlecht geworden hinter meinem Baum, wo ich mich versteckt hatte. Ganz zittrige Knie habe ich gehabt, als ich dann mit meinem leeren Turnbeutel wieder nach Hause ging.

Jedenfalls, seitdem steht für mich fest, das Dickmanns Gretel ist doch kein anständiges Mädchen, wie ich bis jetzt immer dachte, und von nun an habe ich auch keine Achtung mehr vor ihr!

Das Lullusfest ist das höchste Fest für alle Hersfelder im ganzen Jahr. Alle freuen sich darauf.

Nur mein Vater nicht.

Das kommt daher, dass mein Vater Bürgermeister ist, und der Bürgermeister muss am Lullusmontag, dem Beginn des großen Festes, die Lullusrede halten.

Der ganze Marktplatz ist dann schwarz von Menschen. Tausend und vielleicht noch viel mehr, man kann das ja nicht so zählen, stehen dann um einen riesigen Holzstoß herum. Neben dem Holzstoß ist die Rednertribüne. Und in diesen Holzstoß muss Vater dann, wenn er mit seiner Rede fertig ist, eine brennende Fackel werfen.

Das wäre ja gar nicht so schwierig. Aber das Komplizierte daran ist, dass er das ganz genau dann tun muss, wenn die Glocken vom Kirchturm zwölf Uhr mittags läuten. Genau dann, zu dieser Minute, muss er seine Rede beendet haben. Und im selben Augenblick, wenn der erste Glockenton erklingt, bekommt er die Fackel von dem Feuermeister mit einem festgelegten Spruch überreicht, um sie dann noch vor dem zwölften Glockenschlag in den Feuerstoß geworfen zu haben.

Und keine Minute vorher und keine später.

In seiner Rede muss er einen Überblick halten, was im Laufe des vergangenen Lullusjahres so alles in der Stadt passiert ist. An Gutem und an Schlechtem.

Die Hersfelder zählen nämlich nicht von Januar zu Januar, sondern von Lullus zu Lullus!

Jedenfalls dann, wenn die Uhr den letzten Zwölf-Uhr-Schlag tut, muss das Feuer brennen. Und damit hat dann das Lullusfest angefangen und es dauert eine ganze Woche lang.

Ich stehe, eingekeilt in eine Mauer von lauter fremden Menschen auf dem Markt, kann meinen Vater nicht sehen und auch den Holzstoß nicht.

Ich höre nur, was die Leute um mich herum sprechen.

Wetten, der wird nicht pünktlich fertig?

Wetten, dass doch?

Alle Leute starren auf die Kirchturmuhr. Ich beiße mir vor Aufregung die Backe wund und male mir aus, was das für eine entsetzliche Blamage für die ganze Familie wäre, wenn Vater das nicht pünktlich schaffen würde.

Der Lehrer hat uns in der Schule das mit dem Feuer erklärt. Und er hat uns gesagt, dass das eine altehrwürdige Tradition wäre. Und dass das Feuer unbedingt um zwölf brennen muss. Sonst geht die ehrwürdige Tradition und das ganze schöne Lullusfest nämlich an die Stadt Fulda über. Und wir sind es los. Und dann guckt in Hersfeld meinen Vater und uns alle kein einziger Mensch mehr an.

Außerdem werden uns alle auslachen.

Ätsch, werden die Kinder dann morgen in der Schule sagen. Ätsch, dein Vater ist gestern Mittag gar nicht fertig geworden mit seiner Rede!

Und alle werden eine furchtbare Wut auf uns haben.

Ich habe auch eine entsetzliche Angst davor, dass dem Vater womöglich so ein Unglück passieren könnte, wie seinem Vorgänger, dem Bürgermeister Wagner, der zwar mit seiner Rede pünktlich fertig war, dann aber die Fackel am Holzstoß vorbeiwarf und laut und deutlich ins Mikrofon rief, so, dass alle Menschen es hören konnten: Auch das noch!

Nun ist es kurz vor zwölf und ich muss daran denken, wie der Vater gestern noch mit der Stoppuhr im Zimmer auf- und abging und nicht gestört zu werden wünschte.

Ich weiß, dass er das ganze Lullusfest hasst und die altehrwürdige Tradition für einen Mumpitz hält, mitsamt dem ganzen Tamtam, der damit verbunden ist.

Da schlägt die Turmuhr zwölf!

Ich sehe die hohen Flammen zum Himmel schlagen!

Mir fällt ein Stein vom Herzen und die Leute brüllen nun alle laut:

Enner, zwoon, dräin Bruder Lolls!

Das ist auch altehrwürdig und heißt:

Eins, zwei, drei, Bruder Lullus!

Dazu muss man wissen, dass der Bruder Lullus ganz früher mal so eine Art Schutzheiliger von unserer Stadt war.

Deshalb.

Und deshalb auch das ganze Fest und das Feuer und das Brüllen.

Als die Eltern abends schon im Bett liegen, bringt die Feuerwehr- Blaskapelle dem Vater noch ein Ständchen unten auf der Straße:

Guter Mond, du gehst so stille . . .

Ach, du Himmel, ruft Vater, als er das hört.

Ich denke, er freut sich. Aber, er freut sich gar nicht. Merkwürdig, ich finde das Ganze doch eine hohe Ehre, aber Vater meint, auf die Ehre könnte er verzichten.

Weiß Gott! Verzichten!

Die Mutter soll das Nachttischlicht ausmachen.

Das geht nicht, sagt die, du musst dich zeigen!

Was heißt 'musst'?

Mutter sitzt aufrecht in ihrem Bett und dreht am Ehering.

Als Vater ins Schlafzimmer zurückkommt, sagt er zu mir:

' De gustibus non disputandum est.'

Das wäre lateinisch und hinge mit dem Geschmack zusammen. Und nun soll ich mich in mein Bett verfügen.

Und zwar a tempo!

Für Vater ist jetzt das Lullusfest vorbei. Aber für mich fängt es erst an. Mit Luftballons und Karussells, mit Riesenrad und schönen Buden. Und mit Türkischem Honig!

Nun hat Vater natürlich doch recht gehabt!

Der Professor nämlich, der damals so sanft zu Mutter gesagt hatte, sie solle sich keine Sorgen wegen meinem Rücken machen, der hat sich geirrt! Jedenfalls hat das der neue Doktor gesagt. Das zarte Bäumchen müssen wir stützen, sonst wird es schief. Ich soll einen Gradehalter bekommen und immer, wenn ich gehe, muss ich ihn tragen.

Sitzen darf ich nicht mehr. Nur noch auf dem Bauch liegen. Alles muss ich jetzt auf dem Bauch machen. Auch Lesen und Schreiben. Denn das krumme Sitzen wäre Gift. Und das leuchtet mir ein. Für die Nacht bekomme ich ein Gipsbett zum Schlafen.

Den Gradehalter werde ich nur der Brünhild zeigen. Denn die ist meine Freundin. Nicht dem Dietrich, denn den geht es nichts an, wie es unter meinem Kleid aussieht. Schließlich ist der ein Junge!

Dreimal in der Woche fahre ich nun alleine nach Kassel zur Behandlung und zu Hause muss ich täglich zweimal turnen.

Ömchen hat mir versprochen, sie bleibt bei mir, wenn ich turne. Damit es mir dabei nicht so langweilig wird. Außerdem wollen wir doch aus allem ein Vergnügen machen, sagt sie. Aus dem Gradehalter, aus dem Gipsbett und aus dem Turnen auch.

In die Schule muss ich ein paar Wochen nicht.

Die werden neidisch sein! Und das meint Ömchen auch.

Ömchen hat gesagt, dass wir viel Lustiges zusammen spielen wollen, weil ich immer auf dem Bauch liegen muss, denn zu Späßchen müsste man ja nicht sitzen. Die könnte man auch im Liegen machen. Die Großmutter hat geschrieben, sie hielte es für unumgänglich, dass ich den Stundenausfall systematisch und genau jeden Tag nachholen müsse. Und ob sie kommen soll, um mir dabei zu helfen. Aber glücklicherweise ist ja Ömchen da. Die macht aus allem das Beste und ich freue mich, dass alles so ist, wie es ist!

Sie sagt, dass ich mich an den Gradehalter bald gewöhnt habe. Früher hatten die Männer eine Rüstung an! Das war was! Und im Gipsbett schlafen ist auch nicht schwer, denn wenn man schläft, dann schläft man doch. Und außerdem: Wer kann denn schon sagen, dass er ein Gipsbett hat!

Du musst dir nur vornehmen, immer den Himmel anzusehen, Kind, und nicht die Erde. Das macht erstens grade und zweitens froh. Jedenfalls machen wir beide aus allem das Allerbeste!

Also, eins steht fest: Der Onkel Robert ist unser vornehmster Verwandter!

Das heißt, so ganz richtig verwandt ist er gar nicht mit uns, denn er ist nur ein Freund von Vater. Die beiden haben zusammen studiert.

Onkel Robert macht auf der Durchreise Station bei uns. Schon bei Tisch ist es irgendwie anders, als sonst. Wir Kinder sind still. Nur die Eltern sprechen mit dem Onkel.

Du bist mir während des Studiums immer vorausgewesen, sagt Vater zu ihm.

Da legt der Onkel seine Hand auf Vaters Unterarm und sagt ruhig und freundlich zu ihm:

Mein lieber Freund! Du hast immer ein Übermaß an Bescheidenheit besessen, seit ich dich kenne. So bewerte ich auch diese Äußerung von dir! Das einzige Mal, als dich diese Tugend verlassen hat, war, als du deine liebe Elli zur Frau nahmst.

Mutter lächelt vor sich hin und schiebt dem Onkel nochmals die Aufschnittplatte zu.

Das ist wirkliche Vornehmheit, wird uns Kindern bewusst.

In diesem Augenblick macht mein Bruder Gerhard eine ungeschickte Bewegung und wirft seinen Kakaobecher um. Der dunkle Inhalt ergießt sich über den blütenweiß gedeckten Tisch. Bis hin zu Onkels Teller.

Uns allen bleibt das Herz stehen!

Aber nun kommt das Unvergessliche, das noch nie Erlebte:

Der Onkel nimmt dieses Missgeschick gar nicht zur Kenntnis.

Er sieht es nicht.

Für ihn ist nichts geschehen!

Er sieht nicht Gerhards verstörtes Gesicht. Und nicht Vaters strafende Blicke. Nichts!

Der Onkel spricht weiter, ohne seinen Satz auch nur für einen Augenblick zu unterbrechen. Dabei ruht seine Hand nach wie vor auf Vaters Unterarm.

Etwas Unerhörtes war geschehen!

Ein Blitz war eingeschlagen, ohne dass der Donner gefolgt war!

Nach dem Essen – und auch das gehört zur unvergesslichen Erinnerung – geht der Onkel in das Wohnzimmer ans Telefon und meldet beim Fräulein vom Amt ein Ferngespräch zur Reichsbahndirektion in Frankfurt an.

Wir alle können das Gespräch mithören.

Er bittet darum, dass der laut Fahrplan in Hersfeld durchfahrende Schnellzug im Bahnhof Hersfeld halten möge. Und man solle alles Dementsprechende veranlassen.

Die Brüder bringen den Onkel mit dem Fahrrad, auf dessen Gepäckträger das kleine Lederköfferchen befestigt ist, zum Bahnhof und erleben dort wiederum etwas Unvorstellbares:

Der Onkel begrüßt in dem Bahnhof den Stationsvorsteher, der seine rote Mütze vom Kopf nimmt, und beide gehen, nicht wie die Brüder und alle anderen Menschen durch die Unterführung, sondern über die Gleise zu dem entsprechenden Bahnsteig.

Dorthin, wo extra für Onkel Robert der Zug Hamburg – Frankfurt hält.

Er steigt ein in einen Wagen, an dem '1. Klasse' steht, da, wo die Sitze alle mit grünem Samt bezogen sind und was wir nur von außen kennen.

Der Stationsvorsteher reicht ihm den Koffer ins Abteil, der Onkel lässt vor der Abfahrt noch einmal das Fenster an dem langen Lederriemen heruntergleiten und ruft meinen verblüfften Brüdern zu:

Wenn ihr einmal Reichsbahnpräsident werdet wie ich, dann könnt Ihr das alles auch so haben . . . !

Und damit entschwindet Zug und Onkel langsam im dichten, weißen Dampf der Lokomotive.

Ich kann mir überhaupt nicht mehr vorstellen, wie das war, als Ömchen noch nicht ganz bei uns wohnte.

Damals kam sie immer zu Besuch aus Wildungen und brachte ihr Trienchen mit. Weil sie nämlich Trienchen nicht allein in der Wohnung lassen konnte. Denn die hat sich immer sofort, wenn sie allein war, mit Hinz und Kunz in die Haare gekriegt. Und Ömchen hatte dann, wenn sie zurückkam, nichts weiter zu tun, als immer nur schlichten und in Ordnung bringen, was Trienchen inzwischen angerichtet hatte.

Wenn sie bei uns ist, zankt sich Trienchen nicht. Denn uns hat sie lieb. Wir sind gut, sagt sie.

Bevor Ömchen zu uns übersiedelte, kam Tante Käte zu uns. Die Schwester von Mutter. Aber sie kam erst, als sie schon krank war. Sie hat immer nur im Bett gelegen. Mutter sagt, dass ihre Krankheit mit ihrem Beruf zusammenhängt. Weil sie immer an einem Röntgengerät gestanden hat, da haben die Strahlen sie getroffen und eine große Wunde gemacht, die man Krebs nennt.

Ich habe die Tante Käte schrecklich gerne gehabt.

Sie hat oben in dem Zimmerchen zum Wald gelegen und hat immer und immer von ihrem Bett aus zum Fenster hinausgesehen. Sie hatte eine Klingel an ihrem Bett, und wenn wir beim Essen waren und es klingelte zweimal, dann wusste ich: Das gilt mir!

Dann bin ich zu ihr gelaufen und habe sie gefragt, ob sie etwas braucht. Ach bitte, liebe Schwester Elsbeth, hat sie dann gesagt, bitte bringen Sie mir doch ein Glas frisches Wasser.

Ich habe ihr dann das Wasser gebracht und habe mich jedes Mal schrecklich darüber gefreut, dass sie mich 'Schwester' genannt hat, denn das wollte ich ja vielleicht einmal werden. Sie hat mir auch einmal aus einer Serviette eine Haube gemacht und auf den Kopf gesetzt

Aber ich weiß noch, dass sie sich dabei zu sehr angestrengt hat und ganz erschöpft war. Ganz weiß im Gesicht hat sie dann in ihrem Kopfkissen gelegen und schwer geatmet hat sie.

Die Tante Käte war noch sehr jung. Und hatte ein so liebes, freundliches Gesicht und so gute Augen, mit denen sie mich immer angelächelt hat.

Eines Tages bin ich dann nicht zu ihr ins Zimmer gelassen worden. Mutter sagte, sie wäre ganz müde und müsste nun viel schlafen.

Am nächsten Morgen hat Mutter mich dann auf den Schoß genommen, hat mich an sich gedrückt und gesagt, dass Tante Käte sehr, sehr krank gewesen wäre und große Schmerzen gehabt hätte. Der liebe Gott hätte ihr nun die ganze böse Krankheit genommen und die vielen Schmerzen auch und hätte sie ganz still und friedlich einschlafen lassen.

Für immer. Und dabei hat Mutter sehr geweint und ich auch.

Ich bin dann am selben Tag noch zu Tante Hanni geschickt worden. Dort hat es einen Braten gegeben, der innen noch rot war und den ich einfach nicht essen konnte. Dann könnte ich noch besser Graupen essen, habe ich gesagt. Ob die Tante Hanni vielleicht eine Graupensuppe hätte. Aber die gab es nicht, denn es war ja auch kein Waschtag.

Jedenfalls habe ich dann solange geweint, bis die Brüder mich wieder heimgeholt haben.

Da war ich zwar auch noch sehr traurig, aber das war ich wegen der Tante Käte und weil ich die so lieb gehabt habe und weil die nun für immer schlafen muss und nicht mehr 'Schwester Elsbeth' zu mir sagen kann.

Aber dann, als Tante Käte gestorben war, zog Ömchen zu uns. Das Trienchen kam nach Merxhausen. Weil sie etwas schwache Nerven hatte und nicht alleine bleiben konnte. Mutter ist dann oft dorthin gefahren und hat sie besucht und Zwetschgenkuchen und Bohnenkaffee hat sie ihr gebracht, weil Trienchen das für ihr ganzes Leben gerne aß.

Wir können jetzt zwar nicht mehr nach Wildungen fahren und Ömchen dort besuchen, aber dafür habe ich sie nun von morgens bis abends bei mir und wir können uns immer zusammen ein Vergnügen machen.

Ömchen ist fast taub.

Natürlich nur für die Menschen, die nicht laut sprechen können. Ich kann das aber und von mir versteht sie auch jedes Wort.

Außerdem hat sie die 'Tröt'. Das ist ein Hörrohr, wie eine Schlange. Die steckt sie mit der einen Seite in ihr Ohr und an der anderen Seite spricht man hinein.

Aber ich brauche die Tröt nur dann, wenn ich Ömchen Geheimnisse erzähle. Die soll dann nämlich außer ihr niemand hören.

Ich habe sehr viel Geheimes mit ihr zu besprechen.

Denn Ömchen ist meine Vertraute.

Ömchen sitzt immer in ihrem Zimmer in dem grünen Sessel mit den Fransen dran und liest. Ich habe noch niemals einen Menschen gesehen, der so viel gelesen hat.

Manchmal spielen wir auch eine Partie Mensch-ärgere-dich-nicht oder Mühle. Wir mogeln beide gehörig dabei und wissen das auch. Hinterher lachen wir dann schrecklich, wenn wir uns gegenseitig ertappt haben.

Am liebsten habe ich es, wenn Ömchen in ihrem Sessel sitzt. Gegenüber von ihr stelle ich mich dann auf einer Fußbank hinter den schönen Ofenschirm, den Tante Käte noch gemacht hat und den wir deshalb auch sehr in Ehren halten wollen.

Hier ist meine Bühne. Hier bin ich Schauspielerin.

Ömchen ist mein Publikum.

Ich halte Reden oder ich imitiere.

Die alte Frau Schmeißer zum Beispiel. Oder Professor Preime. Oder Knurzel, den Deutschlehrer.

Ömchen hat dann die Tröt in der Hand und hört mir zu. Wenn es komisch ist, lacht sie. Manchmal sogar Tränen. Und wenn es traurig ist, dann ist sie mit mir traurig.

Jedenfalls, wenn mich irgendetwas in der Schule oder so bedrückt, dann steige ich sofort auf meine Fußbank hinter meinem Ofenschirm und Ömchen setzt sich gegenüber und hört zu.

Danach fühle ich mich wieder wohl und der ganze Kummer ist weg.

In der Ecke hinten beim Sofa hat Ömchen eine Flasche Malaga stehen. Zum Anbieten. Für Gäste. Wenn jemand kommt und sie besucht. Natürlich darf ich so etwas noch nicht trinken. Aber Ömchen hat mir schon hin und wieder mal so ein winzig-kleines Schlückchen aus dieser Flasche eingeschenkt.

Schließlich musst du ja wissen, was in dieser geheimnisvollen Flasche drin ist und wie das schmeckt, flüstert sie.

Natürlich bleibt das unser eisernes Geheimnis und die Eltern dürfen davon nichts erfahren.

Wir beide halten zusammen, mein Ömchen und ich!

Und einer kann sich auf den anderen felsenfest verlassen.

Das ist Ehrensache!

Dass ich nur dreimal in der Woche zur Schule gehen muss, ist noch das Beste an meinem Rücken. Aber manchmal wünschte ich mir doch, ich hätte das mit dem Rücken nicht und meine Wirbelsäule wäre genau so grade wie bei den anderen Kindern.

Ich habe nun mein Gipsbett und muss die ganze lange Nacht darin liegen. Ömchen hat zwar gemeint, das wäre gar nicht so schwierig und Schlafen wäre Schlafen und da merkte man nichts bei.

Aber ich merke doch etwas. Es tut weh und ich kann nicht schlafen! Abends, wenn ich darin festgeschnallt werde, denke ich oft, wie schön das doch war, als ich noch in meinem weichen Bett liegen konnte.

Und nun werde ich immerzu wach, weil der Gips drückt.

Ich habe ganz wunde Stellen davon. Aber Mutter reibt sie mir dann immer schön ein und pudert die Stellen und sagt, dass das mit dem Gipsbett nur eine vorübergehende Angelegenheit wäre.

Wahrscheinlich jedenfalls.

Und später, wenn ich dann groß wäre, könnte ich mich wieder beim Schlafen gemütlich auf die Seite legen, weil der Rücken dann wieder in Ordnung wäre, und darauf freue ich mich schon jeden Abend.

Den Gradehalter hat Herr Köster in Kassel gebaut. Ich musste oft zum Anprobieren zu ihm fahren. Dabei musste ich lange stehen, wenn Herr Köster den Apparat anpasste.

Manchmal dachte ich, gleich würde ich ohnmächtig umfallen.

So schwach ist mir dabei geworden.

Ich glaube aber, das kam von der Luft.

Und weil Herr Köster so entsetzlich schwitzt. Dicke Schweißtropfen stehen immer auf seiner Stirn und er zittert mit den Händen, wenn er mich anfasst. Einmal hat er gesagt, dass er an dieser Stelle freilassen muss, weil da der Busen käme.

Ich finde das unanständig! Was geht Herrn Köster mein Busen an! Besonders, wo ich noch gar keinen habe.

Bis jetzt!

Die anderen Mädchen aus meiner Klasse haben schon viel mehr Busen. Manche können auch manchmal nicht mitturnen und rufen dann nur:

Passe!

Die Lehrerin nickt dann und fragt nicht weiter.

Der Gradehalter hat Eisenbügel, die unter der Achsel entlangführen. Da hänge ich sozusagen drin.

Und an diesen Stellen bin ich immer wund gerieben und habe da Furunkel bekommen. Das tut sehr weh. Mutter ist sehr traurig, dass ich solche Schmerzen habe, aber sie sagt, dass auch das nur ein Übergang ist, dann hätte sich die Haut sicher daran gewöhnt. Sie reibt und pudert mich ein und dann ist auch alles gleich besser.

Sehr traurig war ich nur, als Vater das letzte Mal mit mir zu Herrn Köster fuhr, um den fertigen Apparat abzuholen.

Vater sah Herrn Köster an und fragte: Kostenpunkt?

Einhundert und acht Mark.

Da musste ich plötzlich ganz schrecklich weinen.

Aber mein liebes Kleines, sagte Vater da und nahm mich in die Arme, das ist doch nur für kurze Zeit. Doch nur, dass der Rücken schön grade wird!

Aber das war ja gar nicht der Grund, weshalb ich so weinen musste! Es waren vielmehr die Hundert und acht Mark, die so entsetzlich viel Geld sind und weil Vater das alles für mich bezahlen muss.

Das hat mich so traurig gemacht.

Herr Köster war ganz erschrocken, als ich weinte, und wusste gar nicht, was er jetzt sagen sollte.

Aber Vater hat dann gesagt: Das ist alles in Ordnung so, Herr Köster. Ich überweise umgehend.

Dann hat Herr Köster sich wieder seinen Schweiß von der Stirn gewischt, hat mir auf die Schulter geklopft und gesagt:

Immer schön grade halten, kleines Fräulein!

Dann bin ich in dem neuen Gradehalter so steif, wie eine Porzellanpuppe, mit Vater zum Bahnhof gegangen und wir sind wieder heimgefahren.

Seitdem habe ich einen Gradehalter. Und ein Gipsbett. An beides muss ich mich doch noch sehr gewöhnen.

Ömchen und ich wollen trotzdem das Beste aus allem machen.

Ich möchte nur mal wissen, wo der Onkel Heckmann eigentlich seine Augen hat?

Ich habe nämlich zu meinem Geburtstag eine Armbanduhr bekommen. Ein kleines Ührchen, das in einer Lederhülse steckt. Vater hat mir ein extra Loch in das Armband gemacht und hat dabei gelacht, was für dünne, dünne Ärmchen ich doch hätte, hat er gesagt. Dann hat er mir ein Küsschen gegeben, hat mir die Uhr angezogen und mir zu meinem Geburtstag gratuliert.

Gerhard sagte, dass er seine erste Uhr erst zur Konfirmation bekommen hätte und keinen Tag früher.

Aber da hat Mutter ihm gesagt, dass ich die Uhr brauche. Für die Fahrten nach Kassel. Damit ich immer pünktlich zum Bahnhof komme. Und deshalb.

Ich bin dann mit meiner neuen Uhr unten an die Gartentüre gegangen und habe mich mit beiden Unterarmen auf den Holzzaun gelegt, so dass jeder, der vorbeikam, die neue Uhr einfach sehen musste.

Als nach einer Weile der Onkel Heckmann kam, habe ich ihn angesprochen. Was das doch für ein schöner Tag wäre.

Ich hätte zufällig auch Geburtstag an diesem schönen Tag. Da hat er mir gratuliert. Und alles Gute auch!

Ich habe dabei immerzu auf meine neue Uhr gesehen und gedacht, nun müsste er die Uhr doch endlich sehen! Aber er hat nur tief geseufzt. Er müsste nun zum Essen nach Hause. Da warteten schon alle auf ihn.

Dann ist er weg gewesen und hat meine Uhr doch tatsächlich nicht gesehen!

Hinterher habe ich mir überlegt, dass ich ihm gleich hätte sagen sollen, dass ich die schöne Uhr zum Geburtstag bekommen habe.

Aber da war es schon zu spät.

Die besten Gedanken kommen einem immer erst hinterher, sagt Vater oft.

Jetzt weiß ich, dass das genau stimmt.

Ich weiß nicht, aber seit ich wieder zur Schule gehen muss, kann ich gar nicht mehr richtig vergnügt sein.

Nachmittags beim Spielen vergesse ich ja manchmal alles, was mich bedrückt, aber plötzlich, wenn ich so richtig glücklich bin, schießt mir etwas durch den Kopf und dann habe ich so ein beklemmendes Gefühl da, wo mein Herz ist. Dann denke ich, dass sich da etwas zusammenzieht. In diesem Augenblick ist alle Freude weg.

Und kein Vogel singt mehr.

Dann ist mir nämlich die Schule wieder eingefallen.

Drei Mal in der Woche fahre ich nach Kassel zur Behandlung. An diesen Tagen gehe ich natürlich nicht zur Schule. Dafür muss ich mir nachmittags, wenn ich zurück bin, die Aufgaben holen. Brünhild hat sie schon auf einen Zettel geschrieben. In Schönschrift! Weil meine Mutter ihr mal gesagt hat, du hast aber eine gute Schrift, Brünhild! Deshalb schreibt sie auf diesem Zettel so sauber. Sonst schmiert sie. Und wie!

Ich bin so schlecht geworden in der Schule. Nichts macht mir mehr Spaß. Das meiste verstehe ich nicht, weil ich so viel fehle.

Drei Wochen geben wir dir Zeit, hat der Klassenlehrer gesagt.

In dieser Zeit nehmen wir Rücksicht.

Aber dann ist wieder Normalbetrieb.

Hast du verstanden? **Normalbetrieb!**

Also, setz dich auf den Hosenboden und steck die Nase ins Buch!

Drei Wochen ist eine lange Zeit, denke ich. Irgendwie wird es schon weitergehen. Aber ich merke, dass ich in den Stunden oft gar nicht mehr zuhöre. Nicht mehr anwesend bin.

Fortgegangen sozusagen.

Neulich, als ich auch alles um mich herum vergessen hatte, sah ich, als ich aus dem Klassenfester schaute, ein Krähennest in der großen, alten Kastanie auf dem Schulhof.

Krähennester haben wir auch hinter unserem Haus, da, wo der Wald anfängt, habe ich so vor mich hingedacht.

Abends, wenn es dämmerig wird, dann kommen die Krähen. Krächzend und flügelschlagend kreisen sie über unserem Haus und über Heckmanns Haus und nun über den großen Tannen hinter Engelhardts Garten. Sie suchen dann ihre Schlafnester auf, kurz ehe alle Vögel verstummen.

Dann, wenn alles still ist, hört man nur noch die zarte Glockenstimme von unserem Rotkehlchen, das unter unserem Kirschbaum, der Schattenmorelle, wohnt. Die steht neben dem Treppchen, das zum oberen Garten hinaufführt.

Auf diesem Treppchen hat damals der Mann das Täubchen totgemacht, denke ich so weiter. Ich kam grade dazu und habe alles gesehen, auch, wie das Täubchen noch zappelte.

Und dann musste ich jede Nacht davon träumen.

Ich habe zu Hause niemandem etwas davon gesagt, denn ich wusste ja, dass Mutter das Täubchen für die kranke Tante Käte bei dem Mann an der Haustüre gekauft hatte, weil sie hoffte, die Tante würde davon wieder kräftig werden und sie könnte es vielleicht essen, weil sie immer so wenig Hunger hatte . . .

Da trifft plötzlich die scharfe Stimme des Lehrers an mein Ohr. Zwei Brillengläser funkeln mich an.

Bitte wiederhole, sagte er zu mir, bitte wiederhole, was ich eben erklärt habe.

Ich weiß nichts.

Absolut nichts.

Ich hatte ja gar nicht zugehört.

Aber das darf ich nicht sagen.

Na? Darf ich fragen, was du die ganze Zeit gemacht hast, als du aus dem Klassenfenster blicktest? - - - - - - - - - - - - - - Na?

An unsere Schattenmorelle habe ich gedacht. Und an das Täubchen, dem der Mann die Kehle durchgeschnitten hat . . . .

Ich spüre tosendes Lachen um mich herum.

Eine kurze Bemerkung des Lehrers. Dann überkommt mich das Gefühl grenzenloser Einsamkeit.

Der Uferlosigkeit und Müdigkeit.

Das Herz klopft bis zum Halse.

Die Tränen stehen dicht hinter den Augen, aber ich weine nicht.

In diesem Augenblick muss ich an das Möllers Marta denken. Zäh fließen an solchen Tagen die Schulstunden dahin.

Still und weit ist dann der Nachhauseweg, den ich dann am liebsten alleine gehe.

Der Ofenschirm!

Er ist meine Zuflucht!

Er bekommt in zunehmendem Maße die Funktion des Beichtstuhls. Des Kummervertilgers.

Auf ihn und auf Ömchen ist Verlass!

Sie bieten Hilfe.

Zu jeder Stunde und wann immer sie gebraucht werden.

Ömchens Zimmer wird ein Hort des Geborgenseins, des Trostes. Exterritoriales Gebiet sozusagen.

Abgeschirmt von der feindlichen Umwelt.

Hier kann niemand an mich heran, der mir nicht gut gesonnen ist. Die Luft in Ömchens Zimmer ist die des Verstanden- und Geliebtwerdens.

Glücklicher Ausgleich der Natur.

Hier darf gestöhnt, geweint, geschimpft und gelacht werden. Und alles findet hinter dem Ofenschirm statt.

Er ist der Genesungsort für eine wunde Seele.

Wir sitzen bei Tisch.

Aber es ist kein gewöhnliches Mahl, sondern ein besonderes. Die Kusine von Mutter, Tante Else Traumann, ist zu Besuch. Besuch haben wir oft. Aber heute scheint es kein gewöhnlicher zu sein.

Tante Else will uns Auf Wiedersehen sagen.

Sie will fortziehen.

Wohin denn?

Nach Brasilien.

Ganz alleine?

Nein, mit ihrem Mann, dem Onkel Fritz und ihren Kindern. Ich frage nicht, weshalb sie so weit fortziehen wollen. So, wie es ist, so ist es. Und so wird es schon richtig sein.

Die Mittagstafel ist festlich gedeckt.

Festlicher als sonst, wenn Tante Else kam.

Ein Freudenfest also!

Aber die Tante und Mutter haben verweinte Augen. Tante Else hat ihr Taschentuch in den linken Kleiderärmel gesteckt, holt es während des Essens ständig heraus, knäult es in der Hand, zieht beim Sprechen einen Zipfel heraus und betrachtet ihn so, als könnte sie etwas darauf lesen.

Dann ballt sie das Tuch wieder zusammen und schiebt es in den Ärmel zurück.

Ein Sonntagessen!

Ich begreife nicht, weshalb Mutter und die Tante so traurig sind. Wenn wir nur erst draußen wären, sagt sie.

Fritz ist so wenig praktisch. Eigentlich nur Geist . . .

. . . Geist und Seele, fügt Mutter hinzu.

Und seine Anwaltspraxis, fragt Vater. Was macht die?

Ach, wer kommt denn noch? Wer wagt es denn noch zu ihm zu gehen, stöhnt Tante Else auf. Er war einmal der Star-Anwalt, aber diese irrsinnigen . . .

Take care, sagt Vater zu ihr, mit einer leichten Kopfbewegung zu mir hin.

Ich weiß, ich sollte dies nicht sehen, aber es ist mir nicht entgangen.

Das Mädchen bringt den Nachtisch. Die Tante schiebt lächelnd den unbenutzten Teller zu Seite. Sie dankt.

Kann nicht essen. Beim besten Willen nicht.

Erst wieder, wenn wir alle raus sind.

Nach dem Essen nimmt Tante Else Abschied von mir. Er bleibt mir unvergesslich. Sie hält meinen Kopf in ihren beiden Händen und sieht mir in die Augen.

Mein liebes Elsbethchen, sagt sie.

Und ich soll mich noch mal anschauen lassen, damit sie mich immer gut in Erinnerung behält.

Und Gott segne Dich!

Gott segne Euch alle!

Dabei hat sie schon wieder Tränen in den Augen.

Danke, sage ich, denn ich weiß nicht, was ich sonst sagen soll.

Weshalb hat die Tante Else so geweint, frage ich am Abend.

Weil sie fortzieht.

Aber weshalb zieht sie denn so weit fort, wenn sie gerne hier ist? Weil Onkel Fritz fortgehen muss.

Und weshalb muss er?

Weil er ein Jude ist, mein Kind, sagt Vater in festem Ton, aus dem ich trotzdem ein leichtes Vibrieren höre.

Ach so! sage ich.

Aber verstanden habe ich es nicht.

Nun werde ich wohl in meinem Leben nichts anderes mehr denken können, als das, was ich auf der Fähre erlebt habe. Auf der Überfahrt von Stralsund nach der Insel Rügen.

In Putbus auf Rügen wohnt Tante Irma.

Ganz in der Nähe des fürstlichen Schlosses und Wildgeheges. Und auch in der Nähe der herrlichen Bademöglichkeiten.

Frische Luft und Ruhe soviel ihr sucht!

Das schrieb sie. Und ob Mutter nicht mit mir in den Sommerferien zu ihr kommen wollte.

Der kräftige Seewind wird gut sein für das Kind. Und auch der lieben Mutter wird ein Loslösen von den vielen Verpflichtungen des großen Haushalts gewiss nichts schaden.

Ich bekomme noch ein Paar Sandalen und einen Sonnenhut. Das Gipsbett, kunstvoll und vorsichtig verpackt, tritt zuerst die Bahnreise an. Dann begeben wir uns, mit Gradehalter ausgerüstet, auf die große Reise.

In Stralsund besteige ich zum ersten Mal in meinem Leben ein Fährschiff.

Der Tag ist makellos sonnig und klar.

Die Schule weit fort und schon vergessen.

Die Welt ist schön!

Ich laufe auf dem großen Schiff hin und her, den Augenblick dieses Glücks in mich aufsaugend, so, wie es eigentlich immer meine Sache ist. Meine Augen sind überall. Nichts will ich versäumen. Nichts soll unerlebt bleiben.

Da trifft mein Blick auf eine Gruppe etwa gleichaltriger Kinder. Sofort wird mir das Besondere, das Eigentümliche bewusst.

Die Kinder laufen nicht umher.

Sie sitzen, den Rücken an die Schiffswand gelehnt, auf einer langen Bank. Praktisch bewegungslos starren sie mit leblosen Minen vor sich hin. Die ausdruckslosen Augen sind in unendliche Ferne gerichtet.

Ins Nichts.

Da fällt die Gewissheit wie ein schwarzer Schatten auf meine Seele:

Diese Kinder sind blind!

Scheu komme ich näher. Aber niemand bemerkt mich. Sie haben ihre Gesichter dem Meer entgegengerichtet, wo im Lichte des silbrig-hellen Spiegels der Wellen die Möwen im Seidenblau des Himmels ihre Kreise drehen.

Da wird mir bewusst: Dies alles könnt ihr nicht sehen!

Von nächtlicher Finsternis seid ihr umgeben.

Tag für Tag.

Jahr für Jahr.

Euer ganzes Leben.

Abgrundtiefe Traurigkeit überfällt mich. Noch nie in meinem Leben sah ich in die Augen eines Blinden. Und nun Augenpaar neben Augenpaar.

Blinde Kinderaugen.

Ohne Regung. Ohne Leuchtkraft. Ohne Widerschein.

Wie gebannt starre ich auf meine Altersgenossen. Ich spüre fast körperlichen Schmerz. Und unendliche Zuneigung. Habe das Bedürfnis, diese Kinder zu streicheln, ihnen gut zu sein.
Aber sie nehmen mich gar nicht wahr.
Blicken praktisch bewegungslos ins Finstere.

Mit würgendem Gefühl kehre ich zu Mutter zurück. Berichte stockend von dem eben Erlebten und treffe auf verständnisvoll-dunklen Blick.
Da löst sich der Schmerz in mir. Ich berge mein Gesicht in Mutters Schoß und lasse den Tränen ihren freien Lauf. Mutters Hand streicht wohltuend über meinen Kopf. Ich spüre Ahnen und Mitleiden.

Diese Kinder wurden Marksteine und Wegweiser für mich.
Ich hatte neue Vergleiche.
Nach unten und nach oben.
Konnte die Gewichte des Lebens anders einstellen als bisher.
Aber zunächst hatte alle Reisefreude an Glanz verloren. Nichts anderes denkend als an die blinden Kinder fuhr ich weiter auf dem schönen Fährschiff von Stralsund nach Rügen und Tante Irma entgegen.

Bitte sprich nicht mit vollem Mund und schieb den Bissen nicht immer mit dem Daumen nach! Weißt du noch nicht, dass man beim Essen nicht die Ellenbogen aufstützt? Komm, Kind, halt dich grade! Brust raus und tief atmen! Das ist wichtig! Tief atmen!
Himmel! Immer diese Belehrungen! Ich kann das nicht mehr aushalten!
Einerseits soll ich erwachsen werden, andererseits ein Kind bleiben. Was soll ich denn nun?
Die anderen müssen viel weniger und dürfen viel mehr als ich!
Ich war zum Beispiel noch niemals im Kino. Aber fast alle anderen aus meiner Klasse schon.
Immer heißt es, du darfst nicht so lange sitzen. Du weißt doch, das ist nicht gut für dich, Kind, das schadet dir. Später kannst du alles nachholen. Du sollst dir doch nicht schaden!
Sei vorsichtig!
Morgen gehen wir von der Schule aus in einen Film. Ich bestehe nun aber wirklich darauf, dass ich mitkann! Nur nicht schon wieder einen Entschuldigungszettel von Vater: . . . meine Tochter Elisabeth kann leider aus gesundheitlichen Gründen . . . nicht teilnehmen . . . .
Warum denn immer ich nicht! Ich will auch so sein und das tun und dürfen, was den anderen Kindern erlaubt wird!

Bist du denn so ein Schwächling, dass du immer alles nicht darfst, haben mich kürzlich die anderen gefragt.

Ich habe das heute Mutter gesagt. Nun will sie mit Vater darüber sprechen.

Der Film, in den wir morgen gehen, heißt: 'Hitlerjunge Quex' und er soll sehr schön sein.

Sagen die anderen.

Mutter hat gesagt, dass sie dann jedenfalls vorher schon einmal mit mir in einen Film gehen will. Heute Nachmittag. In einen Bergsteigerfilm. Einer, der von der Besteigung der Eiger-Nordwand handelt.

Plötzlich darf ich zweimal hintereinander ins Kino!

Ich verstehe das nicht.

Natürlich freue ich mich darüber.

Aber am meisten doch auf morgen.

Darauf viel mehr, weil ich dann mit meinen Freundinnen zusammen bin. Die meisten aus meiner Klasse sind schon in der Hitlerjugend. In der Jungmädelschar.

Mit brauner Kletterweste, schwarzem Rock und weißer Bluse.

Mein Traum!

Hilde ist Scharführerin und hat eine Kordel. Felix sah ich neulich in seiner neuen Uniform als Pimpf. Knorke! Ich habe mich noch einmal nach ihm umgedreht.

Das heißt: Nicht nach ihm, sondern nach seiner schönen Uniform.

Ganz kurz.

Er hat es leider gemerkt.

Das war mir unangenehm, denn es soll sich nur keine Schwachheiten einbilden!

Brünhild kündige ich die Freundschaft, denn sie macht sich lustig über mich, weil ich noch mit meinem Hansi spiele. Margot gab ihr recht und sagte, es ginge jetzt um wichtigere Dinge als um Puppen. Und kannst du überhaupt das Lied singen: Vorwärts, vorwärts, schmettern die hellen Fanfaren . . ?

Dreimal in der Woche muss ich immer noch nach Kassel zur Behandlung fahren. Dort werde ich aufgehängt und dann hochgezogen. Der Kopf hängt dabei in einer Ledermanschette, die um Kinn und Hinterkopf liegt 20 Minuten lang.

Das ist sehr unangenehm und ich zähle die Minuten dabei. Aber ich halte es so lange wie nur möglich aus und setze meinen ganzen Willen ein dabei. Auch beim Turnen strenge ich mich entsetzlich an, denn vielleicht hilft es ja etwas. Und ich will doch so gerne ebenso grade werden wie alle anderen Kinder!

So schlecht wie diese Nacht habe ich noch niemals geschlafen.

Der Film gestern!

Der arme Hitlerjunge Quex hat mich immer wieder wach gemacht und ich musste über ihn nachdenken.

Was für ein Held!

Ich wünschte, so heldenhaft könnte ich auch mal sein!

Nun wird mir vieles klar!

Jetzt weiß ich auch, weshalb die Meta, neben der ich in der Volksschule bei Fräulein König saß, sagte, dass ihr Onkel etwas ganz Schlimmes ist.

Dass er ein Kom-mu-nist ist.

Ein Kommunist!

Ein ganz schrecklicher Mensch ist das. Auch der Kommunist im Film. Zum Fürchten einfach!

Immer betrunken und will nichts tun. Und verprügelt seinen Jungen, den Hitlerjungen Quex. Aber der weiß genau, was gut und richtig ist. Denn das hat er in der Hitlerjugend gelernt.

Und darüber spricht er auch mit seiner Mutter. Die versteht ihn. Denn das ist eine gute und anständige Frau. Jedenfalls, als die beiden, die Mutter und der Hitlerjunge Quex, es einfach nicht mehr aushalten können bei dem entsetzlichen Kommunistenvater, setzt sich die Mutter eines Abends mit ihrem Jungen in die Küche.

Und als der Junge eingeschlafen ist, dreht die Mutter den Gashahn auf.

An dieser Stelle habe ich so Herzklopfen gekriegt, dass ich gedacht habe, ich kann nicht mehr.

Und da habe ich das Mädchen, das neben mir saß, ganz leise gefragt, ob die beiden jetzt sterben. Aber die war ja genau so gespannt und hat das auch nicht gewusst.

Still! Hat sie mich angezischt.

Halbgut ist der Film schließlich ausgegangen. Die gute Mutter ist gestorben an dem Gas. Aber der Junge nicht!

Der ist gerettet worden und hat im Krankenhaus gelegen. Nach der Rettung.

Da kamen seine Freunde, die anderen Hitlerjungen, zu ihm zu Besuch, brachten ihm eine funkelnagelneue Hitlerjugenduniform mit und legten sie ihm auf sein Bett. Und damit erfüllten sie seinen heißesten Wunsch, denn er hatte bisher noch keine, weil seine arme Mutter kein Geld hatte, um ihm eine kaufen zu können und sein böser Vater, der schreckliche Kommunist, ihm natürlich keine gekauft hat, weil er ja gegen alles Gute und Edle war.

Seitdem kann ich nur noch an diesen Film denken.

Und ich brenne darauf, auch in die Jungmädchenschar zu kommen. Ich möchte nicht mehr am Straßenrand stehen und zusehen, wie die anderen marschieren in Schritt und Tritt. Und dazu Lieder singen, zu denen man so schön marschieren kann.

Wenn ich mit den Eltern darüber reden will, fangen sie immer gleich von meinem Rücken an. Und dass alles nicht gut wäre für mich und so.

Ich fürchte wirklich, meine Eltern sind Spießer!

Seit vielen Jahren kommt in allen Sommerferien der Peter zu uns. Richtig heißt er Peter Oljeniczak. Und er wohnt in Kassel in der Altstadt in einem Hinterhaus.

Ich bin einmal mit Mutter dort gewesen, weil sie mit der Mutter von Peter sprechen wollte. Denn als der Peter nach den letzten Ferien bei uns wieder nach Kassel zurückgekommen ist, da hat er seinen Kopf in seine Arme gelegt und auf den Küchentisch und hat zu seiner Mutter gesagt: Mama, hat er gesagt, Mama, bei euch gefällt mir's nicht mehr!

Und da hat seine Mutter gesagt, dass er nun nicht mehr nach Hersfeld darf. Weil er das alles gar nicht erst kennen lernen soll, wo er es schöner hat, als zu Hause. Und weil er doch nur das schreckliche, alte Hinterhaus kennt, mit dem finsteren Treppenhaus und dem schwarzen Wasserbecken auf dem Flur und wo alles so ungelüftet nach Küche riecht.

Da hat Mutter mir erklärt, dass sie es sehr gut verstehen kann, dass Peters Mutter so traurig war, als er das gesagt hat, denn schließlich kann Peters Mutter ja nichts dazu, dass sie keinen Garten für den Peter hat und keine Blumen und auch keine Vögel und keine Zeit und dass ihr Peter immer so viel alleine sein muss, wenn sie arbeiten geht.

Aber als der Peter das letzte Mal bei uns war, habe ich die ganze Ferienzeit Angst vor ihm gehabt.

Das kam dadurch, dass ich einmal mit meinem Fahrrad da gefahren bin, wo ich eigentlich nicht fahren durfte. Wenn ich nämlich zum Beispiel zu Tante Hanni fahren will, dann darf ich noch nicht an unserem Haus auf das Rad steigen, sondern ich muss es bis zur Wittastraße schieben.

Erst dann darf ich fahren. Und zwar hinten herum!

Nicht durch die Hainstraße, wo alle vernünftigen Menschen fahren, sondern den Hainchenweg, den fast niemand kennt. Dort an den Schrebergärten vorbei und den Pfad an der Fulda entlang.

Jedenfalls, wenn der Vater aus dem Haus war, bin ich doch schon am Kurhotel aufgestiegen und losgefahren. Ich kann doch schließlich Rad fahren!

Ja und da bin ich mit einem anderen Radfahrer zusammengefahren. Wir lagen beide auf der Straße. Passiert war nichts.

Aber der Peter!

Der hat alles gesehen.

Und am Abend hat er dann zu mir gesagt:

Ich – bin – informiert !

Von was, habe ich gefragt. Aber ich wusste es ja eigentlich schon.

Und da hat er gesagt, dass er nichts sagen wird von dem, was er da gesehen hat, wenn ich ihm meinen schönen neuen Taschenkalender gebe. Den habe ich ihm natürlich gegeben, denn sonst hätte er mich verpetzt und ich hätte nicht mehr Rad fahren dürfen.

Aber am nächsten Tag hat er wieder etwas von mir gewollt, nämlich meinen durchsichtigen Federhalter, um den mich alle in der Klasse beneiden.

Und am Tag danach wollte er wieder etwas haben.

Und das ging Tag für Tag. Und ich habe ihm immer alles gegeben, was er haben wollte.

Wann hörst du denn mal auf damit, habe ich ihn gefragt. Aber er hat nicht aufgehört. Und immer und immer musste ich ihm etwas geben, was er haben wollte.

Das ging so lange, bis er wieder abreiste.

Da war ich sehr, sehr froh, als der Peter endlich wieder fort war und mich nicht mehr verpetzen konnte und auch nichts mehr von mir verlangte, was ich ihm geben musste, damit er nichts sagte.

Dann konnte ich wieder in Ruhe am Kurhotel auf mein Rad steigen, ohne Angst zu haben, dass etwas raus kommt.

Und ich konnte auch vorne herum die Hauptstraße entlang zu Tante Hanni fahren.

Ganz plötzlich ist es gekommen. Jedenfalls, ich habe vorher nichts gewusst. Ich bin für drei Monate in einem Kinderheim an der Nordsee angemeldet.

In Sankt Peter.

Zuerst wusste ich nicht, ob ich mich darauf freuen sollte oder nicht. Aber Ömchen hat mir gesagt, natürlich freut man sich auf so etwas Schönes! Denk mal, die vielen Kinder, das Baden im Meer und das Spielen im Sand!

Und die lieben, lieben Lehrer dort, habe ich gestöhnt, weil ich in dem Kinderheim leider richtigen Schulunterricht habe.

Alter Miesmacher, hat Ömchen dann aber gelacht. Du weißt doch, dass wir beide immer nur das Schöne sehen!

Ganz alleine bin ich mit der Eisenbahn nach Hamburg gefahren. Dort war Onkel August auf dem Bahnhof und hat mich in den anderen Zug gesetzt. Damit bin ich dann über Husum, über Heide nach Sankt Peter gefahren.

In Husum habe ich mir ein Eis am Stiel gekauft, das leider abbrach und auf das Kleid fiel. Aber bis Sankt Peter war der Schaden wieder getrocknet.

Ich habe mich mittlerweile gut eingelebt und habe auch Freundinnen. In dem Bett neben mir liegt die Rosl. Die hat oft Migräne und kommt aus Siebenbürgen. Dann muss sie den ganzen Tag im Bett bleiben. Lesen und schreiben darf sie dann nicht, nur Dunkelheit und Ruhe.

Ich hoffe nur, dass ich mal nicht Migräne bekomme, denn das wäre mir eine zu langweilige Krankheit.

Auf der anderen Seite von mir schläft die Gerti. Die hat mir gesagt, 'liebe Eltern' zu schreiben fände sie doof und sie schriebe gar keine Anrede über ihre Briefe.

Seitdem weiß ich nicht mehr, wie ich selbst nach Hause schreiben soll. Die Gerti kommt aus Heide, sie kann reiten, hat einen Freund und einen Busen.

Die Ulrike heult jeden Abend, weil sie ein Kopfkissen haben will. Sie bekommt aber keins, weil alle Kinder keins haben.

Sie verlangt aber eins.

Verlangt wird hier überhaupt nichts, sagt die Tante.

Dann reise ich eben wieder ab.

Aber das tut sie natürlich nicht.

Eines Tages kam ihre Mutter. Mit vielen Ketten und Armbändern und hatte viele Beanstandungen.

Als dann Ulrike aber trotzdem kein Extrakopfkissen bekam, wurden ihre Koffer gepackt und sie fuhr mit ihrer Mutter wieder nach Hause.

Ich habe für Sankt Peter eine Agfa-Box bekommen. Für neun Mark. Mit einem Rollfilm.

Jeden Tag darf ich ein Bild machen. Wenn ich mal bei schlechtem Wetter keins machen kann, darf ich an den anderen Tagen mehr machen.

Morgens gibt es zum Frühstück Grütze und Vollkornbrötchen. Zwischendurch eine Karotte und zum Mittagessen viel Salat und Obst.

Ich bekomme Rückenmassagen und muss bei einer Turnlehrerin zwei Mal am Tag turnen.

An meinen Gradehalter haben sich alle gewöhnt. Auch an mein Gipsbett. In den ersten Tagen wollten alle mal darin liegen, aber dann hat ihnen das weh getan und sie fanden ihr eigenes, weiches Bett schöner, was ich gut verstehen kann!

Ein Kind hat eine Glatze, denn es hatte Typhus gehabt.

Zuerst haben alle Kinder hingeguckt, aber dann ist es schließlich keinem mehr aufgefallen, weil keiner mehr darauf geachtet hat.

Wir lachen viel und meine Kusine Mareile hat sich verlobt mit einem Mann aus Afrika. Aber kein Schwarzer, sondern ein Weißer, und Mutter hat mir noch geschrieben, dass mein Bruder jetzt cand. med. ist. Das soll ich jetzt immer auf die Adresse an ihn schreiben.

Ich bin wirklich stolz auf ihn, dass er cand. med. ist!

Neulich war ein Bauchredner mit einer Puppe da, die sprechen konnte. So etwas habe ich noch nie gesehen!

Ein Junge im Kinderheim spielt die 'Kinderszenen' von Schumann auf dem Klavier. Er muss jeden Tag üben und heißt Karsten. Ich finde ihn sehr nett und die Kinderszenen so herrlich , dass ich es gar nicht beschreiben kann.

Wenn er spielt, gehe ich manchmal leise ins Klavierzimmer.
Ach, du bist es nur, hat er gestern gesagt, als er sich umdrehte und mich sah.
Da war ich etwas enttäuscht, denn ich dachte, er würde sich freuen, wenn er mich sehen würde.
Karsten ist ein Jahr älter als ich und kommt aus Itzehoe.

Wenn ich nach Hause fahre, werde ich Mutter von meinem gesparten Geld eine Filigranbrosche kaufen und ihr mitbringen. Das habe ich mir vorgenommen.
Vater bekommt die Moccabohnen, die Tante Benrath in einem Päckchen geschickt hat und die ich aufheben und nicht essen will bis dahin.
Was ich Ömchen mitbringe, weiß ich noch nicht.

Vorgestern bei dem Kinderfest habe ich ein Gesellschaftsspiel gewonnen.
Ömchen hat recht: Ich bin ein Glückspilz!

In der Schule, zu Hause, ist alles anders geworden. Seit ich aus Sankt Peter zurück bin, komme ich wieder besser mit, aber ich sehe alles anders.
Ich bin nicht mehr traurig, sondern höchst vergnügt. Außerdem bestätigt sich immer mehr mein Talent.
Ich imitiere!
Jeden Lehrer kann ich mittlerweile so nachmachen, dass ich schon mit einem ganz leichten Zwinkern des Augenlides, einem geringen Zucken der Schulter, dem Hochziehen einer Augenbraue, mit kleinsten, unscheinbarsten Bewegungen also, die Lehrer nachmachen kann.
So, dass die ganze Klasse sie in mir unmittelbar wiedererkennen kann.
Wie gebannt starren alle auf mich und warten darauf, dass von mir irgendeine uns allen bekannte Geste, ein Schnüffeln oder Räuspern, ein Zittern, Zucken, Hüsteln oder Schnippen kommt.
Dieses gelingt mir mittlerweile bestens.
Wenn dann die ganze Klasse in ein unterdrücktes Kichern ausbricht, habe ich längst meine Gesichtszüge verändert und lausche mit lammfrommer Aufmerksamkeit und allem gebotenen Ernst den Ausführungen der Lehrer.

Ich bin sehr glücklich über mein Talent und darüber, dass ich in meiner Klasse nun wieder wer bin und dass alle sich freuen, dass ich nun wieder da bin.

Endlich habe ich es erreicht!

Ich bin ein BDM – Mädchen!

Das heißt, ganz richtig bin ich es noch nicht. Ich bin erst in der Jungmädelschar. Aber ich habe nun eine braune Kletterweste, einen schwarzen Rock und eine weiße Bluse.

Alles im Modehaus Möller gekauft.

Mein ausdauerndes Quälen hat sich gelohnt. Ich habe es erreicht! Jetzt bin ich in der Flötenschar, habe eine Blockflöte und unser Heim ist in der Waldschenke an der Straße nach Friedlos.

Bis dahin marschieren wir, wenn wir Dienst haben, und auf dem Weg dorthin wird ein Lied nach dem anderen gesungen. Wir haben uns unser Heim sehr gemütlich gemacht. Ich habe zwar nicht mitgearbeitet, denn es war schon alles fertig, als ich kam.

Jeden Sonnabendnachmittag marschieren wir dorthin und flöten. Meine Turnlehrerin, mein großes Vorbild, ist meine Gruppenführerin und wir sagen jetzt 'du' zu ihr.

Ich finde das alles so herrlich!

Auch, dass ich endlich mit dabei bin.

Und nicht immer der blöde Rücken mit 'Vorsicht' und 'Grade halten' und das alles.

Natürlich, turnen muss ich noch jeden Tag. Ich strenge mich sehr an dabei. Soviel ich nur kann. Denn ich will doch gerne so sein wie alle anderen Kinder.

Und grade will ich werden.

Das vor allen Dingen!

Denn ein deutsches Mädchen ist nicht krumm, sondern kerzengrade!

Deshalb halte ich auch jede Nacht im Gipsbett aus und trage ganz regelmäßig meinen Gradehalter.

Neulich haben wir einen Klassenausflug in die Rhön gemacht. Mit Übernachtung in der Jugendherberge in Gersfeld.

Natürlich sollte ich nicht mitfahren.

Guck doch mal, du bist doch gar nicht alleine, die Hanna mit der Hüftausrenkung und das Dorchen mit dem lahmen Fuß, die können doch auch nicht mit, sagte Mutter.

Aber ich habe keine Hüftausrenkung und keinen lahmen Fuß! Ich kann doch gehen! Weshalb darf ich denn alles immer nicht?

Weshalb denn?

Da hat Mutter mich sehr ernst angesehen und gesagt, sie müsste mit Vater noch mal sprechen.

Am nächsten Tag haben sie es mir erlaubt.

Einen Freudentanz habe ich vollführt!
Ich habe doch die besten Eltern von der Welt!

Herrlich war unsere Wanderung!
Wir waren auf der Milseburg und auf der Wasserkuppe. In Gersfeld gab es einen Grießbrei mit vielen Rosinen drin. Und am nächsten Tag marschierten wir auf die Wasserkuppe.
Natürlich waren die Wege sehr weit und mein Rücken hat schon weh getan. Und mit der Länge des Weges immer etwas mehr. Manchmal habe ich gedacht, ob ich den langen Weg wohl durchhalte. Aber ich habe niemandem gesagt, dass ich Schmerzen hatte.
Meinen kleinen Rucksack, in dem ich nur das Allernötigste hatte, hat Brünhild mir oft abgenommen und zu ihrem eigenen Rucksack getragen. Sie hat es immer gemerkt, wenn mir der Rucksack zu schwer wurde und ich finde, sie ist eine gute Freundin.
Jedenfalls bin ich glücklich, dass ich mitmachen durfte und nicht wieder zu Hause bleiben musste.

Unser Pfarrer kommt hin und wieder zu uns und besucht Ömchen. Ömchen sagt nicht Herr Pfarrer, sondern Herr Pastor zu ihm. Aber darauf hört er auch.
Wenn er mich auf der Straße trifft und wir geben uns die Hand, hält er meine Hand immer fest. So, als wollte er sie behalten.
Aber ich kann das nicht leiden, denn ich habe meine Hand gerne da, wo ich sie selbst haben möchte. Aber schließlich kann ich sie ihm ja nicht aus seiner Hand wegreißen.
Beim Abschied sagt er immer: 'Gott befohlen' und ich weiß nicht, was man darauf antwortet.

In seiner Konfirmandenstunde soll er mit seinem Schlüsselbund nach den Kindern geworfen haben, wenn sie nicht aufgepasst haben. Ganz schlimm sogar.
Ich bin jetzt auch in die Konfirmandenstunde gekommen.
Aber ich bin sofort wieder entschuldigt worden:
'. . . Bis auf weiteres . . .'
Denn mein Rücken ist schlechter geworden. Trotz dem vielen Turnen, den Fahrten nach Kassel, dem Gradehalter und dem Gipsbett. Und trotz Sankt Peter.
Leider darf ich deshalb auch nicht mehr in die Jungmädelschar. Darüber bin ich am traurigsten.
Vielleicht, wenn der Rücken wieder besser ist, darf ich wieder hin, hat Vater gesagt. Das müssen wir dann mal sehen, hat er gesagt.

Brünhild, die natürlich in die Konfirmandenstunde muss, erzählte, dass der Pfarrer neulich die Hose nicht richtig zu hatte. Alle haben gelacht, bis er es gemerkt hat. Hinterher ist er wütend geworden und zur Strafe mussten sie die Namen der Propheten auswendig können. Sonst würden sie ihr blaues Wunder erleben!

Ich habe in Kassel bis zur Abfahrt meines Zuges noch so viel Zeit, dass ich im Kaufhaus Rolltreppe fahren kann.
Ein Schaffner kennt mich schon, weil ich so oft die Strecke fahre und fragte mich, was ich denn so viel in Kassel zu tun hätte und dass ich schon mit einer Netzkarte führe! Ob mein Vater denn so ein gewaltig großes Portemonnaie hätte. Und ob mir das Spaß mache, so in der Weltgeschichte herumzukutschieren, nur so zum Vergnügen.

Mein Bruder Gerhard hat seinen ersten eigenen Anzug bekommen. Mit Knickerbocker. Bisher hatte er nur geerbte Sachen von seinen Brüdern. Aber wenn er nicht zum Französischlernen in die Schweiz müsste, hätte er den Anzug auch noch nicht bekommen. Denn es darf nur das Allernötigste angeschafft werden.
Sonst kommen wir nicht durch, sagt Vater.
Er selbst kauft sich nichts. Bin mit allem reichlich versehen, sagt er immer.

Richard kann Marmelade einkochen und in Weckgläser Obst einmachen. Und die Mondscheinsonate spielen. Ganz herrlich sogar.

Wir haben einen neuen Lehrer in Erdkunde, der sehr nett, sehr jung und sehr hübsch ist. Etwas mein Schwarm.
Aber nur etwas. Wenn ich doch nur etwas besser in Erdkunde wäre!

Sonntags ist im Kurhotel Fünf-Uhr-Tee mit Tanz. Ich stehe oft draußen und wünsche mir, ich könnte mal hinein und zusehen. Aber ich höre nur die Musik. Die meisten von den Stücken kenne ich nun schon auswendig.

Ömchen hat mir neulich gesagt, ich hätte graziöse Bewegungen und man könnte von meinem Rücken gar nichts sehen.
Wenn man es nicht wüsste! Sie findet es gut, dass ich den Rücken hinten habe und nicht vorne. Denn alle Menschen, mit denen ich spräche, sähen mich doch nur von vorne an und in die Augen. Und meine Augen wären sehr sprechend.
Ich finde das auch. Aber trotzdem möchte ich doch gerne so grade werden, wie die anderen Mädchen auch.

Ein paar Mädchen in meiner Klasse haben schon Freunde. Richtig feste.
Ich hätte das ja auch gerne, aber ich weiß nicht, wie.

Außerdem weiß ich nicht, ob mich überhaupt einer will als Freundin. Ich sage immer, ich fände das doof mit den Jungen und ich legte gar keinen Wert darauf. Aber in Wirklichkeit ist es, glaube ich, etwas anders.

Ich weiß es selbst nicht so genau.

Aber, wenn Lullus ist, dann fände ich es schön, wenn ich auch mal mit Konfetti beworfen würde.

Von Herrn Wollmann, unserem Schuster, habe ich mir unter meine Schuhe Eisenplättchen machen lassen.

Ich marschiere zur Zeit zwar nicht mit zu unserem Heim in der Waldschenke, aber die anderen haben sie auch und es klingt so schön nach Marschieren. Deshalb habe ich es mir auch machen lassen.

Lehrer Schönmann hat sich bei seiner Pensionierungsfeier in der Schule, als der Chor für ihn in der Aula sang, Tränen aus seinen Augen gewischt! Ich habe es genau gesehen und muss sagen, dass ich das weichlich finde. Ein Mann und Tränen!

Ich meine, er muss sich schämen.

Vater hat in der Bäckerei gesagt, dass er das Brot, wenn es morgens vom Bäckerjungen gebracht wird, eingewickelt wünscht. Er hat nämlich gesehen, dass sich der Junge den Brotlaib unter den Arm gedrückt hat. Und weil ein heißer Tag war und der Junge sicher sehr geschwitzt hat, wünscht Vater jetzt das Brot eingewickelt.

Ich habe heute mal aufgepasst und gesehen, dass der Junge das Brot zuerst wieder so ohne Papier unter seinen Arm geklemmt hat. Dann ist ihm auf dem Gartenweg das mit dem Einwickeln eingefallen, da ist er wieder an sein Fahrrad zurückgegangen, hat aus dem Korb Papier genommen, hat das Brot eingepackt und dann zu uns hochgetragen.

Da war dann alles in Ordnung.

Das alte Fräulein Giese hat Rheuma und kann plötzlich nicht mehr laufen. Das kommt daher, sagt sie, dass sie als Kind mit ihren Eltern in einem Haus gewohnt hat, das auf einer Wasserader stand. Daher kommt das mit dem Rheuma. Und dass sie nun ihre Gelenke mit Watte umwickeln muss. Auch im Sommer, wenn es warm ist.

Die Gaslaterne in der Kurve von Seipels brennt nicht. Ich fürchte mich, wenn ich abends zur Acht-Uhr-Leerung noch die Briefe von Mutter an den Kasten am Kurhotel bringen muss. Ich renne dann ganz schnell durch die Dunkelheit den Berg runter und wieder hoch, weil sich nämlich in der Gegend ein Mann rumtreiben soll, der plötzlich den Mantel aufmacht und dann ist er splitterfasernackt. Und wenn Seipels Laterne nicht brennt und der Laternenmann kommt nicht, ist es sehr finster auf unserem Berg und dann sehe ich das womöglich nicht mit dem Mantel und weiß nicht, ob das nun der Mann ist oder nicht. Und deshalb habe ich solche Angst.

Ömchen hat mir in einer Illustrierten ein Bild von den englischen Prinzessinnen gezeigt.
Elisabeth heißt die eine. Also genau wie ich.
Margret die andere.
Sie sind ungefähr so alt wie ich und sehen schon aus, wie kleine Damen und haben Hüte auf.

Sonja Hennie, die berühmte norwegische Eiskunstläuferin, hat sich ihre Stupsnase grade operieren lassen und sieht seitdem ganz anders aus.
Ich habe ja auch so eine Stupsnase. Aber die werde ich so lassen, wie sie ist.
Ömchen meint das auch.

Als Besonderheit spielt am Lullusmontag Schalke 04 gegen den Hersfelder Fußballverein. Auf dem Sportplatz am Strandbad. Fräulein Schmelz, die Hausdame von Levins, hat sich dafür frei genommen.
Sie will Herrn Schalke mal sehen.

Ich bin bei meinen Verwandten in der Schwalm. Der Onkel ist dort Pfarrer auf dem Dorf.
Mittags um punkt zwölf Uhr muss der Vetter die Glocke im Kirchturm läuten.
Er hängt sich barfuss an das Glockenseil. Beide Füße umfassen das dicke Tau .
Er läutet mit seinem ganzen Körper.
Mit Händen und Armen, Beinen und Füßen.
Schwingt sich herauf und lässt sich wieder hinunter.
Schlag auf Schlag.
Und oben im Turm schlägt der Klöppel gewaltig gegen die Glockenwand.
Weshalb muss das so genau um zwölf Uhr Mittag sein, wenn du die Glocke läutest?
Woher sollen denn sonst die Leute auf den Feldern wissen, dass es Mittag ist, antwortet er.

Gerhards Austauschschüler heißt Philippe. Er kann nur wenig deutsch und kommt aus Lausanne. Außerdem ist er sehr hager und hat eine Ponyfrisur.
Gerhard war mit ihm in Fritzlar, wo eine große Parade war.
An Hitler vorbei.
Aber Philippe hätte sich sehr merkwürdig benommen, denn er wäre immer aufgestanden und hätte die Hand zum deutschen Gruß hochgehoben, so dass hinter ihm die Leute nichts sehen konnten. Hinsetzen, haben sie gerufen.

Ich glaube, dass es Philippe nicht gefallen hat, denn als er wieder nach Hause kam, sagte er nur, er wäre gar nicht 'militär'. Und so viele Panzer und Kanonen fände er auch nicht so schön.

Das will nun ein richtiger Mann werden, habe ich da gedacht.

Aber Mutter meint, sie könne Philippe verstehen. Vielleicht hätte er sogar etwas Angst vor so vielen, vielen Soldaten und Menschen, die immerzu 'Heil' und 'Sieg' rufen.

Ich glaube, Mutter ist, wie Philippe, auch nicht 'militär!'

Heute habe ich etwas Merkwürdiges erlebt. Eigentlich ist es schon gestern Abend passiert, aber ich hatte nichts davon gemerkt.

In der Schule heute früh habe ich es dann gehört.

Ob ich es schon wüsste?

Was denn?

Das mit der Synagoge.

Und was ist da passiert?

Abgebrannt ist sie diese Nacht. Ganz und gar. Heute morgen hat es noch gequalmt.

Weil ich nicht genau wusste wo und mich die Sache nun interessierte, schloss ich mich denen, die aus meiner Klasse nach der Schule dahin gingen, an.

Aber dieses abgebrannte Haus war lange nicht so interessant wie der Wohnungsbrand damals in der Lullusstraße. Da waren nämlich die Leute noch im Haus, als die schwarzen Rauchwolken aus den Fenstern quollen, und alles war entsetzlich aufgeregt. Aus den Fenstern wurden Sachen auf die Straße hinunter geworfen. Schuhe, Kleider, Taschen und alles mögliche.

Dann kam die Feuerwehr und schickte uns Kinder weg. Wir sollten nach Hause gehen, hier stünden wir nur im Wege.

Aber heute ist an der Brandstelle nicht mehr viel zu sehen. Auch keine Feuerwehr.

Nur nebenan in der kleinen Gasse, da sind Fensterscheiben eingeschlagen und Haustüren stehen offen. Auf Fahrbahn und Bürgersteig liegen lauter Sachen herum. Kissen, Kleider, Äpfel und allerlei andere Dinge.

Die Leute lachen und grölen, werfen sich gegenseitig Sachen zu oder treten dagegen. Vielleicht, denke ich, gehören die den Leuten, die gestern Abend, als es brannte, auch alles aus dem Fenster geworfen haben. Wie damals.

Um ihre Sachen zu retten.

Aber da wird mir plötzlich klar, in diesen Häusern hat es ja gar nicht gebrannt!

Jungen spielen mit einem schwarzen Hut Fußball.

Für Sekunden fällt mein Blick durch das zerschlagene Fenster einer Kellerwohnung.

Die wenigen Möbelstücke stehen in völligem Durcheinander. Offene Schranktüren, herausgezogene Schubladen. Sofort werde ich wieder weggedrängt von anderen, die auch mal sehen wollen.

Ich begreife alles nicht.

Aber sehr traurig kann es nicht sein, die Menschen hier scheinen vergnügt, wie bei einem Volksfest.

Komm' raus, Jud! Ruft einer in ein Fenster.

In mir ist eine Mischung aus Angst und Neugierde. Ich spüre das Unheimliche der Situation, fühle mich aber im Schutze der Altersgenossen.

Ich höre, dass alles nichts Schlimmes ist, denn es wären doch nur die Judenwohnungen.

Da hat einer einen schwarzen Herrenhut auf dem Kopf und hält einen aufgespannten Regenschirm über sich. Damit führt er einen Tanz mitten auf der Straße auf.

Ich weiß nicht, wie ich das alles deuten soll, es zieht mich heim. Brünhild will auch lieber mitgehen.

Mutter steht am Küchentisch und bereitet in der tönernen Form einen Apfelauflauf für das Mittagessen.

Du kommst aber spät, stellt sie fest.

Ich war noch da, wo heute nacht die Synagoge abgebrannt ist. Fenster sind eingeschlagen und die Sachen von den Juden fliegen auf der Straße herum. Die Leute haben gelacht und es ging lustig zu dort.

Da dreht Mutter sich voll nach mir um. Sie hält die Hände, an denen noch Teig klebt, in die Höhe. Wie erstarrt blickt sie mich an.

Plötzlich wird mir bewusst, dass das Ganze gar nicht lustig, sondern sehr ernst ist. Wie kommst du dazu, dorthin zu gehen? Sie sieht mich dabei mit einem Blick an, den ich niemals vergessen werde.

Ich war doch nicht alleine da, die Anderen waren doch auch dabei! Weißt du nicht, dass das ein Unrecht ist, was da passierte? Ihre Augen sind dunkel und ernst.

Unrecht, wenn nur ein Brand ausgebrochen ist? Und das andere waren doch nur die Judenhäuser!

Mutters Blick bleibt starr.

Und wenn du ein Kind von diesen Juden wärest, was wäre dann?

Aber Juden sind doch minderwertig, haben die anderen gesagt.

Und Esther? Deine Klassenkameradin? Wie ist es damit? Ist die auch minderwertig?

Ich merke, Mutter hat schlechte Laune und man kann mit ihr heute nicht über das reden, was ich erlebt habe. Damit ist für mich das Ganze erledigt und beendet.

Nur Vater nimmt mich nach dem Mittagessen noch zur Seite. Ich wünsche nicht, sagt er in ungewohnt strengem Ton, ich wünsche nicht, dass du noch einmal dahin gehst, wo du heute warst! Verstanden?

Ich hatte verstanden.

Aber ich hatte es ja sowieso nicht vor.

Meine Eltern behandeln mich immer noch, als ob ich ein kleines Kind wäre! Ich bin froh, dass ich meine Freundinnen habe, mit denen ich über alles reden kann.

Onkel Hermann, der Bruder von Vater, war da. Er und Vater haben sich im Wohnzimmer miteinander unterhalten. Sie wollten allein sein dabei.

Ich habe nur einmal durch die Türe gehört, dass Onkel Hermann zu Vater sagte, ich flehe dich an, vorsichtig zu sein, sonst bist du eines Tages verschwunden.

Ich konnte mir nicht vorstellen, wohin Vater verschwinden kann und ging deshalb zu Ömchen. Aber die wusste es auch nicht genau und meint nur, das hinge vielleicht mit der Politik zusammen.

Und Politik, Kind, das ist Männersache.

Davon verstehst du nichts. Und ich auch nicht. Deswegen wollen wir beide uns gar nicht darum kümmern.

Zuerst hat mich das Ungewisse noch sehr beunruhigt. Aber mit jedem Tag, der darüber hinging, glitt es mehr und mehr in Vergessenheit. Zugedeckt vom Alltag.

Und außerdem, wohin soll Vater auch schließlich verschwinden?

Neulich sah ich Felix mal wieder. Ich finde ihn eigentlich sehr aufgeblasen. Er saß auf einer kleinen Mauer in seiner Pimpfenuniform und bildete sich was ein.

Jedenfalls sah er mich mit keinem Blick an.

Lilo schwärmt für ihn.

Aber er weiß es nicht.

Auch Helga findet ihn knorke.

Manchmal weiß ich nicht, was eigentlich mit mir los ist. Schon morgens habe ich zu nichts Lust. Dann liege ich auf meinem Bett und starre die Decke an. Und verfolge mit den Augen die Schadstellen in der Zimmerdecke.

Oft bin ich traurig und weiß selbst nicht, worüber.

Nur einfach so.

Alles geht schief, zu allem fehlt mir die Lust. Ich verstehe das nicht.

Ömchen sagt, so etwas käme in meinem Alter öfters vor.

Was hat das denn mit dem Alter zu tun!

Dein Zimmer sieht aus, wie ein Schlachtfeld, sagt Mutter.

Ich habe keine Lust zum Aufräumen.

Neulich hatten wir Besuch, dem Vater unser Haus zeigte. Als er meine Türe öffnete, prallte er zurück, machte dann eine kurze Handbewegung hinein und wurde ironisch.

Dieses ist unser Jungmädchenzimmer, sagte er. Und das ist meine Tochter.

Ich wurde rot und hatte Wut.

Das hat er sicher wieder aus erzieherischen Gründen gesagt.

Aber er irrt sich.

Damit erreicht er nichts. Bei mir nicht!

Das Fräulein ist wieder nicht anwesend, sagte Knurzel neulich in der Schule.

Ich war wohl anwesend, aber ich dachte darüber nach, ob Felix mich wohl wirklich nicht gesehen hat, als er auf dem Mäuerchen saß.

Gerhard gibt Brünhild und mir Nachhilfestunden.

Brünhild begreift.

Ich meistens nicht.

Aber Gerhard ist sehr geduldig. Das muss ich sagen.

Gestern kam Felix mit seinem Rad an mir vorbei gefahren. Als er neben mir war, trat er so stark auf die Bremse, dass sie quietschte. Ich bekam einen kolossalen Schrecken. Wegen der Bremse und als ich Felix plötzlich sah.

Natürlich stieg er nicht ab von seinem Rad. Er blieb auf dem Sattel sitzen und ließ rechts und links die Beine herunterbaumeln. Dabei stieß er sich mit den Füßen ab. Immer grade so viel, dass er neben mir blieb. So schnell, wie ich ging.

Ich wusste nicht recht, was ich sagen sollte. Mir fiel einfach nichts ein in dem Augenblick.

Ihm wohl auch nicht, denn wir gingen eine ganze Weile so nebeneinander her, ohne zu sprechen.

Ob ich auch ein Rad hätte, fragte er dann.

Klar, nickte ich, klar!

Marke?

Brennabor.

Ach so! Brennabor.

Dann stöhnte er kurz auf und sagt: Also, Servus!

Und damit trat er ungeheuer in seine Pedale, so, als müsste er in diesem Augenblick die ganze Zeit wieder aufholen, die er eben neben mir versäumt hatte.

Als er so gewaltig schnell dahinfuhr, blies sich sein Hemd im Rücken auf. Ich sah noch sein wehendes Haar von hinten.

Seitdem habe ich ihn noch nicht wiedergesehen.

Lege auch keinen Wert darauf.

Glaube ich wenigstens.

Heute morgen bin ich schon früh aufgewacht und an mein Fenster gegangen. Was für ein herrlicher Tag! Die ganze Welt schien mit Goldstaub überzogen. Alles lächelt mir entgegen. Ich freue mich über mich selbst und über die Anderen.

Heute bin ich mal wieder mit meinem Fahrrad zur Schule gefahren.

Marke: Brennabor!

Nun weiß ich, wie das ist: Die Welt bleibt stehen. In einem selbst ist alles zum Halten gekommen. Aber man stellt fest, die Uhren gehen weiter, die Menschen um mich herum leben. Sie lachen, rufen, laufen, singen.

Nur ich selbst bin erstarrt und denke nur das Eine:

Mein Ömchen ist todkrank!

Ich bin bisher davon ausgegangen, dass sie immer da sein müsste. Immer in ihrem Sessel, immer ein Zuspruch, Zärtlichkeit, Verständnis und immer Wärme.

Nun erlebe ich zum ersten Mal, dass das Dasein eines Menschen gar nichts Dauerhaftes ist. Dass Glück nichts Endgültiges, sondern etwas Flüchtiges ist.

Ich habe versucht, mit dem lieben Gott einen Vertrag zu machen.

Ich habe gebetet. Lieber Gott, habe ich gebetet, lass mir mein Ömchen noch etwas, dann . . . ja, was dann?

Was konnte ich dem lieben Gott als Gegengabe für so ein Ömchen bieten?

Ich merkte, dass ich auf diese Weise nicht handelseinig mit ihm werden konnte.

Also nur bitten. Schlicht bitten.

Lass' Ömchen noch etwas leben. Ich habe sie doch so schrecklich lieb! Sie hat doch immer an mich geglaubt. Hat mir Mut gemacht.

Mach' das Beste draus, Kind, du bist doch nicht dumm. Hast Talent!

Der Ofenschirm in ihrem Zimmer steht verwaist da. Der grüne Sessel ihm gegenüber. Und die Tröt!

Ich setze mich auf die Fußbank hinter meinem Ofenschirm und weine.

Zum ersten Mal ohne Publikum.

Dafür aber echte Tränen.

Mutter kommt herein, nimmt mich in die Arme, tröstet mich.

Dann gehen wir an Ömchens Bett.

Sie hat die Augen geöffnet, aber sie blickt durch mich hindurch.

Ömchen! Sage ich. Ömchen! Ich bin da!

Da kehrt für einen Moment der Blick aus der Ferne zurück.

Ein Lächeln: Kind!

Lieber Gott, lass Ömchen wieder gesund werden!

Gesehen hatten wir uns schon von weitem, aber als wir uns gegenüberstanden, taten wir überrascht.

Du hier?

Ja, ich hier.

Wo willst du hin?

Heim.

Ich bring' dich ein Stück.

Wortloses Schlendern nebeneinander. Weg durch die Fuldawiesen. Sie stehen in voller Blüte. Leichtes, sommerliches Windeswehen. Ein dünner Trampelpfad die Böschung zum Wasser hinunter.

Einen Schritt breit über der spiegelnden Wasserfläche setzten wir uns in den Schatten der Flussweide. Kein Laut. Nur wir. Und das Zarte des Augenblicks.

Felix kappt ein Margerite und wirft sie weit ins Wasser. Einer kleinen Sonne gleich schwimmt sie davon. Silberne Ringe um sich bildend. Sinnbild des Schönen.

Wir sitzen schweigend nebeneinander, die Arme um die angezogenen Knie verschränkt. Ein kleiner, roter Sonnenkäfer flügelt durch die Luft und landet auf meiner Hand. Wir betrachten das leuchtende Rot mit den tiefschwarzen Punkten.

Ein Glückskäfer, sagt Felix.

Er beugt sich und haucht Hand und Käfer an.

Ein Schauer für die Dauer eines Augenblicks.

Zarteste Zärtlichkeit. Wie ein Streicheln. Der Käfer löst die roten Flügel voneinander und schwebt in lautlosem Flug dahin ins Nichts des Himmelblaus.

Wir stehen auf und schlendern, wiederum schweigend, heimwärts.

Erstes Ahnen, das die Sinne anrührte.

Ein Augenblick.

Schon davongeschwebt.

Bereits Vergangenheit.

Mündend in der Unendlichkeit.

Eine Stunde bin ich von zu Hause fortgewesen.

Als ich zurückkehrte, war ich kein Kind mehr.

TEIL 2

Kriegsjahre von 1939 bis 1945

Würgendes Gefühl undefinierbarer Angst hat mich überfallen.

Nun – ist – es – soweit !

Vater hat es langsam gesagt und mit großem Ernst, denn ich habe es bis heute nicht vergessen.

Nun ist es soweit!

Wir sind einmarschiert. Heute morgen. In Polen.

Und das bedeutet Krieg, mein Kind!

Dabei streicht er sich mit der flachen Hand über seinen kahlen Kopf, so, wie er es oft tut, wenn ihn etwas stark beschäftigt.

Wird dieser Krieg lange dauern?

Das kann ich dir nicht sagen.

Das kann dir kein Mensch sagen. Kein Mensch.

Ich weiß, jetzt kann mir auch kein Mensch diese würgende Angst nehmen. Niemand kann mich trösten und sagen, dass alles nicht so schlimm ist und alles wieder gut werden wird. Dass man nur abwarten muss.

Und dass dann alles wieder in Ordnung ist.

Auch Ömchen, die noch schwach und elend ist, wird mich zum ersten Mal nicht trösten können und sie wird auch nicht sagen, mach' dir nichts draus, Kind, das ist alles nicht so schlimm. Wir machen das Beste daraus. Denn auch Ömchen kann aus einem Krieg nicht das Beste machen.

Niemand kann das. Ich weiß auch, dass nicht nur ich diese Angst habe. Auch die anderen haben sie.

Alle.

Und keiner wird sagen, dass alles nicht so schlimm ist.

Und dass alles wieder gut werden wird.

Denn es ist wie eine Wetterwand, die man auf sich zukommen sieht.

Drohend. Schwarz und unheimlich.

Es wird dunkel und immer dunkeler.

Alle hoffen noch, dass sie sich wieder verzieht, ehe das schreckliche Unwetter losbricht.

Alle starren auf die Wetterwand und hoffen.

Denn ein Unwetter hat sich ja schon oft wieder verzogen.

Im letzten Moment.

Alle starren auf die Wetterwand. Auf die schwarze, unheimliche Wetterwand, die näher und immer näher kommt.

Und alle fürchten sich.

Aber solange das Unwetter noch nicht losgebrochen ist, hoffen sie noch und denken, dass jetzt noch ein Wunder geschehen kann.

Und dann bricht es mit einem Schlag doch los. Und alle ducken sich, ziehen die Köpfe ein und denken:

Nun ist es soweit!

Dann wird niemand den anderen trösten können. Und keiner kann sagen, ob dieses ein großes oder ein kleines Unwetter werden wird.

Ob es eine große Ernte der Vernichtung halten wird, oder eine kleine. Aber alle wissen:

Nun – ist – es – soweit !

Ich stehe neben Vater am Wohnzimmerfenster. Wir sehen beide hinaus, aber ich merke, dass er in weite, weite Ferne blickt.

Seine rechte Hand hat den Fenstergriff umklammert. Mit der linken streicht er sich über den Kopf.

Immer und immer wieder. So, als wollte er mit dieser Bewegung etwas fortstreichen. Geschehenes zunichte machen. Wegwischen.

Wie lange wir so nebeneinander gestanden haben, weiß ich nicht mehr. Nur, dass Vaters Stimme plötzlich die gespannte Stille durchbricht.

Matthias Claudius, sagt er, hat in einem Gedicht gesagt:

"S' ist leider Krieg – und ich begehre, nicht schuld daran zu sein."

Während ich neben meinem Vater am Fenster stehe, wird mir klar, wie oft er früher vom vorigen, vom Weltkrieg gesprochen hatte.

Ich habe diese Geschichten nicht gerne gehört, denn sie waren alle traurig und bedrückend. Sie berichteten von Zeiten und Umständen, die ich nicht erlebt hatte. Ich konnte mir alles nicht recht vorstellen.

Aber in diesem Augenblick wird in mir das Furchtbare, das Drohende dieser Berichte wieder lebendig.

Vorgestern haben wir meinen Bruder Richard nach Unterhaun gebracht. Vater, Mutter und ich. Dort hatte er sich zu melden. Als Soldat. Bei einer Einheit, die zusammengestellt wurde.

Über Bingartes sind wir gegangen.

Richards Sachen waren auf mein Rad gebunden, das ich neben mir führte. Wie oft waren wir früher sonntags diesen Weg mit den Eltern gegangen! Aber dieses Mal waren alle schweigsam und ernst. Wir alle vier wussten weshalb, denn wir sahen auf dem ganzen Weg eine Wetterwand auf uns zukommen. Trotz der warmen frühherbstlichen Sonne durch die wir gingen.

Aber wir spürten das schwarze Unwetter. Von allen Seiten kam es. Näher und immer näher. Vater glaubte auch von Ferne ein Donnergrollen zu vernehmen.

Er hörte es trotz des wolkenlosen Himmels.

Aber auf diesem Weg hofften wir alle noch auf das Wunder, das das drohende Unheil würde abwenden können. - -

Ist heute Mobilmachung, frage ich Vater.

Das war es schon, als wir Richard fortbrachten. Vorgestern.

Heute ist es anders als damals, 1914.

Nicht mehr so viel Begeisterung und 'Hurra'! Und 'Lieb Vaterland magst ruhig sein. . . .'

Anders. Aber trotzdem: Wir haben Mobilmachung und es ist Krieg.

Wieder blickte er in die Ferne und scheint mich vergessen zu haben.

Deshalb frage ich nun nicht weiter.

Aber ich weiß:

Ich habe drei Brüder. Und einen Vater.

Und alle vier müssen Soldaten werden und alle werden in den Krieg müssen.

Das Wunder, auf das wir gehofft hatten, ist nicht eingetroffen.

Das Unwetter ist über uns hereingebrochen.

Ich spüre die würgende Angst in meiner Kehle.

"S' ist leider Krieg – und ich begehre, nicht schuld daran zu sein!"

Nun ist es soweit!

Wir sitzen nebeneinander am Waldrand in der warmen Sonne des Frühlings 1940 und schauen vom Johannesberg auf Hersfeld hinunter.

Weißt du, worauf es ankommt, sagt Felix, es kommt darauf an, dass wir unsere Gedanken und Gefühle nur auf das Einzige, auf das Wichtigste konzentrieren.

Dass wir nicht nach links und nicht nach rechts schauen.

Nur immer auf unser hohes, höchstes Ziel.

Das Ziel, wofür wir leben. Verstehst du?

Und dieses Ziel heißt: Führer, Volk und Vaterland!

Ich sehe in die blanken Augen von Felix und sauge das, was er sagt, in mich auf.

Verstehst du, es kommt nur darauf an, dass wir uns von niemandem beirren lassen. Unsere Soldaten kämpfen und sterben für unsere Heimat. Für den Grund und Boden, auf dem wir hier sitzen. Für unsere Sprache und unsere Sitte.

Und für unsere Rasse!

Deshalb ist dieser Kampf, den sie führen, ein edler Kampf.

Und kein Blutopfer ist zu hoch.

Du, lange dauert es nicht mehr, dann werde ich auch Soldat sein. Und dann werde ich für meinen Führer und mein Vaterland kämpfen! Sieh dir doch mal diese jämmerlichen Polen an! Ein kümmerliches Volk! Zerlumpt und verdreckt! Da sind wir doch etwas anderes!

Unser Deutschland und wir, die junge Generation, verdient unseren Einsatz! Und unser Führer verdient unsere Verehrung und Aufopferung! Ich bin glücklich, sage ich dir, dass ich ein Deutscher bin! Und dass ich in dieser Zeit, in der sich das Wertvolle vom Minderwertigen trennt, leben darf!

Ich weiß, dass das Gute, das Edle siegen wird. Siegen muss!

Der Führer hat ja auch gesagt: 'Es gibt nur eins. Siegen oder Sterben.' Wir dürfen uns nicht beirren lassen. Nicht nach links und nicht nach rechts sehen. Und immer das große Ziel vor Augen!

Was für ein Junge, denke ich.

Was für ein Junge ist doch der Felix! Mit seinen sauberen, strahlenden Augen.

Wie recht er hat! Wie recht!

Es ist doch etwas Herrliches, für so ein großes Ziel zu leben. Nun bin ich mit einem Mal sehr stolz darauf, dass ich drei Brüder und einen Vater habe, die wieder Soldaten geworden sind.

Denn sie kämpfen für ein hohes Ziel.

Und sie werden darum kämpfen, wie unser Führer kürzlich wörtlich sagte: 'Dass es in unserem Volke keine armen, verachteten Menschen mehr gibt!'

Felix ist Fähnleinführer geworden. Ich bin stolz auf ihn.

Und darauf, ein deutsches Mädel zu sein!

Wir schreiben den Kriegssommer 1940, aber bis hierher scheint der Krieg noch nicht gekommen zu sein. Hier ist das Land, wo Milch und Honig fließen, sagt Mutter.

Wir beide, Mutter und ich, sind eingeladen. Eingeladen für vier Wochen von Vaters Freund Robert und Tante Minna, seiner Frau.

Dieses Milch-und-Honig-Land heißt Sommerberghotel. Ein ganz, ganz feines Hotel hoch über Wildbad im Schwarzwald. Ich habe bisher noch nicht gewusst, dass es etwas so Nobles wie dieses Hotel gibt.

Unsere Zimmer sind eine 'Suite'. So nennt man das. Wir wohnen im dritten Stock und alle Treppenstufen sind mit dickem, roten Teppich bespannt, auf dem man wie auf Moos geht.

Aber wir gehen keine Treppen mehr. Wir fahren im Aufzug! Es ist so, als könnten wir plötzlich keine Stufen mehr steigen. Wenn Mutter das Zimmermädchen um irgendetwas bittet, antwortet dieses mit: 'Sehr wohl, gnädige Frau!' Und der Stockwerk-Boy macht eine tiefe Verbeugung, wenn er ein Trinkgeld bekommt, legt die Hand an seine schirmlose Mütze, die schief auf seinem Kopf sitzt und einer runden Pralinenschachtel gleicht und sagt: 'Habe die Ehre!'

Mutter hat kostbare Kleidermarken geopfert, damit ich ein neues Kleid für die Reise bekam. Blau mit weißen Pünktchen. Und ich schaue hübsch darin aus. Sagt Tante Minna.

Im Speisesaal sitzen lauter sehr vornehm aussehende Gäste. Unser Tisch ist ganz auf der anderen Seite der Saaltüre. Auf dem Weg dorthin muss man immer liebenswürdig lächeln. Nach rechts und links. Und man muss dazu 'Mahlzeit' sagen. Das tun alle.

Und alle fremden Leute lächeln dann strahlend zurück, so, als hätten sie es gar nicht erwarten können, uns endlich wieder zu sehen.

Nur einer der Herren schaut fort, wenn wir kommen.

Er sieht mich nicht.

Und ich weiß auch weshalb.

Das hat nämlich einen Grund.

Aber diesen Grund weiß nur ich.

Und er.

Und der Grund ist folgender: Der Hotellift hat zwei Türen. Eine äußere und eine innere. Erst wenn beide Türen fest geschlossen sind, kann sich der Aufzug in Bewegung setzen.

Stellt man aber, wenn man ausgestiegen ist, die äußere Türe fest, dann kann man in aller Ruhe in sein Zimmer gehen und etwas besorgen.

Nichts hat dann Eile.

Hat man dann in großer Ruhe alles erledigt, kann man ohne Verzögerung in den wartenden Lift einsteigen, denn er steht ja eigens für einen bereit.

Alle anderen Leute müssen eben solange warten.

Als ich einmal Onkel Robert fragte, ob er das so machte, mit dem Aufzugfeststellen, sagte der: Nein!

Und warum nicht, fragte ich.

Weil ich das nicht anständig finde, sagte er.

Nun hatte ich aber mehrfach festgestellt, dass jemand bis in den ersten Stock fuhr. Die innere Aufzugtüre wurde geschlossen, die äußere aber offen gelassen. Ich hatte ja viel Zeit, das zu beobachten, und außerdem konnte ich es, das Ohr an den Liftschacht gepresst, genau hören. Nach, wie mir schien, endloser Zeit, setzte sich dann der Aufzug wieder in Bewegung.

Und wer stieg aus? Jener Herr aus dem Speisesaal, der mich nun nicht mehr sieht und den der Boy mit *"Herr Staatssekretär"* anredet.

Eines Abends, kurz vor dem Essen, wartete ich oben im dritten Stock. Der Aufzug kam nicht. Endlose Zeit verging.

Ich wartete, wiederum das Ohr an die Aufzugtüre gedrückt, so lange, bis ich jemanden einsteigen hörte.

Die innere Türe wurde geschlossen. Dann die äußere.

Und genau in diesem kurzen Augenblick, in dem Moment also, als beide Türen geschlossen und der Lift fahrbereit war, drückte ich im dritten Stock auf mein Knöpfchen.

Der Aufzug setzte sich zu mir nach oben in Bewegung, genau so, wie ich es vorgesehen und geplant hatte.

Ich öffnete und sah in die verblüfften Augen jenes Herr Staatssekretärs. Für einen kurzen Moment erlebte ich seine absolute Sprachlosigkeit. Dann stieg ich ein. Ich setzte das liebenswürdige Lächeln, das ich Tag für Tag unten im Speisesaal geübt hatte, auf.

Guten Abend, Herr Staatssekretär, sagte ich, ich hoffe, dieser kleine Umweg über den dritten Stock hat Ihnen nichts ausgemacht. Ich habe schon öfters gewartet, während Sie den Aufzug festgestellt hatten.

In diesem Augenblick waren wir unten angekommen.

Wie stiegen aus und unsere Wege trennten sich wieder.

Ich habe niemandem etwas von diesem Vorfall erzählt. Auch Mutter nicht, denn die wäre sicher empört über mein schlechtes Benehmen. Und, dass es blamabel ist.

Aber Onkel Robert meinte ja, sein Verhalten wäre nicht anständig.

Jedenfalls, seit diesem Abend sieht dieser Herr über mich hinweg. Ich bin Luft für ihn.

Und ich weiß auch, weshalb.

Und er auch.

Stundenlang schlendere ich an Mutters Arm durch die herrlichen Wälder um das Sommerberghotel herum. Wir beide genießen uns gegenseitig und die geschenkten vier Wochen.

Du, der Portier sagt immer 'Gnädiges Fräulein' zu mir. Und neulich : 'Bitte den Schlüssel für die junge Dame.' Demnach bin ich jetzt doch ganz erwachsen?

Na ja, meint Mutter. Ich glaube, du bist jetzt in einem Alter, in dem man so etwas halbiert ist. Die eine Hälfte von einem ist noch ein Kind, die andere Hälfte ist bereits erwachsen. Beide Hälften sitzen auf einer Wippe. Mal ist die eine Hälfte schwerer und wippt nach unten, mal die andere. Je nachdem.

Zu Hause hatte ich noch die Tanzstunde absolviert.

Das heißt, als sie bis zur Mitte gelangt war, war sie zu Ende. Der Tanzlehrer wurde Soldat und bewegte sich fortan nur noch im Gleichschritt und nicht mehr im Walzertakt.

Ich habe also im Tanzen so etwas wie die 'Mittlere Reife' erreicht.

Seit ich als kleines Mädchen sonntags Stunde um Stunde vor den Fenstern des Kurhotels verbracht hatte, während drinnen die kleine Kapelle zum Fünf-Uhr-Tee spielte, brannte in mir der Wunsch, auch einmal dabei sein zu dürfen. Mittanzen zu können.

Meiner Veranlagung entsprechend malte ich mir in meinen Vorstellungen dieses Erlebnis geradezu märchenhaft aus.

Ich sah mich, Zeit und Raum vergessend, in den Armen eines vollendeten Tänzers federleicht über das Parkett eines Ballsaals schwebend.

Nun wird hier in Wildbad dieser Wunsch tatsächlich in Erfüllung gehen!

Mutter möchte mir nämlich etwas Besonderes bieten. Etwas, was mir Spaß macht. Ein Plakat am Kurhaus gibt den entscheidenden Hinweis: 'Sonntag 20 Uhr Tanz'.

Von dieser Minute an, war ich nicht mehr imstande, irgend etwas anderes zu denken, als nur an dieses bevorstehende Ereignis. Die Vorbereitungen für den großen Abend sollen in aller Ruhe getroffen werden. Ohne Hetze. Der Größe des zu erwartenden Erlebnisses entsprechend.

Wie gut, dass ich das Blaue mit den weißen Pünktchen habe!

Was machen wir mit den Zöpfen, fragt Mutter.

Die müssen weg. Hochgesteckt!

Ob ich das kann, fragt sie unsicher.

Klar kannst du das! Klar!

Sie tut ihr Allerbestes. Wirklich. Aber sie ist keine Frisöse. Ich sitze vor dem dreiteiligen Spiegel, sehe mich und Mutter hinter mir in dreiteiliger Ausfertigung und beobachte kritisch ihre Handgriffe an mir.

Die Haare werden streng nach hinten gekämmt. Dann zieht sie den Zopf stramm und dreht ihn anschließen am oberen Hinterkopf zu einem festen, runden Knoten, der, wie ich in den beiden Seitenspiegeln feststellen kann, die Form einer ausgereiften Zwiebel hat.

Aber noch während sich Mutter auf die Fertigung dieses Haargebildes konzentriert, schießt mir eine Frage durch den Kopf:

Wenn mich nun im selben Augenblick mehrere Herren zum Tanz auffordern, frage ich sie, wen soll ich dann nehmen? Den, der zuerst da ist oder den, der mir am besten gefällt?

Mutters Augen, die sich eben noch auf die Fertigung meiner Abendfrisur konzentriert hatten, treffen die meinen durch den Spiegel, sozusagen dreifach erstarrt, mit dem Ausdruck unverhohlener Fassungslosigkeit.

Meinst du, dass dich so viele Herren auffordern werden?

Ich glaube schon! Es könnte ja sein! Ich frage ja nur, sicherheitshalber!

Du musst den nehmen, der zuerst da ist, sagt sie mit dünnem Lächeln.---

Um einen wirklich guten Tisch zu bekommen, sitzen wir auf unseren Plätzen noch ehe die Kapelle zur Stelle ist. Ich finde es schön, so frühzeitig da zu sein, denn man kann sich schon mal einen Überblick verschaffen, mit wem man es nachher zu tun haben wird, wenn es losgeht.

Der von mir erträumte Ballsaal ist es zwar nicht gerade, stelle ich fest.

Mutter betrachtet mich wohlwollend aus den Augenwinkeln. Der Knoten am Hinterkopf zieht meine Kopfhaut stramm.

Da beginnt die Drei-Mann-Kapelle.

Mein Herz stockt!

Ich starre wie gebannt auf mein Glas und sehe, dass sich hier und da dunkel gekleidete Gestalten erheben.

Ich spüre gleichzeitig, dass alle auf mich zusteuern!

Alle!

Nun ist es gleich soweit!

Ich höre nur die Musik und starre in mein Glas.

Aber es ist doch etwas Merkwürdiges!

Alle, die auf mich zukamen, verschwinden wieder.

Lösen sich auf, wie Nebelschleier.

Ich höre die Musik, sehe mein Glas, was sich ganz unmerklich im Rhythmus meines Herzpochens auf der Tischdecke hin und her bewegt. Immer im Kreis herum. Als ob es Walzer tanzte.

Meine Hände sind feucht. Die Zunge trocken.

Die Musik verstummt wieder.

Meine Spannung löst sich.

Mutter lächelt mir ermunternd zu.

Der nächste Tanz beginnt.

Und wieder kommt das Dunkel auf mich zu. Unmittelbar auf mich zu. Und wieder löst es sich ebenso schnell auf in ein Nichts. Aber jedes Mal macht beim Einsetzen der Kapelle mein Herz ein paar aufgeregte Sprünge.

Denn es könnte ja sein!

Dieses Mal vielleicht?

Oder dann das nächste Mal!

Aber es ist nicht so.

Nichts. Außer Herzklopfen, Glas und dunkle, sich wieder auflösende Schemen.

Auf diese Weise werde ich wenigstens nicht der grässlichen Qual der Wahl ausgesetzt!

Ich bin eigentlich doch sehr froh darüber.

So hatte ich doch den reinen Genuss des Zusehens!

Und außerdem, wer weiß, ob ich überhaupt gut genug hätte tanzen können?

Es ist 24 Uhr. Getanzt habe ich nicht. Aber das macht wirklich gar nichts.

Die Kapelle packt ihre Instrumente ein.

Alles zahlt.

Wir auch.

Anschließend schlendern wir beide zurück in unser vornehmes Sommerberghotel.

Es war ein schöner Abend, meine erste Tanzerei, stelle ich fest. Ich bin überzeugt, ich habe es auch wirklich so gemeint!

Ich bewundere Mutter in ihrer gleichbleibenden Gelassenheit, ihrer Ausgeglichenheit und Freundlichkeit!

Kann man eigentlich lernen, mit Angst zu leben?

Ich habe nicht gewusst, dass Warten so schwer ist!

Dass man so angefüllt mit Angst leben kann.

Mit Angst, über die man nicht spricht, die man sich gegenseitig nicht eingesteht, weil der andere dieselbe Angst hat.

Vielleicht, so trösten wir uns gegenseitig, hat der Briefträger ja morgen etwas für uns.

Ganz sicher!

Oder übermorgen.

Wir machen uns Mut. Tag für Tag neu.

Sieh mal, zuerst kommt doch der Nachschub. Die Munition und die Verpflegung – ich bin sicher, dass das gar nichts zu bedeuten hat, wenn wir bis jetzt noch nichts hörten.

Mutter lächelt schmerzlich. Sie hat es gelernt, das Warten. Das schwere, zermürbende Warten auf ein Lebenszeichen.

Im ersten Weltkrieg wartete sie mit den kleinen Jungen auf Post von ihrem Mann, der an vorderster Front war.

Und nun sind in diesem Krieg die drei Söhne an der Front und der Mann ist in Norwegen.

Mir geht es gut, schreibt der eine. Kein Grund zur Sorge.

Sie machen uns Mut. Uns in der Heimat.

Jeder Feldpostbrief verbirgt sich hinter der Anonymität einer Feldpostnummer.

Das haben wir vereinbart: Die jeweiligen Anfangsbuchstaben der ersten Worte des Briefes ergeben zusammengesetzt den Namen der Stadt, in deren Nähe wir sie suchen müssen.

Mutter muss sehr viele und immer wieder neue Anfangsbuchstaben zusammensetzen, denn sie hat drei Söhne, um die sie bangt.

Die große Landkarte von dem Riesenreich Russland liegt griffbereit.

Vater ist weit fort.

Ihn hätte sie jetzt nötig.

Zum Warten – Helfen.

Und zum Teilen der Angst.

Der erste Gedanke beim Aufwachen ist: Heute?

Ob heute etwas kommt?

Ich möchte nicht Briefträger sein in dieser Zeit!

Denn er muss die ganz schlimmen, die endgültigen Nachrichten überbringen.

Er erlebt die erste Erstarrung. Die erste Verzweiflung. Er bringt die ersehnten und die gefürchteten Nachrichten. Wird zum Schicksalsbringer.

Warten, Hoffen und Fürchten.

Alles ist in seiner Tasche vereint.

Er verteilt es. Haus an Haus.

Auch die lange ersehnten Briefe bringt er. So, als zöge er das große Los aus seiner Tasche.

Gott sei Dank! Ein Lebenszeichen!

Aber dann kommt der neue Wehrmachtsbericht und man hört von erbitterten Kämpfen, von heldenhafter Verteidigung durch unsere Soldaten. Genau in der Gegend, die der Zeigefinger aufgesucht hatte, als der Brief gekommen war.

Und schon wieder ist die würgende Angst da, die einen begleitet, wie der eigene Schatten.

Die Angst, mit der man einschläft und wieder aufwacht.

So vergeht ein Tag nach dem anderen. Woche für Woche.

Kann man lernen, mit Angst zu leben?

Dann muss ich noch viel lernen!

Nein, ich habe nicht gewusst, dass Warten so unendlich schwer sein kann.

Die große Emaillekanne mit dem Kaffee ist entsetzlich schwer! Ich kann sie kaum tragen. Winterkälte dringt durch und durch. Bis auf die Haut.

Kriegswinter sind kälter als Friedenswinter.

Denn man friert auch von innen.

Ich laufe mit dem heißen Getränk den Zug entlang und gieße davon aus, wo mir durch ein geöffnetes Fenster ein Feldbecher entgegengereicht wird.

Um meine Rote-Kreuz-Schwesternhaube habe ich ein dickes Wolltuch gebunden. Aber die Kälte beißt trotzdem in die Ohren.

Ich laufe mit meiner Kanne die Züge auf und ab.

Hastig werden die Fenster geöffnet und schnell wieder hochgedreht wegen der kostbaren Wärme innen.

Zug für Zug rollt an mir vorbei.

Heißer Kaffee! Wer möchte heißen Kaffee?

Dann rollen die Züge weiter. Sie rollen durch Städte und Dörfer. Halten hier und dort. Kurz oder lang. Und fahren weiter. Sie rollen durch endloses Winterweiß und durch blühende Wiesen. Tag und Nacht. Sommer und Winter.

An dunklen Flüssen entlang und durch trostlose Steppen. Durch die Hitze des Mittags und die Kühle der Nacht. Sie rollen und rollen und haben nur ein Ziel.

In großen Lettern steht es auf Waggons und Bahnhöfen:

'Räder müssen rollen für den Sieg'.

Stundenlang rollen sie an mir vorbei.

Heißer Kaffee! Wer möchte heißen Kaffee?

Wir sind die Generation des Abschiednehmens geworden. Die Generation der Trennung, der Sehnsucht, des Wartens und der Tränen.

Die Räder müssen rollen für den Krieg.

Sie müssen Panzer rollen. Gewehre und Munition.

Lauter Sachen, mit denen man Menschen töten kann.

Und Männer müssen sie in die Ferne rollen. Männer in feldgrauen Röcken. Aus grobem und aus weichem Stoff.

In Knobelbechern und Offiziersstiefeln. Männer mit und Männer ohne Orden. Arme und Reiche. Raucher und Nichtraucher. Große und Kleine, Dicke und Dünne. Gottgläubige und Nihilisten.

Alle werden gerollt. Gerollt für den Sieg. Gerollt in den Krieg. Alle reichen ihren feldgrauen Becher herunter und ich gieße ihnen aus der schweren Kanne den heißen Kaffee ein.

Dann fahren sie weiter ins Ungewisse.

Die Musterung findet in der Berufsschule statt.

In einer Reihe sind wir angetreten. Eine hinter der anderen. Nur mit einem kurzen Höschen bekleidet.

Es ist die Musterung für den weiblichen Reichsarbeitsdienst.

Eine nach der anderen tritt vor, wird abgehorcht, wird beklopft, muss tief atmen. Und noch Mal tief atmen.

Es ist mir schrecklich unangenehm, mich mit unbekleidetem Oberkörper den Blicken der vielen mir Nachfolgenden aussetzen zu müssen. Nicht, weil das Nacktsein mir etwas ausmacht, sondern weil ich die fremden Blicke auf meinem Rücken spüre.

Zum ersten Mal schäme ich mich dieses Körperfehlers.

Aber vor einer Musterung kann man sich nicht drücken und es gibt da auch keine Einzeluntersuchungen.

Natürlich nicht.

Ein paar Gesichter sind mir aus der Schule bekannt. Ich bin froh, sie dabei zu wissen in der Menge fremder Augen.

Nun bin ich an der Reihe.

Bücken! Aufrichten! Drehen! Und noch mal bücken! Fertig! Weiter!

Mein Fall ist klar. Nicht tauglich. Ausgemustert. Anziehen!

Freue ich mich darüber? Bin ich traurig?

Es ist keine Zeit, lange darüber nachzudenken.

Kurze Zeit später stehen wir alle angetreten im Dreierglied auf dem Schulhof. Ich gehöre eigentlich schon nicht mehr dazu, aber niemand hat mir gesagt, dass ich fortgehen kann.

Ein Uniformierter, wahrscheinlich ein Arbeitsdienstführer tritt vor die Gruppe. Er sagt etwas, was bei mir in Vergessenheit geraten ist.

Ich fühle mich auch nicht angesprochen, denn ich bin ja ausgemustert.

Bis zu jenem Augenblick, da ich blitzwach werde und er genau diese Worte sagt, die ich nun nie mehr werde vergessen können:

'Falls sich jemand in dieser Gruppe befinden sollte, der ein 'Judenstämmling' ist, - -**vortreten**!'

Es durchzuckt mich. Ich weiß, hinter mir, unmittelbar hinter mir steht meine Klassenkameradin Ruth! Ich weiß auch, dass sie Halbjüdin ist. Wir wissen es alle in der Klasse. Aber niemand von uns dachte daran, wenn wir zusammen waren, denn es war uns völlig gleichgültig.

Aber in diesem Augenblick wird es uns allen entsetzlich bewusst.

Ich meine, Ruths Herz klopfen zu hören.

Wird sie vortreten? Oder nicht, schießt es mir durch den Kopf.

Es tut sich nichts. Niemand rührt sich. Wie gelähmt stehen wir da. Die Augen des Uniformierten wandern die langen Reihen auf und ab.

Himmel, was wird in Ruth jetzt vor sich gehen?

Ich sehe seine Augen hin und herwandern.

Aber niemand tritt vor.

Was ist denn mein krummer Rücken gegen die Tatsachen, gegen den viel schrecklicheren Makel, ein ´Judenstämmling´ zu sein! Was bedeutet es jetzt, im zweiten Kriegsjahr, zu wissen: Ich bin ein Jude!
Es heißt: Ich gelte als minderwertig, rechtlos und ausgeliefert.

In diesem Augenblick erlebe ich es unmittelbar: Ein Jude sein.
'Judenstämmling'.
Ich erlebe es sozusagen körperlich, denn Ruth steht hinter mir.
Ich könnte sie sein.
Womit habe ich es verdient, dass ich nicht sie bin?
Dass mein Vater kein Jude ist, meine Mutter keine Jüdin?
Es ist noch keine halbe Stunde her, als ich in aufkommendem Selbstmitleid an meinen Rückenfehler dachte.
Wir gerne würde Ruth jetzt mit mir tauschen!
Dieses Bewusstsein löst in diesem Augenblick solche Betroffenheit in mir aus, wie ich sie bisher nie erlebte, wenn es sich um 'die Juden' als eine anonyme Menge handelte. Für mich gesichtslos, ohne persönliche Verbindung und Vorstellung.
Aber jetzt hier: Unsere Klassenkameradin! Mitten aus unserer Reihe. Beliebt, vergnügt. Ein Teil von uns.
Die Waage des Lebens, denke ich auf dem Heimweg. Wie schnell wird das, was bei dir eben noch schwer wog, unbedeutend, gewichtslos, wenn man es mit dem vergleicht, was der, der unmittelbar hinter dir steht, zu tragen hat.

Gott sei Dank, es gibt noch warme Sonnenstunden im Spätherbst! Stunden, in denen man sich wärmen kann und Sonne einsaugen möchte für den kalten Winter.
Ich spüre ganz tief, dass alles, was ich im Augenblick glückhaft erlebe, nur von kurzer Dauer ist.
Altweibersommer zieht durch die wenigen warmen Stunden. Die Sonne hat sich in herbstlichen Dunstschleier gehüllt, der wehmütig macht, denn er ruft das Empfinden des Vergänglichen wach. Die Welt, noch einmal in herbstliches Gold getaucht, ist bereits umweht von dem Gefühl der Trauer, vom Bewusstsein des Vorübereilens, des Flüchtigen, Vergehenden aller Dinge.

Felix ist gemustert. Wird nun Soldat.
Mit den Rädern fahren wir noch einmal über die Dörfer. An einem Wiesenrain machen wir Halt. Legen uns in den späten Sonnenschein, die Hände unter dem Kopf verschränkt und schauen in den Himmel.
Du musst immer daran denken, dass alles so, wie es ist, gut ist.
Dass alles seinen guten Sinn hat.
Das ist wichtig. Verstehst du?

Ich verstehe nicht, verspreche es aber.

Ja, ich will daran denken, dass alles so, wie es ist, gut ist.

Wir reden nicht von morgen. Nicht von übermorgen.

Sitzen nur am Wiesenrain in der letzten Sonne und lassen das Köstliche, diese Stunden, verrinnen. Der herbe Duft nach Kamille und Wegerich ist in der Luft. Geschmack nach Herbst, nach unwiderruflichem Vorübergleiten, nach Abschiednehmen.

Mit zitterndem Zeigefinger zieht Felix die Konturen meiner Lippen nach. Kennst du das Volkslied: 'All' mein' Gedanken die ich hab', die sind bei dir . . . '?

Ja, ich kenne es.

Aber eigentlich erst seit diesem Augenblick.

Vorher kannte ich nur die Worte.

Es wird abendlich kühl.

Fast übermütig fahren wir die alte Landstraße zurück. Wir lachen, ohne eigentlich einen Grund dazu zu haben. Ist es das Lachen dessen, der sich im Wald vor dem Alleinsein fürchtet?

Ich fange an zu frieren.

"S' ist leider Krieg" . . . und in ein paar Tagen ist Felix Soldat.

Die Qual der Wahl ist mir erspart geblieben.

Nun bin ich nicht Schauspielerin, sondern Schwester geworden. Dienstverpflichtete Schwesternhelferin im Hilfskrankenhaus. Anstelle des Arbeitsdienstes.

Ömchen hat wieder mal recht gehabt: Es kommt meistens alles ganz von selbst im Leben. Man muss sich nur nicht dagegen sträuben. Ich musste mich nicht sträuben, denn Schwester war schon immer mein Wunsch.

Meine Haare, die 'Affenschaukeln', sind unter der gestärkten Haube verschwunden. Das Schwesternkleid verbirgt vorteilhaft den Gradehalter.

Du wirst eine gute Schwester, Kind! Ömchen ist da ganz sicher.

Mein Dienst beginnt am ersten April 1942.

Um halb sieben.

Ich bin siebzehn Jahre alt.

Am Abend vor diesem Tag stehe ich lange vor dem großen Spiegel im Schlafzimmer der Eltern. Ich gefalle mir in der weißen Kluft.

Schwester Elsbeth!

Ab morgen.

Mutter kommt herein, sieht mich da stehen, nimmt mich wortlos in die Arme und drückt mich lange. Ich habe fast das Gefühl, es ist ihr nach Weinen zumute.

Frühmorgens holt sie mich aus tiefem Schlaf. Ich dachte, es wäre noch mitten in der Nacht. Es ist noch dunkel, als ich mit dem Fahrrad ins Krankenhaus fahre. Voller Spannung und Vorfreude!

In meinem Optimismus male ich mir alles in den schönsten Farben aus.

Dann begrüßt mich die Oberschwester. Sie trägt braune Schwesterntracht mit einem Band um die Haube, auf dem NS NS NS NS NS steht und macht ein ernstes Gesicht.

Sie sind also Schwester Elsbeth.

Aha !

Statt Arbeitsdienst?

Ja, statt Arbeitsdienst.

Nicht tauglich?

Ja! – Nein! Nicht tauglich.

Wir haben sehr wenig Personal, Schwester Elsbeth. Sie müssen zeitsparend arbeiten. Konzentriert und zeitsparend. Ihre Stationsschwester ist Schwester Hedwig . . .

Danke!

??? . . . ist Schwester Hedwig. Sie wird Ihnen Anweisungen geben.

Schwester Hedwig betrachtet mich kritisch. Mit den dünnen Handgelenkchen, sagt sie, während wir Betten machen. Und Menschen heben. Schwere Menschen. Und zentnerschwere Matratzen wenden. Und Laken darin einspannen.

Nein! Nicht so! So wird das nichts! Soooo!

Ein Bett nach dem anderen. Ich soll aufpassen, denn es wird mir nur einmal gezeigt. Morgen muss ich es alleine machen. Ein Saal nach dem anderen.

Dann das kleine Zimmerchen. Das Sterbezimmer, wird mir beim Eintreten zugeflüstert.

Ein Mann mit wächsernem Gesicht und starrem Blick.

Ich soll die Bettflasche leeren und ihm neu anlegen.

Neu anlegen??

Ein kurzer Blick in das 'Polenzimmer'. Krankenzimmer für Fremdarbeiter, die in Fabriken und bei Bauern arbeiten.

Ein düsterer Saal. Die Verdunklungspappe ist teilweise fest auf die Fensterscheiben geklebt. An der Decke ein dünnes, blaues Birnchen.

Die machen sich die Betten selber. Wir gehen wieder hinaus. In diesem Zimmer sollen sich die Schwestern nur kurz aufhalten. Nur die nötigen Maßnahmen und keine persönlichen Gespräche.

Das ist verboten. Merken Sie sich das!

Ich merke.

Aber auch, dass meine Knie nach zwei Stunden schwerer Arbeit vehement zu zittern beginnen. Der Rücken mir den Dienst versagt. Ich fühle, dass ich keine Kraft mehr habe.

Ich kann nicht mehr. Kann – nicht – mehr !

Nach zwei Stunden!

O Gott, welche Schande!

Soll ich warten, bis ich einfach zusammenklappe, ohnmächtig werde?

Schwindelig lehne ich mich an eine Wand. Das Herz rast. Wie wild wirbeln die Gedanken durch den Kopf:

Ausgemustert. – Du musst immer daran denken, dass alles, so wie es ist, gut ist. – Das Sterbezimmer. – Nein! Nicht so. So wird das nichts! Sooo! – Dass alles seinen guten Sinn hat. – Ausgemustert. – Keine persönlichen Gespräche. – Sie müssen konzentriert arbeiten. – Mit den dünnen Handgelenkchen? – Die Bettflasche neu anlegen. – Nicht tauglich. – Immer daran denken, dass alles, so, wie es ist, gut ist.

--- Schwester Elsbeth, zum Frühstück! Ruft eine Stimme.

Aus weiter Ferne kehre ich zurück in die Wirklichkeit.

Es gibt Hirsebrei! Bis man satt ist! Was für eine Köstlichkeit im dritten Kriegsjahr: Hirsebrei!

Danach geht alles wieder besser.

Trotzdem, die Stunden bis zum Abend ziehen sich zäh in die Länge. Mit letzter Kraft fahre ich nach zehn Arbeitsstunden nach Hause. Nein, viel erzählen kann ich nicht mehr. Und Mutter fragt auch nicht. Sie weiß alles auch so.

Aller Anfang ist schwer, Kind, tröstet Ömchen.

Aber das ist auch kein Trost mehr heute Abend.

Dieser Anfang ist viel, viel schwerer, als ich jemals gedacht hätte.

Viel, viel schwerer!

Wenn ich nur durchhalte, sage ich zu Mutter, als sie noch einmal an mein Bett kommt. Wenn ich nur durchhalte!

Wirst's schon, sagt sie und sieht mich dabei sorgenvoll an.

Vielleicht werde ich später doch noch Schauspielerin, denke ich kurz vor dem Einschlafen.

Wenn der Krieg mal vorbei ist und wenn wieder Frieden ist. Dann muss ich keine schweren Menschen mehr heben und keine so schweren Matratzen mehr wenden.

Und keine Bettflaschen anlegen bei wachsgelben Menschen mit starrem Blick. Dann ist es auch nicht verboten, mit jemandem zu sprechen, mit dem man eigentlich nicht sprechen darf.

Und die Menschen sterben da auch nicht wirklich.

Denn da wird alles ja nur gespielt.

Ich habe Nachtwache und bin die einzige Schwester in dem großen Haus mit langen, dunklen Fluren und großen Sälen, in denen viele Menschen liegen, die schlafen, wachen, stöhnen oder weinen.

Männer und Frauen.

Für die Schwestern war die Weihnachtsfeier ein paar Abende zuvor. Jede hatte für eine andere ein kleines Geschenk, eine Kriegswinzigkeit, eingepackt. Ein kleines selbstverfasstes Gedichtchen dazu.

Ich erinnere mich, dass das Vers'chen, das mir galt mit jeder Strophe endete:

'Du bist von einem hier der Stern,
unser Doktor hat dich gern.'

Heiligabend 1942

Am späten Nachmittag wird ein junger Pole eingeliefert, der aus dem fahrenden Zug gestürzt ist.

In dem 'Polenzimmer' sind alle Betten besetzt. Deshalb legen wir nun den alten, schwer kranken Janus in das kleine Zimmerchen. In sein Bett kommt sein junger Landsmann.

Janus ist schon eine ganze Weile bei uns. Und seitdem zieht es mich immer wieder zu ihm hin. Denn ich habe noch nie solche Augen gesehen.

Augen, in denen alles eingefangen ist.

Wärme, Weite und Tiefe einer unergründlichen östlichen Seele. Schwesterrrr! Sagt er, wenn ich in das Zimmer trete, mit tiefem Bass und rollendem RRR.

Und dann sieht er mich an. Unendlich freundlich und unendlich traurig. Immer, wenn ich in den großen Raum komme, höre ich aus der dunklen Ecke in der er liegt: Schwesterrrr!

Wenn er glücklich ist, dann können Tränen in seinen Augen stehen. Aber wenn er traurig ist, dann liegt ein schmerzliches Lächeln auf seinem Gesicht.

Meist lächelt er.

Schwesterrrr! In diesem Wort schwingt alles mit. Nicht nur Trauer. Auch Freude, Angenommensein und Geborgenfühlen in der Fremde.

Janus! Sage ich dann leise zu ihm, beuge mich über ihn, wische mit einem Tuch über die schweißfeuchte Stirn und schüttele sein Kissen auf, wenn er wieder von einem bösen Hustenanfall gequält wird.

Janus!

Schwester! Kommt es mit schwacher Stimme zurück.

In diese beiden Worte ist für mich alles eingefangen, was uns miteinander verbindet.

Ich habe ihn tief in mein Herz geschlossen.

Er wird es nicht mehr lange machen, sagen die anderen.

Seit heute liegt Janus nun ganz alleine in dem kleinen Zimmerchen.

Es ist Weihnachtsabend.

Im Haus ist es ruhig geworden. Auch das gleichmäßige Schlurfen der Holzpantinen im nächtlichen Flur hat aufgehört. Ich bleibe bei diesem Geräusch immer im Hintergrund, denn es sind die Männer aus jenem dunklen Zimmer.

Wir müssen für sie die Schlafanzüge teilen. Sie reichten nicht aus für alle. So weiß ich also nie, was da im Gang entlang kommt, ist es Jacke oder Hose.

Noch einmal habe ich in jeden Raum gesehen.

Alles ist ruhig.

Im Schwesternzimmer steht ein kleines Weihnachtsbäumchen. Ich zünde die wenigen Kerzen an.

Dann sehe ich sichernd, wie ein Stück Wild, das aus dem Schutz des Walddunkels in die Helligkeit der Lichtung tritt, den Gang entlang. Ich weiß sehr genau: Für mich könnte jetzt das Entdecktwerden auf diesem Weg sehr bedrohlich sein.

Mit dem brennenden Bäumchen in der Hand öffne ich Janus' Zimmertüre.

Du – Schwesterrrr – Engel! Kommt eine schwache Stimme.

Ich setze mich neben sein Bett. Wir blicken beide in die brennenden Kerzen. Sprechen können wir nicht miteinander. Wir verstehen uns nicht. Nicht über das Wort. Mit leiser Stimme singe ich, damit mich niemand hört, Weihnachtslieder. Deutsche Weihnachtslieder für einen todkranken Polen.

Du – Schwester – Engel! Keucht er leise vor sich hin.

Dann lösche ich die Kerzen aus und bringe das Bäumchen, wiederum nach allen Seiten spähend, dahin zurück, wo ich es hergenommen hatte.

Morgen, Janus, morgen singe ich wieder Weihnachtslieder für dich! Erschöpft legt er nach einem erneuten Hustenanfall den Kopf in das Kissen zurück.

Schwester – danke! Kommt es noch einmal müde und kraftlos.

Aber in der nächsten Nacht kann Janus meine Weihnachtslieder nicht mehr hören.

Er stirbt in den ganz frühen Morgenstunden des ersten Weihnachtstages.

Ich bin 18 Jahre alt.

Zum ersten Mal hat der Tod Eintritt in mein Leben genommen.

Ich sitze an dem Bett und weine um einen unbekannten, alten Mann aus einem fremden Land wie um einen lieben Angehörigen.

Wenn ich ehrlich bin: Ich habe schon oft gedacht, jetzt müsste ich aufgeben. Nun geht es nicht mehr. Bis heute ging es noch, aber jetzt geht es nicht mehr.

Ich habe das Gefühl, von dem vielen Schleppen bricht der Rücken durch. Abends dann, zu Hause, bin ich erschöpft, fertig, erledigt. Und dann denke ich, bis heute Abend ging es noch.

Aber morgen geht es nicht mehr. Ganz sicher. Morgen geht es nicht mehr.
Nachts im Bett träume ich dann von den vielen Schwerkranken. Und vom vielen
Tragen und Schleppen jeden Tag. Ich fürchte, ich gewöhne mich nicht daran.
Mitleid ist bei uns nicht angebracht, sagt die Oberschwester zu mir. Das können
wir uns nicht erlauben. Da bleiben wir auf der Strecke. Sie müssen härter
werden, Schwester Elsbeth. Härter und unempfindlicher.
Aber wer kann mir sagen, wie man das macht?
Dass man hart wird. Und unempfindlich.
Und dass man unberührt bleibt, wenn ein Mensch stirbt?
Nicht weich werden, sagte sie kürzlich, als die alte Frau abgeholt wurde, die bei
mir in der Nachtwache aus dem Bett gefallen war und die ich dann alleine
wieder hochwuchten musste, weil niemand da war, der mir helfen konnte.
Sie war bewusstlos, hatte einen Schlaganfall und eine Halbseitenlähmung. Aber
sie war nicht 'stockbewusstlos', wie die anderen am nächsten Tag meinten. Denn
sie reagierte doch, wenn ich mich über sie beugte, ihr über den Kopf strich und
ganz langsam und ruhig mit ihr sprach.
Denn sie kannte mich. Und meine Stimme.
Und dann lächelte sie ganz schwach und unmerklich.
Aber ich habe dieses Lächeln gesehen. Ganz deutlich.
Nach ein paar Tagen wurde sie dann abgeholt.
Kein Fall für uns, hieß es.
Die Oberschwester hat es gesehen, dass ich mit Tränen kämpfte, als sie sie aus
dem Zimmer trugen.
Nicht weich werden! Raunte sie mir zu. Mitgefühl ist nicht angebracht in
solchen Fällen. Das bringt nichts. Gar nichts.
Ich wäre eine gute und zuverlässige Schwester. Durchaus.
Und weil ich meine Prüfung mit eins gemacht hätte, hätte man mich trotz meiner
achtzehn Jahre für den Posten der Stationsschwester vorgesehen.
Aber dafür müsste ich eben unempfindlicher werden.
Und kein Mitleid. Und keine Tränen.
Das vor allen Dingen nicht! Keine Tränen!
Kürzlich hätte sie mir auch angemerkt, wie mich die Geschichte mit dem
bewussten Patienten beeindruckt hätte. Das wären doch Vorkommnisse, mit
denen man als Schwester rechnen müsste. Zumal: Der Mann ist möglicherweise
ein Spion gewesen!
Frühmorgens war es passiert. Da hatte er sich aus dem Fenster gestürzt. Vom
dritten Stock. Auf das Straßenpflaster.
Ich habe ihn mit hochgetragen.
Aber erkennen konnte ich ihn nicht mehr.
Den ganzen Morgen waren Sie noch ohne Farbe im Gesicht, Schwester Elsbeth.
Außerdem, wie gesagt, vielleicht ist es sogar ein Spion gewesen.
Das wird sich noch herausstellen.
Hoffentlich! Sagt sie.

Und die Sache mit der Zigeunerin, die hätte auch nicht passieren dürfen. Denn bei diesem Pack weiß man nie, wo man dran ist. Und man muss immer mit allem rechnen.

Die Zigeunerin hatte bei uns ein Kind bekommen. Ein paar Stunden nach der Geburt war sie dann mit ihrem Kind wieder verschwunden. Niemand hat etwas bemerkt und kein Mensch hat sie gehen sehen. Wortlos war sie gekommen, hatte ihr Kind herausgestöhnt und war wieder verschwunden. Und niemand wusste, woher sie kam und wohin sie gegangen war. Die Babywäsche hat sie mitgenommen, wurde festgestellt.

Das ist noch das Schönste! Die Babywäsche! Das Allerletzte! Dieses Gesindel! So etwas darf nicht wieder passieren. Sie müssen die Station beobachten. Und ohne Mitleid. Denn das ist ein Luxus, den wir uns nicht leisten können. Sonst gehen wir drauf. Entweder wir oder die anderen. Das ist eine einfache Rechnung und das müssen Sie sich merken!

Ich habe schon oft aufgeben wollen. Dann denke ich, es geht nicht mehr. Aber am nächsten Tag geht es doch wieder weiter. Und immer und immer weiter und weiter und wieder weiter.

Ja, das war er, unser Schuster.
Der Herr Wollmann.
Der war nicht irgendwer.
Der war wer!
Ich kann mich nicht erinnern, ihn jemals ohne Stummel im Mundwinkel gesehen zu haben.
Ein kleiner kurzer Stummel. Kurz, wie das letzte Daumenglied. Und schwarz.
Dieser Stummel gehörte zu seinem Gesicht, wie der schiefe Mund, die vergnügten Augen und die Lachfältchen.
Der Stummel glühte nie, aber er war dennoch lebendig, denn er bewegte sich mit jeder Silbe, die der Mund sprach, lebhaft auf und ab. Sein Platz war im rechten Mundwinkel.
Dadurch war der Mund im Laufe der Jahre schief geworden. Denn zum Sprechen war nur die linke Hälfte des Mundes da. Und deshalb war diese linke Mundseite ein rundes Loch.
Ich hatte immer das Gefühl, dass das ein Mund ist, der nur zum Lachen geschaffen ist. Zum Ja-Sagen. Nicht zum Nein-Sagen.
Jedenfalls, dieser Mund gehörte unserem Schuster, dem Herrn Wollmann, zu dem ich ein ganz besonders freundschaftliches Verhältnis hatte. Solange ich denken kann, musste ich unsere Schuhe in seine Werkstatt bringen. Die Schuhe der ganzen Familie.
Das war meist eine große Tasche voll.

Wenn ich zu Herrn Wollmann kam, sah er von seiner Arbeit auf, lächelte mich an und sagte: Tag mein Schätzchen, na, was hast du mir denn wieder Schönes mitgebracht.

Unsere Schuhe kannte er genau. Die von jedem einzelnen unserer Familie. Denn wir hatten nicht viele. Schuhe waren etwas Wertvolles. Etwas, was geschont wurde. Gekauft wurden sie nur dann, wenn man sie absolut nötig hatte. Aber niemals, weil einem gerade welche besonders gut gefielen.

Die Schuhe, die man besaß, wurden immer und immer wieder repariert. Und das besorgten die bewährten Hände von Herrn Wollmann.

Ich ging gerne zu ihm und er freute sich, wenn ich kam. Immer freundlich, immer heiter, immer ein Kosewort.

So ist der Herr Wollmann. Unser Schuster. Und so ist er auch heute noch. Nur glaube ich, dass besondere Bedingungen veränderte Menschen schaffen können.

Ich habe Nachtwache.

Es ist Mitternacht und die Sirenen heulen.

Vorwarnung.

Das bedeutet Achtung!

Wenn nun Vollalarm kommt, setzt sofort eine oft eingeübte Maschinerie ein. Jeder kennt dann seine Handgriffe, seine Aufgaben. Dann beginnt das Schleppen der Patienten in den Keller.

Aber zunächst hofft man, dass die feindlichen Flugzeuge mit ihrer Bombenlast noch abdrehen mögen. In eine andere Richtung fliegen.

Das berühmte St. Florian – Denken setzt ein.

Ich sitze wartend im Dienstzimmer. Plötzlich werde ich von einem völlig ungewohnten Geräusch aufgeschreckt. Stiefelschritte im zackigen Links-Rechts dröhnen hallend durch den langen dunklen Flur bis in mein Dienstzimmer hinein.

Links-rechts. Links-rechts.

Die Wände werfen das Hämmern des Schrittes in der nächtlichen Stille vielfach zurück. Durch das bläuliche Dämmerlicht des verdunkelten Ganges sehe ich eine kantig marschierende Uniform auf mich zukommen.

Eine blaue Uniform. Die Feuerwehr also.

In der Helligkeit des Dienstzimmers stehen wir uns dann gegenüber und erkennen uns sofort.

Beide.

Herr Wollmann, möchte ich grade sagen. Aber ich blicke in ein verändertes, mir ganz fremdes Gesicht.

Der Stummel fehlt. Die freundlichen Augen. Die Lachfältchen.

Noch ehe ich etwas sagen kann, hat die Uniform stramme Haltung angenommen. So, als wollte sie sagen, keine persönliche Anrede bitte! Ich bin im Dienst!

Schwester, kommt es kurz und sachlich aus der linken Mundhälfte. Schwester, wo ist hier das Telefon? Ich habe Meldung zu machen.

Hier, hier auf dem Schreibtisch. Hier steht das Telefon.

Die Uniform wendet sich mit einem Ruck von mir ab, nimmt den Hörer und wählt die Nummer.

Kurze Pause.

Dann zuckt sie zusammen und die Fersen schlagen gegeneinander.

Zugführer Wollmann, ruft eine höchst erregte Stimme in den Hörer, Zugführer Wollmann meldet: Alarmzug zehn im Hilfskrankenhaus angetreten!

Wieder kurze Pause.

Und nochmals zuckt die Uniform, die Fersen knallen.

Jawoll! Kommt es da.

Jawoll! Habe verstanden!

Schwester! , wendet sich die Uniform wieder mit zackiger Drehung mir zu. Schwester, sagt sie in scharfem Ton, Sie bekommen gegebenenfalls Anweisungen durch mich. Falls Vollalarm einsetzen sollte.

Damit wendet sie sich mit neuerlichem Ruck von mir ab und der Türe zu. Die Stiefelschritte entfernen sich zackig-hämmernd, so wie sie gekommen sind mit dröhnendem Links-Rechts den dämmrig-nächtlichen Gang entlang.

Herr Wollmann! Möchte ich noch hinter der Uniform herrufen, denn ich weiß doch noch von früher aus den Märchen, dass manchmal ein einziges Zauberwort genügte, um aus der verwunschenen Gestalt wieder den Menschen zu machen, der er in guten, alten Zeiten einmal gewesen war.

Aber zu diesem Zauberwort war es zu spät, als ich aus meiner eigenen Erstarrung erwachte.

Die Gestalt war verschwunden.

Einige Zeit später trage ich wieder unsere Schuhe zu Herrn Wollmann. Freundlich sieht er von seiner Arbeit auf.

Tag mein Schätzchen. Na, was hast du mir denn wieder Schönes mitgebracht? Und während er mit mir spricht, bewegt sich der kleine Stummel bei jeder Silbe lebhaft auf und ab und die Augen lächeln mich freundlich an.

Das ist unser Schuster.

Das ist Herr Wollmann, denke ich.

Aber wenn er eine Uniform anhat, kann er auch ganz anders sein.

Welche Eindrücke und Gegensätze jeden Tag!
Ich habe die Leitung der Station bekommen und bin neunzehn geworden. Sie sind alt und reif genug für die Aufgabe. Sie können das, sagte der Doktor, als die Entscheidung gefallen war, mir den Posten zu geben.
Sie sind eigentlich noch wie ein kleines Mädchen, meinte er ein paar Tage später ebenso überzeugt. Nur die Zöpfchen und das Schulränzchen fehlen noch.
Was bin ich denn nun wirklich? Und: Wann ist man eigentlich erwachsen?
Das Nachhausekommen zu Mutter ist wie die Heimkehr auf eine Insel der Geborgenheit.
Mutter, die In-sich-Ruhende. Die Gelassen-Wartende.

Täglich kommen Gefallenenmeldungen aus dem engsten Verwandten – und Bekanntenkreis. Seitenweise sind die Zeitungen davon gefüllt.
Die Begrüßung auf der Straße ist nicht mehr: Wie geht es Ihnen? Sondern: Haben Sie Nachricht? Von wem? Und von wann?
Wie Lauffeuer verbreiten sich die Trauermeldungen durch die kleine Stadt.
Haben Sie schon gehört? Der Mann der . . . der Sohn des . . . der Vater von . . . .
Wir leben nur noch im Genitiv!
'In stolzer Trauer' und 'gefallen für Führer und Volk' steht in den Zeitungsanzeigen.
Fronturlaube von Vater und Brüdern.
Glückseliges Wiedersehen.
Festhaltenwollen der Stunden, der Minuten.
Genießen des Augenblicks.
Ich stehe an Krankenbetten und versuche Menschen zu trösten, aufzurichten, zu erheitern. Wie eine schmerzerfahrene Frau. Und ich muss weinen, wenn ich traurig bin, wie ich als kleines Mädchen geweint habe.

Wann bin ich eigentlich erwachsen?

Fünf Päckchen Backpulver habe ich von Herrn Stück unter dem Ladentisch bekommen, berichtet mir Mutter. Doch wirklich anständig von ihm!
Wir bekommen jetzt 400g Fleisch weniger, dafür 50 g Fett mehr. Im Monat. Auf die aufgerufenen Marken am Stammabschnitt der Lebensmittelkarte. Wenn ich jetzt noch alle Reisemarken und die Weihnachtssonderzuteilung zusammenkratze, können wir vielleicht Plätzchen backen, sagt Mutter, während sie drei Briketts in Zeitungspapier einpackt, um sie Ömchen zu bringen, die seit ihrer letzten schweren Erkrankung im katholischen Schwesternheim liegt und friert. Denn der Ofen in ihrem Zimmer wird nicht warm genug. Heizstoff fehlt.
Ömchen friert.
Beide frieren. Ömchen und Mutter.

Ein Königreich für einen Kanonenofen!

'Niemand soll hungern ohne zu frieren' ist ein geflügeltes Wort. Merkwürdige Schizophrenie: Seit Wochen verfolgt mich der Wunsch, ein warmes, badesalzduftendes Vollbad nehmen zu können, der Traum von französischem Parfum, obschon ich das eigentlich nur dem Namen nach kenne, nach einem schönen Kleid, eleganten Schuhen, ach, ganz einfach nach lauter unnötigem Firlefanz, nach Dingen, die ich eigentlich noch nie kennen gelernt habe.

Daneben höre und sehe ich täglich so viel Trauriges. So viel Angst und Hoffnungslosigkeit!

Aber auch die andere Seite meines Wesens hockt in den Startlöchern und will loslaufen. Will genießen. Sich freuen und lachen. Dann möchte das, was an Lebensbejahung und Optimismus in mir steckt, einfach heraus. Ich glaube, das sind elementare Kräfte in mir.

So wie die erste Blüte durch den vereisten Erdboden bricht, fühle ich deutlich, dass diese Seite meiner Seele hinaus will. Leben will. Ich möchte aus dem Füllhorn der Heiterkeit, das irgend eine gute Fee mir in die Wiege legte, an meine Umgebung abgeben. Eine Umgebung, die ausgetrocknet, ausgehungert ist, die sich sehnt nach Fröhlichkeit und Lebensfreude.

Welche Gegensätze jeden Tag!

Schmerz und Fröhlichkeit. Lachen und Weinen.

Wann ist man eigentlich erwachsen?

Ich darf meine Schwägerin Gisela schon vorher sehen.

Bevor es losgeht.

Mein Bruder Walter erst, wenn sie fertig ist.

Das ist alles so festgelegt und alte Sitte.

Es brächte Unglück, wenn er sie schon beim Anlegen des Schleiers sähe, erklärt man mir.

Die Braut sitzt vor einem großen Spiegel und wird frisiert. Eine Frau aus dem Dorf ist da und legt den Schleier kunstvoll auf ihren Kopf.

Der Mittelscheitel, das dunkle Haar, ich finde, sie sieht reizend aus. Ganz aufrecht sitzt sie in ihrem Brautkleid da und verfolgt genau und kritisch jeden Handgriff.

Mutter Alma schaut ins Zimmer. Sieht ihr Kind. Nickt zufrieden. Schön!

Ihr Tochter an ihrem größten Tag.

Alles festlich. Alles würdig.

Nur Walter, der Bräutigam, darf seine Braut noch nicht sehen. Noch nicht!

Erst, wenn sie fertig ist. Nur nicht früher! Um Himmels willen, kein Unglück heraufbeschwören!

Es wird Zeit.

Die Braut ist bereit.

Sie tritt einen kleinen Schritt seitwärts, um sich im langen Spiegel des Schlafzimmerschrankes zu betrachten.

Ich glaube, sie zittert etwas.

Aber würde es mir nicht auch so gehen, wenn ich an ihrer Stelle wäre? In einer solchen Stunde? Würde ich Angst haben? Vor der Endgültigkeit? Dem Bis-dass-der-Tod-uns-scheidet?

Oder würde ich glücklich sein? Ganz einfach glücklich ohne weiter nachzudenken?

Und vor allen Dingen, woher weiß ich dann, dass er der absolut und für alle Zeit Richtige, Einzige, ist?

Unten an der schmalen Treppe des kleinen Schulhauses wartet der Bräutigam.

Mein Bruder Walter.

In straffer Haltung und glänzend aussehend in der exakt sitzenden Uniform des Stabsarztes.

Nach der Hochzeit muss er wieder zurück nach Russland. Von Bialystok aus hatte er erst vor ein paar Tagen sein Kommen angemeldet. Seitdem stand fest, dass heute geheiratet wird.

Dieses ist eine Kriegstrauung.

Walter blickt zu seiner Braut die Treppe hinauf.

Nun ist es soweit.

Jetzt darf er sie sehen.

Lächelnd kommt sie herunter auf ihn zu.

Erhobenen Hauptes tritt er ihr ein paar Stufen entgegen.

Ernst und Zärtlichkeit in der Miene.

Mutter verfolgt mit tränengefüllten Augen und lächelndem Mund die Szene.

Ihr Ältester! Eine imponierende Erscheinung.

Wirklich!

Ihr Weltkriegskind.

Das Allerbeste hat sie heute angezogen. Das mit dem schwarz-weißen Schal.

Sie friert. Ich sehe es.

Nicht nur wegen der Januarkälte, sondern weil die drei anderen fehlen. Vater an ihrer Seite. Und die beiden anderen Söhne.

Richard und Gerhard.

Von Richard ist wenigstens eine Nachricht da. Er ist bei einem Panzerzug in der Nähe von Witebsk.

Ich fasse Mutter auf dem Weg zur Kirche unter den Arm. Aber ich kann ihr Vater damit nicht ersetzen.

Das ganze Dorf ist auf den Beinen. Nimmt Anteil. Feiert mit.

Die Tochter vom Lehrer heiratet!

Über den Weg ist ein Band gespannt.

Der Bräutigam muss eine Weggebühr bezahlen. Er wirft das Geld unter die Kinder, die sich jubelnd draufstürzen. So, als hätte er es schon oft geübt.

Dreh' dich nicht um, Gisela, flüstert Mutter Alma mehrfach und eindringlich den ganzen Weg entlang ihrer Tochter zu. Bis zur Kirche darf die Braut den Blick nicht rückwärts wenden. Auch das bringt Unglück, erfahre ich.

Gisela schaut folgsam nach vorne, ohne auch nur einmal den Kopf zu wenden.

Wegen des Glatteises ist der ganze, weite Weg mit Tannenzweigen bestreut. Ein grüner Teppich.

Trauung in der kleinen Dorfkirche zu Pferdsdorf in der Rhön.

Giselas Heimat.

Ich sehe meinen Bruder aufrecht vor dem Altar stehen.

Groß und schlank. So, wie ich mir mal meinen Mann wünsche. Neben ihm zart, viel kleiner als er, Gisela, seine Frau. Meine Schwägerin.

Ich habe sie gerne. Wir sind Freundinnen geworden.

Das Hochzeitsmahl ist ein Friedenstraum.

Mein Tischherr ist Hans-August, ein junger Onkel von Gisela. Mehr Künstler und Bohemien als Lehrer. Wir flirten zusammen. Er hat mit leichter Feder entzückende Tischkarten gezeichnet, für die er die Vogelhochzeit zum Vorbild nahm.

Mutter Almas Karte trägt neben der gekonnt hingeworfenen Skizze den Vers: 'Die Eule, die Eule nimmt Abschied mit Geheule'.

Berge von Kuchen! Könnte man sie auf ein Jahr verteilen! Aber ab morgen rechnen wir wieder mit 1/8 entrahmter Frischmilch.

Spätnachmittags ist das Fest zuende.

Gisela zieht ihr Brautkleid aus, legt den Schleier ab. Ich stehe schräg hinter ihr und nehme ihn ihr aus der Hand. Vor dem Spiegel will ich ihn auf meinen Kopf setzen, um zu sehen, wie mich ein Brautschleier kleidet.

Entsetzt wirft Gisela sich mir entgegen, ehe ich den Schleier auflege.

Tu' das nicht!

Warum?

Weil du dann noch mindestens sieben Jahre warten musst.

Sieben Jahre? Nein, das scheint mir zu lange. Das Risiko ist mir zu groß. Gut, dass sie mich davon abgehalten hat!

Der Koffer für die Hochzeitsreise, die heute Abend in irgend einem gemieteten Zimmer im selben Dorf beginnt, ist gepackt.

Die Hochzeitsnacht verlebt man nicht zu Hause.

Natürlich nicht.

Ich lasse mir das eigens für diese Nacht genähte Gewand durch die Hände gleiten. Ein traumhaftes Gebilde!

Rosa, bodenlang, gesmokt, gerafft und gekräuselt und ganz ohne Ärmel!

Wie viele Punkte von Deiner Kleiderkarte hat das gekostet, frage ich.

Aber das weiß sie nicht mehr.

Ist ja auch wirklich das Unwichtigste daran. Dumme Frage!

Beim Abschied am Abend drückt uns die gute Mutter Alma noch ein Päckchen in die Hand, das wir mit nach Hause nehmen dürfen.

Eine rührende Frau, sagt Mutter.

Wir fahren durch die kalte Januarnacht des Kriegsjahres 1943 nach Hause zurück. Die Entfernung ist eigentlich nicht groß, aber die Fahrt dauert stundenlang. Umsteigen von einem Bummelzug in den anderen.

Auf dem Hinweg waren wir erster Klasse gefahren. Zurück dritter. Wir werden wieder normal und bescheiden. Der Alltag kehrt zurück.

Wie üblich, im ganzen Zug stockfinstere Wagen. Man sieht weder seinen Nachbarn, noch sein Gegenüber, fühlt höchstens, dass jemand neben einem sitzt. Immer mal hält der Zug. Dunkle Gestalten steigen aus. Dunkle wieder ein.

Ängstlich halten wir Körperkontakt mit unserem wertvollen Päckchen. Alles brütet stumm wartend vor sich hin.

Man sieht nur die Leuchtplaketten auf den Mantelkragen der Leute. Jeder trägt sie, damit man im Finsteren nicht aneinander rempelt.

Heimweg durch unsere dunkle, menschenleere Stadt.

Ohne Straßenbeleuchtung. Kein Lichtstrahl dringt aus den Festern der Häuser. Verdunklungssünder werden hart bestraft.

Zu Hause angekommen, packen wir unser Päckchen aus. Ein Stück echter Butter, Hochzeitskuchen und ein Glas Honig. Honig! Giselas Vater ist Imker.

"Das war ein Sommersonntag mitten im Winter", so schreibt Mutter noch am selben Abend an Vater: *"Ich habe selten, wenn überhaupt, eine so reizende Hochzeit mitgemacht. Das herrliche Wetter und die Beteiligung des ganzen Dorfes haben dazu beigetragen. Ein Friedensfest mitten im Kriege."*

Wann werde ich Hochzeit feiern?

Und ob es dann so ähnlich sein wird wie heute? Oder ganz anders? Wird es auch eine Kriegshochzeit werden? Oder werden wir dann Frieden haben? Endlich Frieden?

Sei es wie es sei: Es ist bestimmt gut, dass ich den Schleier nicht aufgesetzt habe!

Sicher ist sicher!

Ein brütend heißer Sommertag. Kurzfristiges Kommando zur Betreuung eines Verwundetenzuges mit Schwerverwundeten aus Russland. Auch hier fehlt es an Pflegepersonal und Ärzten.

Selbst für einfachste Handreichungen ist nicht genügend Hilfe da. Seit Tagen liegt sengend heiße Sonne auf den Zugdächern. Rechts und links die Wagenwände entlang doppelstöckige Betten.

Betäubende Hitze schlägt mir entgegen. Der Gestank verschlägt den Atem. Stöhnen und Schmerzensschreie. Der Ruf nach Wasser.

Wo soll ich anfangen? Bei wem?

Aufrichten und Abwischen schweißnasser Stirn.

Einflößen erfrischender Flüssigkeit. Abreiben erhitzter Fieberkörper. Fensteröffnen und ein paar Löffel kräftigender Nahrung.

Zuneigen und zuhören, was von trockenen Lippen geflüstert wird.

Aufschreiben einer kurzen Nachricht an irgendwen, den dieser Gruß erreichen soll. Erstes Lebenszeichen, vielleicht nach Wochen.

Vielleicht auch das letzte.

Und wieder Wasser! Wasser!! Wasser!!!

Meine Hilfe ist ganz unzulänglich. Überall nur der Tropfen auf den heißen Stein. Ich eile vom einem zum anderen.

Bald sollen die Verbände gewechselt werden. Ich sage es allen.

Erlebnisse und Eindrücke verwischen sich mit- und untereinander. Sie bleiben als Ganzes, als beklemmend-Erregendes in Erinnerung. Aber da hebt sich das Eine, das Besondere aus ihnen hervor und wird zum Unvergesslichen:

Ein junges Gesicht. Im oberen Bett. Richtet sich unter Anstrengung auf. Will mir etwas mitteilen. Fiebrige Augen sehen mich an.

Schwester, flüstert er mit heißer Stimme und eindringlich.

Schwester, verbinden Sie dann erst den Mann unter mir!

Er hat Frau und Kinder. Ich bin allein.

Verbinden Sie ihn zuerst!

Erschöpft fällt der selbst Schwerverwundete wieder zurück.

Ist ein Engel hier in diesem Wagen, denke ich.

In dieser stinkenden Hölle?

Welche kriegsordenbelohnte Tat kann sich mit solcher Menschlichkeit messen? Wo ist jetzt das Ritterkreuz für einen Mann, der ein Held ist? Nein, nicht vor dem Feind!

Nicht, weil er erfolgreich Leben vernichtete, sondern der es e r h a l t e n will und dadurch zum Helden wird für den Freund.

Sirenen heulen den langgezogenen Entwarnungston. Der Fliegeralarm ist vorüber. Ehe wir uns wieder ins Bett legen, gehe ich mit Mutter noch einmal in die kühle Oktobernacht 1943.

Wir stehen vor unserem Haus und sehen im Norden den glutroten Himmel. Das hatten wir befürchtet, als wir ganz entfernt die Detonationen hörten: Kassel! Das muss Kassel sein!

Wie gebannt blicken wir in das Spiegelbild dieses nächtlichen Infernos. O Gott, sagt Mutter. O Gott, wenn diese Altstadt brennt! Die engen Straßen und Winkel, aus denen es kein Entrinnen gibt, die so schmal sind, dass man fast seinem Gegenüber auf der anderen Seite der Gasse glaubt die Hand reichen zu können!

Kassel, eine Stadt, die uns vertraut ist. Unsere Bezirksstadt. Wo Straße an Straße Verwandte, Bekannte wohnen.

Im Juni waren es Düsseldorf und Bochum. Vier Fünftel aller Häuser sollen dort zerstört sein. In Bochum rechnet man mit achttausend Toten. Im Juli dann Hamburg. Der schreckliche Angriff auf Hamburg. Da sind es schon sechzigtausend Menschen gewesen, die umkamen.

Aber was sind denn Zahlen? Ich kann mir darunter nichts vorstellen, kann damit nichts anfangen. Sie sagen mir nichts, wenn es um das einzelne, einzigartige Menschenleben geht. Da, wo Verzweiflung und Panik herrschen, wo Mütter ihre Kinder verlieren. Kinder die Mütter. Wo die, die das Grauen der Bomben überlebt haben, steckenbleiben im kochenden Asphalt, im sauerstofflosen Feuersturm ersticken.

'Unsere Mauern brechen, aber unser Herzen nicht', lautet die neueste Parole. Ich denke an Oljenizcaks in ihrem engen Hinterhaus, alles Holz, sagt Mutter. Und Abrechts in der Altstadt! Abrechts mit den vielen Kindern! Frierend gehen wir ins Haus zurück.

Ich stelle das Radio an. Wie immer Tanzmusik.

Tanz auf dem Vulkan, sagt Mutter.

In Kassel ist heute der Vulkan ausgebrochen. Seine feurige Lava spiegelte sich eben im blutroten Himmel wider.

Wie viel Menschen mag sie mit sich gerissen haben?

Dunkelrot war der Himmel.

Wir haben es eben gesehen.

Ömchen liegt noch immer im katholischen Schwesternheim. Nachdem sie wieder eine schwere Krankheit überwunden hat, durch die sie erneut geschwächt wurde, schrieb sie in einem Brief an Vater: 'Ich glaube, dass Du mich, wenn Du das nächste Mal Urlaub hast, immer noch hier antreffen wirst. Es ist mir ja sehr unangenehm, lieber Alfred, Dir dieses schreiben zu müssen, aber ich glaube nun wirklich, ich bin unsterblich! Dieses Mal war ich nämlich wirklich schon am Himmelstor! Es war weit geöffnet und nichts stand meinem Einzug in die Ewigkeit mehr im Wege. Aber als ich den ersten Schritt hineintun wollte, fiel das Tor direkt vor meiner Nase zu.

Für mich als alten Menschen ist es schwer begreiflich, dass ich in einer Zeit, in der so unendlich viele junge Menschen sterben müssen, nicht heimgehen darf, obschon ich mittlerweile doch herzlich unnötig geworden bin auf dieser Welt'.

Und als die Nonne, die sie bisher liebevoll gepflegt hatte, plötzlich starb, schrieb sie an Vater weiter:

'Hätte doch der liebe Gott ein Erbarmen gehabt und hätte er mich anstelle der Schwester sterben lassen! Sie hätte noch viel Gutes tun können und wäre noch nötig gewesen für viele Menschen. Ich bin es nicht mehr und sehne mich nach dem Heimgang.'

Aber ihr unerschütterlich heiteres Wesen geht Ömchen nicht verloren. Durch Mutter hat sie mir bestellen lassen, ich solle bald zu ihr kommen. Sie hätte einen guten neuen Witz für mich. Ich sollte aber nicht zu lange mit meinem Besuch warten, denn dann wäre sie womöglich nicht mehr da und ich würde es dann sicher sehr bereuen, wenn ich diesen schönen Witz nicht mehr gehört hätte.

Ich schicke dir den allerbesten Mann vom Himmel, Kind, versichert sie mir immer, wenn ich bei ihr bin. Du musst dann nur eben auch wissen, dass er von mir kommt, wenn du ihn hast!

Geliebtes Ömchen! Vermache mir nichts, als deine Lebenskunst, deinen Optimismus und deine Lebenskraft!

Dann werde ich reich sein, solange ich auf dieser Welt bin. Und wenn ich einmal alt sein sollte, möchte ich imstande sein, Leben und Sterben so freudig aus der Hand des Himmels hinzunehmen, wie du es mir vorgelebt hast!

Ich bin gespalten! In zwei Hälften gespalten!

Mitten durch mich hindurch geht die Teilung.

Wo beginnt eigentlich der Himmel?

Schon hier auf der Erde? Etwas darüber?

Oder ist er in mir mitten drin?

Sie sind unkonzentriert, Schwester, rügt mich die Oberin.

Unkonzentriert?

Das kommt daher, denke ich, dass ich gespalten bin. In zwei Teile. Nur mit der einen Hälfte bin ich noch hier.

Die andere ist fortgeflogen. Weit, weit fortgeflogen.

Leicht, wie eine Lerche, die mit Aufjauchzen in das unendliche Tiefblau des Sommerhimmels entschwebt.

Wie dieser Himmel aussieht?

Aus zwei Augen besteht er. Zwei Augen, die mich so anschauen können, dass ich mich trunken fühle, ohne dass auch nur ein Tropfen über meine Lippen lief. Blicke, die in der Tiefe eines Meeres versinken und die eine Minute zur Ewigkeit werden lassen.

Aus einem Mund besteht mein Himmel auch.

Natürlich! Auch aus einem Mund.

Ein Mund, der unendlich zärtlich sein kann. Ein Mund, der mich immer anlächelt und der mich 'meine kleine Fortuna' nennt.

Aus Frühlingsvogelschlag besteht mein Himmel genauso, wie aus dem milden Licht des Mondes, der nichts ausplaudert, sondern der alles für sich behält. Und das ist wichtig.

Und aus Musik besteht mein Himmel. Das vor allem: aus Musik!

Den ganzen Tag höre ich sie, meine Musik. Denn überall klingt sie. Und jeden Abend ist unser Haus voll von dieser Musik. Unser Haus lebt wieder! Unser stilles Haus ist ein Konzertsaal geworden.

Was soll es denn sein, liebe kleine Fortuna, höre ich die Stimme, während die geübten Pianistenhände in die Tasten greifen. Die 'Papillons' oder der Chopin? Das As-dur Impromptu? Oder vielleicht der schöne Tschaikowski? Ein Galakonzert für meine kleine Fortuna! Dann weiß ich, ich bin mitten drin in meinem eigenen klingenden Himmel!

Auch aus gewaltigen Orgeltönen besteht dieser Himmel.

Aus mächtigem Brausen, das die große alte Stadtkirche erzittern lässt. Sowohl aus der herrlichen Toccata, als auch aus zartesten Tönen, die der Spieler wie ein Zauberer dem gewaltigen Instrument entlockt.

Das sind Orgeltöne, die so zart sind, dass sie nicht erst den Umweg über den Herrgott im Himmel nehmen müssen, wie die des alten Johann Sebastian, sondern solche, die direkt von der Orgel dorthin gehen, wofür sie bestimmt sind und gespielt werden:

Mitten hinein in mein Herz.

Während der Spieler vor dem großen Instrument auf der langen Orgelbank sitzt und seine Hände beherrschend über die Tasten gleiten lässt, fällt der fahle, flackernde Schein der Kerze, die ich, neben ihm sitzend, in der Hand halte, auf das weiße Notenblatt.

Einziger Lichtschein in dem großen Kirchendunkel.

Die Stunden gleiten mit dem Strom der Akkorde dahin.

Ganz allein sind wir beide hier. Umgeben von rauschender Orgelmusik. Ich sehe im schmalen Schein des herunterbrennenden Kerzenlichts auf die schnellen Hände des Pianisten, sehe sie mit großkräftigen Griffen auf den Tasten hin- und hergleiten, sitze schweigend neben dem Mann, dem ich gut bin und lasse mich forttragen von dem gewaltigen Fluss der Töne.

Weit, weit fort von hier und just mitten hinein in meinen Himmel!

Die Kerze ist heruntergebrannt, das große Rauschen verstummt. Tastend steigen wir die holzknarrenden Stufen der Empore hinunter und vom Himmel auf die Erde zurück.

Fuß für Fuß durch die schwarze Finsternis der Kirche setzend.

Angstfrei fühle ich mich und eingehüllt in den weiten Militärmantel, die wärmend-schützende Hand um die Schulter gelegt.

Quietschendes Öffnen und Schließen des schweren Kirchentores. Hämmernd-hart fällt der Klopfer gegen die Haustüre am Kirchplatz. Dank für den Schlüssel, Herr Küster, und eine gute Nacht!

Recht gute Nacht, Herr Leutnant, und ohne Alarm!

Ja, hoffentlich, ohne Alarm!

Tage und Wochen vergehen.
Die Alltagsschwere ist leicht geworden.
Das Dunkel licht.

> ' Ich schlaf, ich wach, ich geh, ich steh,
> und kann dein nit vergessen;
> mich deucht, dass ich dich allzeit seh,
> du hast mein Herz besessen! '

Aber die Zeit ist begrenzt. Die Verwundung heilt ab. Wir werden stiller, die Musik ernster. Abend für Abend erklingt sie noch, hebt uns ab von der Wirklichkeit, dem Grauen um uns herum.
Eines Abends weiß ich es, ohne dass wir Worte darüber wechseln.
Wann?
In einer Woche.
Die Sanduhr der glücklichen Stunden läuft aus, denn es ist eine Zeit auf Abruf.
Der letzte Chopin.
Noch einmal Brahms?
Bach! Bach ist der würdige Abschluss!
Oder Schubert zum Schluss? Die Wandererfantasie?
Nein, Mozart! Mozart zum Schluss!
Sprich nicht von Schluss! Bitte! Sprich nicht von Schluss!

Die Asche der allerletzten Zigarette in einem kleinen goldenen Medaillon, das ich nun täglich um den Hals tragen werde.
Unter dem Schwesternkleid versteckt.
Meine Bahnsteigtränen in den feldgrauen Uniformmantel.
Kleine Fortuna! Geliebte, kleine Fortuna!
Ich behalte die Asche.
Meine getrockneten Tränen fahren mit ins ferne, ferne fremde Russland.

So geht das nicht weiter, Mädle!
Doktor Baumann in Stuttgart, bei dem ich seit vielen Jahren in Behandlung bin, stellt fest, dass sich mein Rücken wieder erheblich verschlechtert hat.
Drei Wochen Intensivkur in seiner orthopädischen Fachklinik in Stuttgart. Mit Ausgang, wie Baumann betont. Das bedeutet für mich, ich kann die Klinik verlassen, soweit ich keine Anwendungen habe.
Onkel Robert, Vaters Freund, und seine Frau, die in Stuttgart wohnen, laden mich großzügig fast allabendlich auf fürstlichen Plätzen zu bisher nicht gekannten Kunstgenüssen ein.

Ich erlebe sie mit ungeheurer Intensität. Sauge sie ein und habe dadurch das Gefühl an Leib und Seele zu gesunden.

Allabendlich ziehe ich das Blaue mit den weißen Pünktchen an. Das von Wildbad damals. Immer noch das 'gute'.

Von dieser Welt enthoben kehre ich nach Konzert, Theater oder Oper in die Klinik zurück. Dr. Baumann sorgte für einen 'Passierschein', mit dem ich noch spät eingelassen werde.

Die Straßenbahnen sind zu dieser Stunde meist wenig besetzt. An einem solchen Abend sitze ich, vom Theater kommend, in mich versunken auf meinem Platz in der Bahn und lasse das Erlebte nachklingen. Da fällt plötzlich mein Blick auf drei fahle Gestalten, die in der dunklen, hinteren Ecke des Wagens stehen.

Frauen, so scheint es.

Sie stehen, aneinandergedrückt, in grauen, langen Mänteln.

Ich habe den Eindruck des Befremdlichen, Merkwürdigen.

Diese Menschen passen nicht in meine federleichte Theaterstimmung, die Erinnerung an schöne Abendroben, Schmuck und Kristallüster.

Da dreht sich eine der drei Frauen so weit zu mir um, dass mein Blick auf etwas Gelbes an ihrem Mantel fällt.

Lange sehe ich hin, bis ich es begreife.

Der Davidstern!

Der große gelbe Stern, auf dem 'Jude' steht.

Zum ersten Mal sehe ich Menschen, die ihn tragen müssen, denn bei uns zu Hause gibt es keine Juden mehr.

Sie sind im Laufe der Jahre alle fortgezogen.

Ich spüre, dass ich beim Anblick dieses ersten Judensterns erschrecke. Mich überkommt das Gefühl von Beklemmung.

Von Betroffenheit, gegen die ich mich aber sogleich wehre. Diese Begegnung passt nicht in mein augenblickliches Stimmungsbild. Ich bin irritiert und ärgere mich darüber.

Möchte dieses alles nicht weiter zur Kenntnis nehmen. Es ist so schade nach diesem schönen Abend, der so hell und unbeschwert war.

Ich sehe wieder auf den Stern: 'Jude'. Von allen werden sie beguckt, begafft, angepöbelt. Ich will heute nicht weiter darüber nachdenken.

Mitleid, Schwester Elsbeth, so kommt mir eine Mahnung in Erinnerung, Mitleid ist ein Luxus, den wir uns nicht leisten können. Entweder wir oder die anderen. Nur keine Sentimentalität. Das müssen Sie sich merken! - -

Ich will nun auch nicht mehr hinsehen. Will es auswischen. Die Begegnung einfach vergessen. Kann ja doch nichts daran ändern, dass es so ist, wie es ist.

Drei Jüdinnen. Sie stehen in der Ecke. Genau mir gegenüber in der Ecke des Wagens. Verängstigt, aneinandergedrückt und einander festhaltend, sich stützend. Und elend aussehend. Und alle drei gekennzeichnet mit dem gelben Stern, auf dem 'Jude' steht.

Da trifft sich mein Blick mit dem scheuen und zugleich ernsten einer der Frauen. Ein kluges junges Gesicht. So alt wie ich? Fünf Jahre älter? Jünger? Ich kann es nicht sagen. Aber dieser Blick brennt sich ein in meine Erinnerung. Er verfolgt mich noch, als die drei längst wieder ausgestiegen und in der Dunkelheit verschwunden sind. Er verfolgt mich noch immer.

'Nichts kommt zur Unzeit' ist eine Redensart von Ömchen.
Fröstelnd gehe ich zur Klinik zurück, denn ein kühler Schatten hat mich eben, im warmen Lichte stehend, für einen Augenblick gestreift.

Die beiden waren in der gemeinsamen Hersfelder Lazarettzeit gute Freunde geworden, der Pianist und Reinhard, sein behandelnder Arzt. Gemeinsame Abende hatten uns verbunden und so bleibe ich nicht alleine, nachdem Klaviermusik und Orgelspiel wieder verklungen sind.
Ich bin zurückgekehrt von meinem Himmel auf die Erde.
An die Stelle der Musik sind Gespräche getreten, die wir oft bis in die tiefe Nacht hinein führen.
Übernächtigt und unausgeschlafen stehe ich morgens auf.
Mutter sieht es mit Sorge.
Denk an deine Gesundheit, Kind, du musst mehr schlafen!
Aber immer wieder wird es spät und später.
Oft sind wir abends zu dritt. Die Stunden verfliegen bei einem Glas Tee. Ich glaube, ich habe noch niemals Gespräche von solcher Intensität geführt wie in diesen Wochen.
Der Dritte im Bunde ist ein Freund von Reinhards Vater. Irgendwie muss er durch Reinhard hierher an das Lazarett gekommen sein. Er arbeitet dort als Zivilist. Als Schreibkraft in untergeordneter Tätigkeit. Es scheint aber so, als wäre er schon weit in der Welt herumgekommen. Er kennt viele Länder, die er vor dem Krieg bereiste und spricht oft vom Theater.
Wo zum Teufel sind Sie denn nun wirklich zu Hause? In Deutschland, Amerika, England oder Frankreich? Überall ein wenig, antwortet er auf meine Frage und zieht sich wieder in seine Anonymität zurück. Ich merke das deutlich. Aber hier bin ich dann hängen geblieben, ergänzt er nach einer Weile des Schweigens. Und das war mein Pech. Pech? Wieso Pech, frage ich ihn. Aber seine Antwort ist nur ein schmerzliches Lächeln.
Vom Theater versteht er etwas. Das steht fest. Namhafte Schauspieler kennt er persönlich. Viele, die schon lange nicht mehr spielen. Aber oft weiß er, wo sie sind.
In Amerika, sagt er, in der Schweiz. Oder auch: Verschollen!
Gefallen, frage ich.

Nein, nicht gefallen. Verschollen!

Beim Theater ist er früher tätig gewesen.

Schauspieler? Nein, Dramaturg.

Wann war das, frage ich weiter. Ach, in abgelebten Zeiten, kommt die Antwort. Und weshalb jetzt nicht mehr?

Weil Herr Göbbels mich nicht gerne hat. Deshalb führe ich jetzt lieber Krankenblätter. Damit schneidet er dieses Thema ab. Es scheint für ihn beendet.

Abend für Abend werden unsere Gespräche intensiver, das gegenseitige Vertrauen größer. Aber die beiden sprechen über Gedanken und von Dingen, die für mich völlig fremd und neu sind. Die mir bisher nicht ein einziges Mal durch den Kopf gingen. Gespräche, die mich aufhorchen lassen und gleichzeitig meinen Widerspruch hervorrufen.

Ich fühle mich durch sie angegriffen in meinem Vertrauen auf ein Idol, das ich mit allen Mitteln zu verteidigen suche. Sie stellen Hitler in Frage. Das System. Seine Politik, insbesondere seine Rassenpolitik. Ziel und Sinn dieses ganzen Krieges.

Ich sträube mich dagegen, mich ihren Gedanken, ihren Zweifeln anzuschließen. Mein Glauben, Denken und Fühlen hat bisher doch keinen Zweifel gekannt! Nein! Ich wehre mich dagegen, dass mein   - unser aller - Vertrauen auf unsere Führung, der Glaube an die gute Sache, an die Einzigartigkeit unserer Rasse, ein Irrtum sein soll.

Die Parole ' Führer befiehl, wir folgen ' hatte mir bisher noch keine Bedenken, kein Unbehagen verursacht. Im Gegenteil, sie ging mir immer ganz glatt über die Lippen und gab mir das Gefühl der Geborgenheit, dass alles schon ganz gut sein wird, so wie es ist und gemacht wird. Wie alle meine Altersgenossen wurde ich erzogen im Glauben an eine gute, eine moralische Sache. Nein! Mein Denken kennt keine Zweifel. Es hat sich bis jetzt in geordnetem Gleichschritt und im Takte von Marschmusik vorwärtsbewegt. Auf kritisches Ausscheren war es nicht gekommen.

Außerdem: Rasse! Wollt ihr uns etwa vergleichen, gleichsetzen mit anderen, minderwertigen? Mit den Juden zum Beispiel, Polen, Zigeunern? Wir sind doch eine Rasse, die den Anspruch darauf hat, als eine besonders gute zu gelten.

Aber nun wird mir die Kehrseite der Medaille vor Augen gehalten. Mit welchem Recht, werde ich gefragt, halte ich mich und meine Art für wertvoller als meinen Nachbarn, mein Gegenüber? Nur, weil er nicht der arischen, sondern einer anderen Rasse als der meinen angehört?

Ich komme mir vor wie das Kind, das bisher alljährlich gläubig zum Weihnachtsfest seinen Wunschzettel an das Christkind im Himmel schrieb und das sich nun mit aller Macht dagegen wehrt, wenn man ihm eines Tages sagt, dass dieses Christkind eine Fiktion ist.

Ein Irrtum, dem es bisher anhing.

Wo bist du jetzt, Vater? Jetzt, in diesem Augenblick, da ich auf der Schwelle stehe, erwachsen zu werden? Als du wieder Soldat wurdest, war ich noch ein

Kind. Ein gläubiges Kind. Weder zu kritischem Denken, noch zu Widerspruch erzogen.

Du, Vater, brachtest mir bei, wo die Haukuppe liegt und der Dreienberg. Du erklärtest mir den Unterschied zwischen scheinbar und anscheinend, zwischen Dampf und Rauch. Und dass man nicht mit vollem Mund spricht. Aber über Politik sprachen wir nie.

Ich war noch zu jung, als dass ich deine Meinung hätte begreifen können, hörte ich doch ganz andere, lautere Stimmen außerhalb meines Zuhauses. Solche, die die lodernde Flamme meiner Begeisterung entfachten. Und außerdem, wenn ich damals die leiseste Andeutung, das kleinste vertrauliche Wort, das deine politische Meinung widergab, einer meiner vielen Freundinnen gegenüber geäußert hätte, und hätte diese deine Meinung der von der Partei zudiktierten widersprochen, es hätte dich vernichten können. Und mit dir uns alle.

Dann kam der Krieg und du musstest die Uniform eines Hauptmanns anziehen, die du schon im ersten Weltkrieg getragen hattest. Als ich noch ein Kind war, gingst du fort. Das Jungmädchenalter habe ich überschlagen, denn die Zöpfe wurden unter die Schwesternhaube gesteckt. Ich wurde zur Erwachsenen gemacht, ohne es zu sein. Und damit wurde ich in einen Arbeitsprozess eingespannt, der täglich an die Grenzen meiner Kräfte ging und oft darüber hinaus.

Nun, in diesen Stunden der intensiven Gespräche, des geistigen Mündigwerdens rufe ich dich, Vater! Denn jetzt müssten wir miteinander reden. Nun, an diesen Abenden verliert die Stätte meiner bisherigen Verehrung ihren Altar. Sie wird ihrer Kultgegenstände beraubt. Der Altar wird zum Tisch. Zum einfachen, blanken Tisch. Ohne Kerze, ohne Kelch und Anbetung.

Viel schlimmer! Sie wird zur Schlachtbank!

'Führer befiehl, wir folgen'.

Nun bekommt diese Parole mit einem Mal einen anderen Klang. Folgten wir blind in eine Selbstanbetung, deren andere Seite die Verachtung, der Hass auf angeblich minderwertige Menschen und Völker sein musste? Folgten wir ins Verbrechen?

Plötzlich kommt mir der Abschiedsbesuch von Tante Else wieder in Erinnerung, damals, ehe sie mit ihrem jüdischen Mann nach Brasilien auswandern musste. An meine Musterung zum Arbeitsdienst, als unsere Klassenkameradin Ruth, der 'Judenstämmling', atemweit entfernt von mir stand. Vor Angst erstarrt. Ich denke an die fahlen, grauen Gestalten mit dem gelben Judenstern. Damals auf der nächtlichen Theaterheimfahrt in der Stuttgarter Straßenbahn. Auch Mutters entsetzter Gesichtsausdruck fällt mir ein, als ich am Tag nach der 'Kristallnacht' von der Vernichtungsstätte der Synagoge und der Judenhäuser heimkam. Du, Vater, nahmst mich nach diesem Ereignis mit in dein Arbeitszimmer und unterstrichst damit für mich das Besondere dieses Gesprächs. Ich wünsche nicht, sagtest du, ich wünsche nicht, dass du noch einmal dorthin gehst, wo du heute gewesen bist!

Hast du mich verstanden?

Ich hatte verstanden.

Aber nicht, warum!

Der Sommer 1944 ist vorüber. Von allen Fronten werden Rückzüge gemeldet. Die Fanfare der Sondermeldungen, die in den ersten Kriegsjahren fast täglich im Radio zu hören war, kommt kaum noch. Und wenn, dann erklingt sie nicht mehr in Dur. Nur noch in Moll.

Wieder fühle ich die dunkle, unheimliche Wetterfront.

Nun kommt sie wirklich. Zieht sich zusammen um uns herum. Das Unwetter scheint unweigerlich näher zu rücken. Ich spüre wieder eine undefinierbare Angst in der Kehle. Wie damals am 1. September 1939, als alles anfing.

'Kinder genießt den Krieg, der Frieden wird fürchterlich!'

Dieses Wort hörte ich kürzlich. Es soll ein Witz sein. Aber ich kann nicht darüber lachen. Kann mir auch den Frieden nicht mehr vorstellen.

Reinhard, der junge Arzt, soll wieder zum Fronteinsatz kommen. Er versichert mir, in diesem Krieg werde ich bestimmt keinen Menschen bewusst töten! Ich werde wahrscheinlich sofort in Gefangenschaft gehen.

Diese Einstellung irritiert mich. Wenn das nun alle sagen würden? Ich weiß nicht mehr, was ich glauben soll!

Der Himmel ist so schwarz. Das Unwetter zieht sich zusammen. Im Radio ist Tanzmusik. 'Bei mir biste scheen'.

Wie wird es weitergehen?

Das Es-Dur Klavierquintett von Schumann hat Reinhard sich zum Abschied ausgesucht. Es entspricht seiner Gemütslage. Die Platte gehört Onkel Hermann, der sie als besondere Kostbarkeit bei uns auslagerte, falls er seine Habe verlieren sollte. Viele Menschen verteilen ihre Sachen an verschiedenen Orten, um nicht über Nacht völlig besitzlos zu sein.

Du wirst von mir hören, wenn ich in Gefangenschaft gekommen bin, sagte Reinhard zum Abschied. Ich hoffe, dass dann bald alles zu Ende ist.

Was?

Das Blutvergießen!

Endsieg, frage ich zögernd, weiß aber schon, während ich es ausspreche, seine Antwort.

Seitdem höre ich den englischen Feindsender, der neben Propaganda auch die Namen von Gefangenen durchgibt. Ich krieche dabei unter die Decke und drücke den Apparat direkt ans Ohr. Ich weiß, dass es lebensgefährlich wäre, wenn es herauskäme.

Mutter nahm kürzlich das Telefongespräch einer anonymen Anruferin an, die mit verstellter Stimme sagte, es interessiere uns sicher, dass in einem gewissen Sender ein Arzt, Dr. L., Grüße an Fräulein Elsbeth in Hersfeld bestellt hätte. Es ginge ihm gut.

Noch ehe Mutter zurückfragen konnte, hatte die Anruferin aufgelegt.

Also ist Reinhard wirklich unversehrt in Gefangenschaft gekommen! Endlich ein Mann, um den man sich nicht mehr sorgen muss!

Vater hat Urlaub.

Ich lade an einem Abend Herrn Lederer zu uns ein, der nun alleine hier ist, seit Reinhard wieder fort ist.

Nach anfänglichem Fremdeln und gegenseitigem Abtasten werden es Stunden von hohem Niveau. Ich merke Vater an, dass er es genießt, sich mit Lederer zu unterhalten. Merkwürdig, dachte ich oft, dass dieser kluge Mann nur ein kleiner Lazarettschreiber ist.

Mutter still, blass, durchsichtig, mit dunklen Ringen unter den Augen. Freundlich lächelnd in unserer Mitte und trotzdem weit abwesend. Ich merke ihr an, dass alles zuviel für sie wird. Ständige Angst um die Brüder, Sorge um Vater, die Pflege von Ömchen und die vielen Kriegsjahre zeichnen sich in ihrem Gesicht ab.

Der Abend wird spät.

Vater und ich bringen den Gast bis zum Gartentörchen.

Der Abschied ist herzlich.

Auf dem Rückweg zum Haus sagt Vater zu mir:

Weißt du eigentlich, dass dies ein untergetauchter Jude ist?

Felix ist gefallen!

Ich hörte es abends auf dem Weg vom Krankenhaus.

Wie in seelischer Betäubung fuhr ich nach Hause, warf mich auf mein Bett, wo sich alles in einem Tränenstrom löste.

Ich kann nichts anderes denken. Sehe ihn vor mir. Voller Lebensbejahung und Idealismus. Eine noch unfertige Mischung aus Draufgängertum und zarter Sensibilität, die ein prachtvolles Resultat zu werden versprach.

Mit fröhlichem, weitem Herzen ausgestattet.

Großzügig, anständig, ehrlich.

Hell und durchsichtig bis ins Herz hinein.

'Du musst immer daran glauben, dass alles so, wie es ist, gut und richtig ist. Dass alles seinen guten Sinn hat.'

Aber ich kann an einen guten Sinn in diesem Krieg nun nicht mehr glauben, Felix! Ich kann es nicht mehr! Es ist zu viel passiert seit damals, 1941, als wir beide am Wiesenrain saßen, kurz bevor du Soldat wurdest. Unbeschwerte, gläubige Kinder waren wir zu dieser Zeit. Von Idealismus erfüllt. Zu großen Opfern bereit für eine Sache, die wir für gut, für moralisch hielten.

Wichtige Jahre sind seitdem vergangen. Jahre, die aus uns Kindern Erwachsene machten.

Wie wird deine arme Mutter diese Nachricht ertragen?

Wir sie auch ' *In stolzer Trauer* ' unter deine Anzeige schreiben? Obschon sie tatsächlich verzweifelt ist und im Bewusstsein der immer näherrückenden Fronten dieses unermessliche Opfer als einen Irrsinn betrachtet?

'Siegen oder sterben' lautet die Parole.

Im Augenblick sehe ich nur noch das Sterben.

Überall um mich herum.

Ich habe manchmal das Gefühl über eine millimeterdünne Eisdecke über tiefem Wasser zu gehen.

Im Krankenhaus bekam die Oberschwester kürzlich am Telefon in meiner Gegenwart einen Schreikrampf, als ihr mitgeteilt wurde, dass ihre alte Mutter mit einem Oberarmbruch in eine Klinik eingewiesen worden sei.

Meine Mutter ist doch das Einzige, was ich auf der Welt habe, sagte sie anschließend fast entschuldigend zu mir. Dadurch bekam sie für mich in diesem Augenblick etwas Liebenswert-Menschliches. Aber ein paar Minuten später meinte sie, ich solle den Zwischenfall von vorhin wieder vergessen. Es wäre ihr unangenehm, dass sie eben keine Haltung bewahrt hätte.

Das wirkte wie ein feuchter Schwamm, der ein zartes Gedicht auf einer Tafel auswischt. Zurück bleibt nur ein nasses, schwarzes Nichts.

'Gelobt sei, was hart macht', sagt sie oft zu uns.

Aber ich möchte nicht hart werden. Ich möchte mich dann freuen können, wenn ich froh bin, und dann weinen dürfen, wenn ich traurig bin.

Heute weine ich.

Felix ist tot!

Mit ihm stirbt das fröhliche Unbekümmertsein unserer Kindheit. Das sorglos-vertrauensvolle Sich-fallen-lassen in das, was wir Zukunft nennen.

'All' mein' Gedanken die ich hab', die sind bei dir'.

Ja, ich kenne die Worte dieses Liedes, Felix!

Aber anders, ganz anders ist ihr Klang heute für mich als damals an jenem Herbstabend, als es nach Wegerich und Kamille roch.

Damals.

Kurz bevor wir Abschied nahmen.

Das Hilfskrankenhaus ist aufgelöst.

Ich bin ' bis zur Wiederverwendung ' nach Hause entlassen.

Glücklich über diesen unerwarteten Urlaub, denn mein Rücken hat sich weiter verschlechtert. Wieder bin ich kleiner geworden. Die Wirbelsäulenverkrümmung nahm zu. Starke Schmerzen. Auch nachts, wenn ich den Rücken nicht belaste. Ich müsste wieder zu Dr. Baumann nach Stuttgart. Schon, weil das Stahlkorsett repariert werden muss.

Aber ich kann eine solche Fahrt wegen der schweren Luftangriffe nicht mehr riskieren. Außerdem ist ein Unterschlupf bei Onkel Robert und Tante Minna selbst für kürzeste Zeit nicht mehr möglich. Ihr herrliches Haus in Stuttgarts Schottstraße ist bis auf einen kleinen Rest eine Ruine. Tante Minna schrieb, dass sie Tag und Nacht die Wintermäntel nicht mehr auszögen.

Das einst hochherrschaftliche Haus ist eine armselige Herberge geworden.

Adolfine, die alte Köchin, die früher traumhaft Speisen zu zaubern verstand, kann ihre rheumatischen Gelenke kaum noch bewegen. Gretel, das Haus- und Kindermädchen, die schon die beiden Kinder, Ernst und Irmgard großzog, so, als wären es ihre eigenen, und seit Jahrzehnten im Haus, wurde mit den Geschehnissen nicht mehr fertig und fiel in das Dunkel geistiger Verwirrung. Sie sitzt nun Tag um Tag auf einem Stuhl am Fenster, auf die Trümmer Stuttgarts hinunterschauend und auf die Rückkehr der beiden Kinder Ernst und Irmgard wartend.

Aber sie wird warten müssen, solange sie lebt, den Irmgard starb am Anfang dieses Krieges und Ernst liegt irgendwo im fernen Russland begraben.

Die vier alten Menschen hausen nun in zwei noch erhaltenen Zimmern, deren rissige Wände notdürftig zum Trümmerteil hin abgestützt wurden. Überall dringen Winter und Kälte ein.

Das ist nun das Ende, das Auslöschen einer Familie, die für mich der Inbegriff von Vornehmheit war. Kultur des Geistes und des Herzens. Einfachheit und Bescheidenheit gepaart mit überwältigender Noblesse. Ihre Wohlhabenheit diente dazu, mit vollen Händen auszuteilen. Dadurch waren sie reich in vielfältigem Sinne. Sie brachten mir Zuwendung und Zuneigung entgegen. Ermöglichten mir Hilfe für die Behandlung meines kranken Rückens und erschlossen mir den Zugang in die Welt des Theaters, der Oper und des Konzerts.

Die Vorstellung, diese lieben Menschen nun frierend und hungrig im Rest ihres zerbombten Hauses zu wissen, hat für mich etwas sehr Bedrückendes.

Vater kommt auf Urlaub!

Wie von Sinnen vor Freude suchen Mutter und ich alle Reserven, die wir besitzen, zusammen. Reisemarken, Sonderzuteilungen auf unsere Lebensmittelkarten. So, als gelte es, eine Hochzeit vorzubereiten.

Von unterwegs hat er angerufen. Schon auf deutschem Boden, Gott sei Dank. Also ist er unbeschadet durch die verminte See gekommen. Das ist bei jedem Urlaub unsere größte Sorge.

Lichtblicke in dieser trostlos finsteren Zeit.

Lichtblicke, die wir so nötig haben!

An einem seiner ersten Urlaubstage steht Vater im Schlafzimmer vor dem großen Schrankspiegel. Er schaut hinein. Ich stehe hinter ihm. Unsere Blicke treffen sich im Spiegel. Dann sagt er, mich sozusagen durch den Spiegel ansehend, etwas, was mich in seinem erbarmungslosen Ernst unmittelbar trifft:

Die wollen mich --, er räuspert seine belegt Stimme frei, --die wollen mich zum Kriegsrichter machen! Weißt du, was das bedeutet? Kriegsrichter? Das bedeutet: Todesurteile! Junge Menschen, die noch gar nicht richtig gelebt haben, die nicht mehr für diesen Führer sterben wollen, oder Menschen, die sehen, wie das alles läuft, diese Menschen muss ich dann verurteilen. Zum Tode verurteilen. Verstehst du, das sind die, die überlaufen auf die andere Seite, um diesem Inferno zu entkommen, junge Menschen, die nur leben wollen und nichts als dies: die l e b e n wollen, so, wie du und deine Brüder. Solche, die vielleicht auch nicht mehr an den Endsieg glauben und die das in gutem Vertrauen zu jemandem gesagt haben, der sie dann verraten hat. Männer, die nicht mehr denken können: Führer befiehl, wir folgen, weil sie wissen, dass sie ihm nur noch ins Unglück folgen .---

Vater ist ans Fenster getreten und schaut schweigend hinaus. Dann dreht er sich plötzlich ruckartig zu mir um und sagt mit einer mir fast fremden Stimme:

Dies ist ein Kommando. Dagegen kann ich nichts tun, verstehst du? Gegen ein Kommando kann man sich nicht wehren.

Nach einer langen Pause fügt er mit einer ganz veränderten, ruhigen, aber bestimmten Stimme hinzu:

Wenn sie mich wirklich zum Kriegsrichter machen, bin ich erledigt. Das musst du wissen, Kind. Dann - bin - ich - erledigt.

Und zwar so oder so.

Bei den letzten Worten zeigt der Daumen seiner rechten Hand nach unten.

Ich habe meinen Vater verstanden.

Heute Abend ist Mutter am Ende.

Zum ersten Mal sehe ich sie in Tränen aufgelöst. Die Sorge um die beiden Söhne, Richard und Walter übersteigt ihre Kraftreserven.

Richard wurde, nachdem er grade von seiner letzten Verwundung, einem Gesichtsschuss genesen war, wieder eingesetzt. Dieses Mal an der italienischen Front. Nach zehn Tagen kam wiederum die Nachricht einer schweren Verwundung. Ein Beinschuss.

Lange, qualvolle Wochen des Wartens folgten. Keine Post. Wegen zu hohen Fiebers konnte er selbst nicht schreiben. Mutter vertröstete sich und mich von einem Tag auf den anderen.

Ich denke, morgen werden wir etwas haben, sagte sie.

Am 9. September wurde dann sein Oberschenkel amputiert. Der ihn behandelnde Arzt setzte uns davon in Kenntnis. Heute kam nun die Nachricht, Richards Zustand sei sehr ernst.

Mutter sagte es mir, als ich nach Hause kam. Ich merkte gleich: Heute Abend ist sie am Ende ihrer Kraft.

Auch von Walter keine Nachricht!

Er liegt schwer krank in einem Lazarett in Frankreich in der Normandie. Nach der Invasion hatte er eine Diphtherie bekommen. die zunächst wohl als Angina behandelt wurde. Er will nicht fort von seinen Leuten.

Nun überschattet die Sorge um die beiden Brüder alles Denken. Überall rücken die Fronten näher. Wann werden die Lazarette, in denen sie liegen, von feindlichen Truppen überrollt?

Und was wird dann werden?

Ich erinnere mich, dass Mutter früher immer zu mir sagte:

Kind, mach dir erst Sorgen, wenn es soweit ist!

Aber nun ist es so weit!

Noch bis spät in die Nacht höre ich sie in ihrem Bett weinen. Angst und Tod sind zum ständigen Begleiter geworden.

Überall wird gestorben.

An der Front. Und ebenso in der Heimat. Durch Bomben und Hinrichtungen.

Wir haben in der Tauschzentrale gegen ein Federbett einen Ofen getauscht! Nun können wir dem Winter getroster entgegengehen.

Alle Welt tauscht! Alles gegen alles. Tauschzentralen sind die derzeit am besten florierenden Geschäfte.

Der neueste Witz:

Liest einer in der Zeitung: 'Lastwagen gegen Telefonzelle!' Schüttelt den Kopf und sagt: 'was heute nicht alles getauscht wird!'

Frau Ensslin hat Ömchen ein viertel Pfund echten Bohnenkaffee gebracht, eine Kostbarkeit, die zur Zeit auf dem schwarzen Markt sechshundert Reichsmark kostet.

Ömchen schwelgt seitdem jeden Morgen in diesem Genuss. Die Tasse hat sie dabei auf der Bettdecke direkt unter der Nase stehen. Das ist ein Tröpfchen, strahlt sie, sich des dreifachen Genusses freuend: Duft, Geschmack und Wirkung.

Sie kann nun schon lange nicht mehr aufstehen. Vater hat in seinem letzten Urlaub ihr großes Familienbild, das der Eltern Morsbach mit ihren acht Kindern, vier Söhnen und vier Töchtern, über ihrem Bett aufgehängt. Eine altmodische Fotografie. Ernste, seltsam starre Gesichter. Menschen in steifer Pose. Plüsch, Taft, Rüschchen, Stehkragen und Kulisse. Eine ferne, fremde Welt.

Ära des Friedens? Es scheint so.

Mit diesem Bild lebt Ömchen wieder in ihrer Jugend. Von der jetzigen, schrecklichen Welt und deren Ereignissen nimmt sie nur noch wie durch einen gnädigen Schleier blickend Anteil.

Aber ihr eigentliches Naturell ist ungebrochen. Als sie von Richards schwerer Verwundung und der Beinamputation hört, sagt sie tröstend: Wir müssen dankbar sein, dass es das linke und nicht das rechte Bein ist!

Es ist der 24. Februar 1945.

Vor der Haustüre steht ein hellblondes, junges Mädchen. Einen großen Rucksack auf dem Rücken und in ein gestepptes, dickes Wams gehüllt. Unförmige, riesige Filzstiefel, die bis zu den Knien reichen. Nein, ihr Gesicht ist nicht das eines jungen Mädchens. Eher das einer alten Frau. Grau und müde. Mit tiefen Falten und allen Zeichen völliger Erschöpfung.

Ich heiße Tibu. Vater versteht nicht. Was, bitte, wünschen Sie? Ich heiße Tibu. Tibu? Ohne weitere Erklärung reicht sie Vater einen Zettel, den sie in der Hand hält. *'Nehmt sie auf, wie eure Tochter'*, steht da von Richards Hand geschrieben. Der Zettel trägt das Datum des vorigen Jahres, als Richard mit einer Gesichtsverwundung in einem Lazarett in Posen lag. Wir erinnern uns, dass er von ihr erzählte. Von Tibu. Aber diese Berichte waren fast wieder in Vergessenheit geraten. Zu viel war passiert. Natürlich! Nun ist es wieder da. Richard hatte von dem Mädchen Tibu erzählt, das er in Posen kennen lernte. Tibu, die Baltin. Aus Reval in Estland stammend. Ihre Eltern waren beide tot, als sie, auch damals nur mit einem Rucksack, ihre Heimat verlassen musste. In Posen hatte sie sich dann eine eigene, kleine, neue Existenz gegründet. War Technische Assistentin geworden und hatte Richard auf einem Rot-Kreuz-Fest kennen gelernt. Schon damals rückte die russische Front näher und näher. Wohin gehst du, wenn du hier fortmusst, fragte Richard sie. Aber die Antwort war nur ein Achselzucken. Geh' zu meinen Eltern, sagte Richard, und gab ihr den Zettel. *'Nehmt sie auf, wie eure Tochter'*. Diesen Zettel trug sie während der Flucht auf der Haut. Bis zu diesem Moment.

Liebevoll empfangen wir sie.

Und damit hat sich unsere Familie um eine wichtige Person vergrößert. Zum vielen Erzählen ist sie noch zu elend. Das merken wir.

Nur, dass sie dem Grauen von Dresden, das vor wenigen Tagen, vollgestopft mit Flüchtlingen, dem Erdboden nahezu gleichgemacht wurde, wie ein Wunder entkam, hören wir.

Sie brauchen jetzt nichts als Ruhe, sagt Mutter und zeigt Tibu das Bett, in dem sie sich ausschlafen kann. Vor dem Bücherschrank stehend, erbittet sich Tibu abends von Vater noch seinen Robespierre zum Lesen aus.

Ich sehe es Vaters Gesicht an: Das war ein Volltreffer!

Ein tolles Frauenzimmer, meint dieser dann auch höchst zufrieden, als Tibu das Zimmer verlassen hat. Ein ganz tolles Frauenzimmer! Spät kommt sie noch mal zu mir ans Bett. Sie kann noch nicht schlafen.

Härrlich! Wüst jemütlich hast du es hierr, stellt sie in ihrem unverkennbar baltischen Dialekt fest und dreht das kleine Radio an. Ich merke, sie hat schon begonnen, Wurzeln bei uns zu schlagen.

Das sechste Kriegsweihnachten ist schon längst vorüber. Wieder war es ohne 'Frieden auf Erden'.

1945. Schon lange haben wir uns an die neue Jahreszahl gewöhnt. 'Möge das neue Jahr nur soviel bringen, wie wir zu tragen imstande sind'. Diese Worte Trojans trage ich seit Jahren als Buchzeichen mit mir.

Das Licht, das wir, ins Dunkel des neuen Jahres blickend, erkennen, ist Vaters Entlassung vom Militärdienst und seine Rückkehr nach Hause. In diesem Jahr wird er 67 Jahre alt.

Für Mutter bedeutet dies das Fallenlassen der Schulter, auf denen sechs Jahre lang eine Last lag, die sie alleine tragen musste. Nun werden sie alles, was kommt, wieder gemeinsam meistern. So wie früher immer. Freud und Leid teilend.

Walter wurde nach Hersfeld in ein Lazarett verlegt. Von seiner schweren Diphtherie herrührend, waren Arme und Beine gelähmt. Nur sehr langsam bilden sich diese Lähmungen zurück.

Von Richard keine Nachricht, die aufatmen ließe. Er wurde mit anhaltend hohem Fieber von Italien nach Berlin verlegt. Berlin, die Stadt täglicher, schwerster Fliegerangriffe!

Gerhard wissen wir bei der kämpfenden Truppe an der Westfront im Bereich Koblenz-Holländische Grenze.

117

Im Garten stecken die ersten Krokusse die Spitzen aus der Erde. Die Natur kennt keinen Krieg.

Frühlingsahnen mit Wetterleuchten!

Gisela ist schwanger und erwartet ihr erstes Kind.

Tibu arbeitet als Dienstmädchen bei Apels. Gut, dass es so etwas wie einen Feierabend gibt, stöhnt sie, wenn sie erschöpft am Abend nach Hause kommt.

Anfang des Jahres war ich vier Wochen in Marburg und wurde in der orthopädischen Klinik von Prof. Klapp behandelt, während ich in der Zeit bei meiner sehr geliebten Nenntante Helma in der Calvinstraße wohnte. Nach den schweren Krankenhausjahren waren dies friedensähnliche Ruhewochen in liebevoller Umgebung.

Marburg, die alte Universität, praktisch ohne Studenten!

Männer, soweit sie noch leben, sind an der Front oder in Lazaretten. Aber studiert wird praktisch nicht mehr.

Trotzdem hatten diese Wochen Beschwingend-Leichtes für mich. In den Tagen schrieb Vater in sein Tagebuch: *"Elsbeth hat wieder einen Verehrer! Einen angehenden Arzt in Marburg."*

Die Osterglocken sind noch nicht aufgeblüht, aber die Erde trägt schon den starken Duft nach Frühling. Unendliches Wunder: Vogelorchester am frühen Morgen. Birken und Weiden von zart-grünlichem Brautschleier umgeben. Rauschende Bächlein. Sumpfdottergelb. Erste wärmende Sonnenstrahlen. Aufbrechen der Natur zu neuem, üppigem Blühen.

Und daneben das unaufhaltsame Näherrücken der Fronten.

Vater sitzt an seinem Schreibtisch, schlägt sein Tagebuch auf und trägt unter dem Datum des 14. März 1945 folgendes ein:

"Die Offiziere, die an der unversehrten Überlassung der Brücke bei Remagen Schuld tragen, sind standrechtlich erschossen worden! Trotz der Hoffnungslosigkeit der Lage wird immer noch von E n d s i e g gesprochen."

Und unter dem Datum des 28. März 1945 schreibt er weiter:

"Die Amerikaner sind in Gießen. Der Wehrmachtbericht spricht von schweren Kämpfen bei Hanau und Aschaffenburg. 'Jedes Haus muss eine Festung sein' tönt es. Wir sind Frontgebiet geworden. Ein Tiefflieger warf Bomben auf das Bahngelände. Beim Eichhof wurde ein Munitionszug getroffen, dessen Munition noch stundenlang nach und nach hochging. Zum Teil schwerste Granaten. In der Stadt riesiger Betrieb. Alle Autos werden angehalten. Unzählige Flüchtlinge kommen durch. Morgen werden wir vielleicht Kampfzone werden. Hoffentlich ohne nennenswerte Kämpfe! Sonst könnte Hersfeld noch ein Trümmerhaufen werden. Gestern Aufklärungsflieger über der Stadt. Ob ein Luftgroßangriff auf Hersfeld und die Bahnanlagen von Bebra geplant ist? Amerikanische Panzerspitzen sind bei Magdeburg vorgestoßen, weiter südlich bei Weimar.

Im deutschen Wehrmachtbericht wird immer wieder von 'verbissenem' und 'erbittertem' Widerstand gesprochen.
Das bedeutet, dass noch 10.000 Männer ohne jeden Sinn und Verstand in den Tod gehetzt und unzählige Städte und Dörfer zerstört werden, obschon der Krieg längst verloren ist.
Der Kommandant von Königsberg hat die Festung übergeben und ist dafür in Abwesenheit zum Tode verurteilt worden, dabei wurde mitgeteilt, dass 'seine Sippe haftbar' gemacht wurde!
Nach einem heute herausgegebenen Befehl soll jede Stadt bis zum äußersten verteidigt werden. Verantwortlich ist der Kampfkommandant, der bei Nichtbeachtung dieses Befehls zum Tode verurteilt werden soll, ebenso die Zivilpersonen, die zur Übergabe raten. Unterzeichnet ist dieser Befehl von Keitel, Himmler und Bormann! Es ist nur zu hoffen, dass die vernünftigen Kreise der Wehrmacht sich gegen diesen verbrecherischen Irrsinn wenden!"

Es ist Gründonnerstag der 25. März 1945.
Nun können wir schon fast den Pulverdampf riechen! Die Amerikaner sollen im Raume von Niederaula sein. Größere Truppenmengen von ihnen seien in Grünberg gelandet worden.
Wir üben uns in Gelassenheit, keiner will dem anderen die eigene Anspannung zeigen. Vaters Hiersein ist unendlich beruhigend.
Ebenso das von Tibu. Wohltuend und erfrischend zugleich.
Mutter hat von eingeweckten Beeren aus dem Garten eine rote Grütze gekocht. Ein Hochgenuss!
'Kinder genießt den Krieg, der Frieden wird fürchterlich!'
Wir denken es alle, aber keiner spricht es aus.
Grade haben wir uns die Teller gefüllt, da tut sich die Türe auf: Gerhard!
Übermüdet, fahl, grau und abgerissen, aber in leiblicher Unversehrtheit steht er vor uns.
Eine Sinnestäuschung?
Die Spannung weicht. Lachen und Weinen zugleich.
Alle reden durcheinander. Jeder hat so etwas geträumt, gehofft, geahnt.
Nein, dass du da bist, Junge! Lass dich ansehen! Dass du da bist!
Zum Tisch zurückgekehrt hat sich die Grützeschüssel wie von Geisterhand wieder gefüllt, denn jeder hat alles, was er auf seinem Teller hatte, wieder zurückgetan.
Komm, Junge, komm! Nun iss, soviel du kannst!
Aber schon ziehen die dunklen Wolken der Trennung wieder auf. Es war nur ein dienstlicher Umweg mit dem Fahrrad, den er über Hersfeld machen konnte, berichtet Gerhard.

Seine Truppe ist zu Fuß auf dem Weg vom Vogelsberg über Vacha. Sie werden sich im Raume Salzungen wiedertreffen, wo sie sich auflösen.

Kannst du nicht einfach bleiben, fragt Mutter zaghaft. Aber die Frage wird nur mit stummen Kopfschütteln beantwortet.

Ich meine nur! So kurz vor dem Schluss! Dass dir jetzt nichts mehr passiert, Junge, fügt sie entschuldigend an.

Nach Einbruch der Dunkelheit muss er fort. Zentnerlast liegt uns allen auf der Seele, denn die Luft, die wir atmen, ist schon gewitterschwer.

Eine schwarze, drohende Wetterwand steht schon hinter dem Johannesberg und Engelhards Garten. Die Vögel singen noch einmal. Sie meinen, die Nacht käme. Aber es ist nur das Unwetter, das den Himmel finster macht und den Atem schwer.

Die Stunden mit Gerhard verfliegen. Es ist Abend geworden. Er muss fort, nimmt Abschied von uns. Langes, schweres Abschiednehmen. Er sorgt sich um uns, wir uns um ihn.

Dann geht er.

Hastig.

Ohne sich noch einmal zu uns umzusehen.

Die Dunkelheit verschluckt ihn. Wir sind wieder allein und gehen dem nächsten Tag entgegen: Karfreitag den 30. März 1945.

Nun ist es wirklich soweit!

Wir schliefen kaum, nachdem Gerhard fort war.

Heute hören wir seit 15 Uhr die Geschosse der Amerikaner aus dem Fuldatal. Vater kam eben aus der Stadt zurück. Er hörte, dass die Autobahnbrücke heute durch unsere Truppen gesprengt werden sollte, die Brücke, die nach Eisenach führt, es gelang aber nicht. Er hatte auch gehört, dass Hersfeld 'bis zum äußersten' verteidigt werden soll. Wir haben uns auf eine lange Nacht im Keller eingestellt und für unsere Verpflegung eine große Schüssel kalter Pellkartoffeln nach unten gebracht, die wir mit Salz essen werden.

Noch sitze ich mit Tibu in meinem Zimmer und wir hören die Einschläge der Granaten. Tibu feilt ihre Fingernägel.

Weshalb machst du das jetzt?

Wäil ich mit anständigen Händen den Krieg beenden will!

Ihre Ruhe ist für mich wie ein Wunder. Aber sie ist wohltuend! Sie weist auf mein Radio. Stell den englischen Sender an, damit wir wissen, wann wir die Amis erwarten dürfen. Wir hören den Feindsender. Zum ersten Mal krieche ich heute dabei nicht mehr unter die Bettdecke aus Angst, gehört zu werden. Aber von Hersfeld sagen sie nichts.

Ömchen will in ihrem Zimmer in ihrem Bett bleiben. Wir geben ihr eine Schlafspritze. Heiter und völlig angstfrei nimmt sie Abschied von uns. Wohl wissend, was heute Nacht geschehen wird.

Gegen 17 Uhr beginnt das Gefecht am Weinberg.

Vater beobachtet es zunächst vom Balkon aus und ruft uns zu:

Das ist Artillerie, 10,5 und MG, schätze ich.

Ich höre nur die Einschläge und ziehe mich lieber ängstlich in den Keller zurück. Auch Gisela ist bei uns. Walter muss in dem Lazarett bleiben, in dem er als Patient bisher lag und wo er für diese Nacht das Kommando hat.

Wir sitzen im engen Kellergang nebeneinander, nur dann und wann ein Wort sprechend. Unsere Antennen sind nach außen gestellt. Ich höre nur das ununterbrochene Pfeifen der Geschosse und merke, dass ich mich jedes Mal dabei ducke.

Ab 23 Uhr schwere Feuerschläge.

Während der kurzen Feuerpausen laufen wir immer zu Ömchen hinauf. Dieses Mal finden wir die Fenster in ihrem Zimmer völlig zerstört. Glasscheiben liegen überall auf der Erde verstreut. Eine Gardine bedeckt, wie schützend, Ömchens Gesicht. Sie schläft fest. Die Spritze tut ihre Wirkung.

Ich glaube, ich blute, sagt Gisela und presst die Hand auf den Leib.

O Gott, Gisela! Das Kind!

Gegen morgen hören wir Jagdbomber über der Stadt kreisen. Ihr müsst aus dem Haus, sagt Vater zu Gisela, Tibu und mir. Ihr müsst aus dieser Mausefalle raus. Wenn unser Haus bombardiert wird, hält unser Keller nicht stand.

Vater hat einen Unterstand oben im Garten gebaut. Der reicht in der Größe grade aus.

Und Ihr? Mutter und Du?

Wir sind alt. Wir bleiben hier.

Tibu ergreift beherzt zwei Koffer, läuft aus dem Keller zum Unterstand hinauf. Stolpert, läuft weiter.

In diesem Augenblick schlägt eine Granate ein.

Wir stehen in der Kellertüre. Uns bleibt das Herz stehen. Der Einschlag war wenige Meter von uns entfernt.

Tibu! Tibu, gib Antwort!

In der nächsten Feuerpause kommt sie angestürzt. In der Hand einen Granatsplitter.

Den hebe ich mir auf, sagt sie. Denn der ist bei dem Einschlag eben auf das Dach des Unterstandes geflogen.

Groß wie ein Handteller und schwarz wie eine Kohle.

Kind, was für ein Glück, dass mein Dach gehalten hat, sagt Vater. Wir gehen wieder in unsere Kellerecke zurück. Tibu greift in die Schüssel. Darauf eine Pellkartoffel, sagt sie, während sie Salz darüber streut.

Menschenskind, Tibu, du hast Nerven!

Die Jagdbomber haben irgendwo ein paar Bomben geworfen und sind wieder abgedreht. Vater ist besorgt. Das kann bedeuten, dass man einen Großangriff aus der Luft plant. Wenn wir großen Widerstand leisten, werden bestimmt Bomben eingesetzt, lange lassen sich die Amerikaner nicht aufhalten.

Minuten werden zur Ewigkeit.

Tibu und Vater laufen ins Haus hoch, um zu sehen, ob es brennt. Wir warten ängstlich, bis sie wieder zurück sind. Nur das Dach ist teilweise abgedeckt. Sonst nichts.

Ömchen schläft. Gott sei Dank. Wenn sie wach wird, geben wir ihr noch eine Spritze.

Mittlerweile dämmert der Morgen. Die Einschläge klingen anders. Werfer, sagt Vater. Das sind Granatwerfer!

Mutter ist sehr blass. Kannst du noch?

Was, wenn ich nicht mehr könnte?

Da schlägt es wieder ein. Wir ducken uns alle instinktiv. Vater kennt es. Das sind Kanonen. 7,5 cm.

Einschlag folgt Einschlag. Wie lange noch? Was meinst du? Achselzucken. Keine Ahnung. Es wird schon Mittag. Die Stunden dehnen sich zur Endlosigkeit. Wie konnten das nur die Soldaten in den Schützengräben tagelang, wochenlang, jahrelang aushalten, wenn es mir schon nach einem Tag und einer Nacht so unerträglich lang, so qualvoll erscheint?

So schlimm hatte ich es mir nicht vorgestellt, sage ich.

Hoffentlich kommt es nicht schlimmer, meint Vater dazu. Wenn die ersten Bomben fallen, müsst ihr hier raus aus dem engen Loch.

Aber am Ostersonnabend um 12 Uhr mittags schweigt das Feuer.

Es ist der 31.März 1945.

Wir wagen uns wieder aus unseren Kellern hinaus. Stehen vor unserem Haus und sehen die ersten amerikanischen Fahrzeuge durch die Kurparkstraße rollen. Erst Rote-Kreuz-Wagen, dann Panzer. Eine merkwürdige Stille herrscht. Trotz des dröhnenden Rollens und Ratterns der Panzerketten.

Übermüdet sehen wir uns an.

Die Nachbarn kommen aus ihren Kellern und Schlupflöchern. Wir rufen uns zu. Winken.

Ömchen wird wach. Wir sind alle noch da.

Der Krieg ist bei uns zu Ende.

Eine neue, glücklichere Ära?

Wir hoffen es!

Kurzes Aufatmen.

Das Leben geht weiter.

TEIL 3

Nachkriegsjahre

Sind wir nun frei?

Seit ein paar Stunden sind die Amerikaner da. Tibu und ich wagen uns bis zur Kurparkstraße vor. Hören dabei, dass die Kulturhalle offen und in ihr Fleischdosen und Reis aus deutschen Heeresbeständen gelagert seien.

Im gestreckten Galopp nach Hause. Handwagen aus dem Holzstall und in atemloser Hast wieder zur Kulturhalle hin.

Wir sind Kinder des Krieges und haben gelernt:

'Wer zuerst kommt, mahlt zuerst!'

Woher wissen die Bienen innerhalb kürzester Zeit, wenn sich irgendwann eine Nektarquelle für sie aufgetan hat? Auch bei uns Menschen hat sich, wie es scheint, dieser Instinkt in den Hungerjahren geschärft. Aus allen Ecken und Winkeln der Stadt kommen die Menschen hierher gelaufen, um sich an den buchstäblichen 'Fleischtöpfen Ägyptens' zu laben. Kisten mit Fleischdosen bis unter die Decke gestapelt. Bekannte Gesichter eilen vorbei. Flüchtiges Nicken, aber kein Wort mehr, denn zum Unterhalten ist keine Minute Zeit. Auch das haben wir gelernt: Es gilt zu handeln, ehe die kostbare Quelle wieder versiegt.

Wir wechseln uns ab. Einer muss draußen am Handwagen bleiben. Nichts ist im Augenblick so wertvoll und wichtig wie ein Handwagen. Die große Halle, früher für erbaulichere Genüsse geschaffen, ist unbeleuchtet. Das elektrische Licht erlosch schon gestern Nacht während des Beschusses. Aber ein Instinkt führt einen dorthin, wo das steht, was man will: Fleisch und Reis.

Woher kommt die Kraft? Drängeln, Stoßen, Stemmen, Heben, Ziehen. Der Mensch verfügt über große Reserven, wenn er Hunger hat und etwas zu Essen sieht.

Beim Herausschleifen der Kiste muss ich an einem ausländischen Arbeiter vorbei. Das Blatt hat sich gewendet. Nun sind sie die Herren. Breitbeinig steht er mit einem Messer in der Hand in der Eingangstüre, redet gebieterisch Unverständliches, Drohendes.

Lass nur, lass, ruft Tibu und geht mir unerschrocken-festem Schritt auf ihn zu. Ohne mit der Wimper zu zucken.

Ein kurzer Moment des Maßnehmens beider.

Dann weicht er einen Schritt zur Seite. Lässt uns vorbei.

Sekunden nur. Kein Wort fiel.

Komm, fass an, ruft Tibu mir zu und wir ziehen gemeinsam die schwere Kiste durch die Türe hinaus. Sie ist unser.

Wir kommen aus der Dunkelheit ins Helle zurück. Unzählige Menschen drängen an uns vorbei in die Halle hinein. Während wir beim Verstauen unserer Kiste sind, sehen wir einen alten Mann auf seiner erbeuteten Habe sitzen. Er weiß nicht, wie er sie nach Hause transportieren soll, hat keinen Wagen. Sieht sich nach Hilfe um, aber keiner achtet auf ihn, denn alle sind mit sich selbst höchstbeschäftigt. Da erkenne ich ihn. Der alte Oberst Pieper!

Welch groteske Situation! Der Grandseigneur, der alte Oberst, auf einer Kiste mit 'Rindfleisch im eigenen Saft' sitzend. Auf Hilfe hoffend!

Wir sind alle übermüdet, abgerissen, hungrig und trotzdem durch die Geschehnisse der letzten 24 Stunden hellwach. Alle Nerven sind gespannt.

Wir laden seine Kiste auf unseren Wagen und fahren an seinem Haus vorbei. Herr Pieper, der alte Kavalier vom Scheitel bis zur Sohle, das Ebenbild preußischen Offizierstums neben mir an der Deichsel. Den Handwagen die Straßen entlang ziehend.

'Bin gnädigem Fräulein unendlich dankbar! Unendlich dankbar für die Liebenswürdigkeit mir zu helfen!'

Wir tragen seine Kiste in seinen Keller. 'Hierher, wenn ich bitten darf!' Und verstauen sie zwischen Kartoffeln und dem vor den Bomben in Sicherheit gebrachten echten Meißener Zwiebelmuster. An der Kellertüre neigt sich der alte noble Herr über unsere schmutzstarrenden Hände zum Handkuss, der seine Dankbarkeit unterstreichen soll.

'Auch im Namen meiner Frau', sagt er deutlich bewegt.

Wir rollen mit unserem Handwagen weiter. Auf der Straße an dem Steinpfosten zu dem Garten, aus dem wir kommen, lehnt ein amerikanischer Soldat. Ich erschrecke noch. Abschätzend sieht er uns von oben bis unten an. Sein Mund geht wie bei einer wiederkäuenden Kuh hin und her. Auf und ab. 'Ällo Baby', ruft er hinter uns her und kaut weiter. Ein Jeep fährt vorbei. Der Beifahrer hängt lässig mit dem halben Hinterteil aus dem Wagen heraus.

Zwei Welten haben sich eben getroffen.

Die alte und die neue.

Wir müssen uns wohl auf die neue einstellen.

Unsere kostbaren Fleischdosen haben wir im Holzstall unter dem Heu versteckt. Vor 24 Stunden begann der Beschuss. Zum Nachdenken ist keine Zeit. Umwohnende Familien packen ihre Sachen und wollen flüchten. Wissen aber nicht, wohin. Ganz irrsinnige Gerüchte rufen Panik hervor: Gegenstoß der Deutschen, Beschuss der Stadt mit V-Waffen, Sprengung des 'Weinbergs' bzw. ganz Hersfelds. Vater beruhigt die erregten Menschen, versucht sie von der Sinnlosigkeit des Flüchten-Wollens abzuhalten. Gewehrkolben schlagen gegen unsere Haustüre. Es sind Patrouillen, die die Häuser nach Waffen und Munition durchsuchen. Amerikaner, deren Stahlhelme mit Netzen überzogen sind. Neue Angst erregt die Gemüter. Häuser und Wohnungen sollen, so hören wir, binnen fünfzehn Minuten geräumt werden. Mittlerweile ist es dunkel geworden. Weil wir keinen Strom haben, laufen wir mit Kerzenlicht durch das Haus. Packen wichtigste Sachen zusammen, falls wir hinaus müssen. Aber Kerzen sind eine Kostbarkeit. Der Bestand schmilzt buchstäblich dahin. Wir leuchten uns gegenseitig.

Gibst du mal bitte . . . hältst du mal bitte . . . etwas höher . . . etwas näher kann so nichts erkennen . . .

Gegen 20 Uhr wieder dumpf-dröhnende Gewehrkolbenschläge an der Türe.

Vater und Tibu öffnen.

Morgen früh um acht muss das Haus geräumt sein.

You understand? Tomorrow morning eight o'clock ...

Sag ihnen, antwortet Vater an Tibu gewandt, sag ihnen, dass wir eine alte, gelähmte Frau im Haus haben.

Tomorrow morning eight o'clock you have to leave . . .

Damit wenden sie sich ab. Verschwinden wieder.

Nun wird es ernst.

Meinst du, dass es für lange sein wird? Vater zuckt die Schultern.

Keine Ahnung, keine blasse Ahnung. Kann für immer sein.

Meinst du, ich soll Wintersachen mitnehmen?

Die alte Familienbibel? Die ist wertvoll!... Mutter dreht unschlüssig das schwere ledergebundene Buch in ihrer Hand.

Alles, was nicht lebensnotwendig ist, muss hier bleiben, bestimmt Vater.

Aber das schöne alte Kinderbild aus deiner Familie? ...

Mutter macht noch einmal einen Versuch.

...Können wir nicht essen, ist Vaters Entschluss. Du hast gehört, wir dürfen offiziell nur Leibwäsche mitnehmen.

Auf Ömchens Nachttisch haben wir eine Kerze gestellt. In ihrem Zimmer packen wir die wichtigsten Habseligkeiten. Ömchen findet es herrlich gemütlich so, wie wir um sie herumlaufen und gibt ihrem Gefühl wortreichen Ausdruck. Es erinnert sie an ihre Kindheit, als sich auch bei Dunkelheit alles Geschehen in einem Zimmer abspielte. Damals, als es noch kein elektrisches Licht gab... Ömchen ist die einzige, die den heutigen Abend genießt.

Morgens beim ersten Dämmerschein tragen Tibu und ich Kartoffeln in den Holzstall oben im Garten. Vater gräbt daneben das Familiensilber aus, das er, ehe die Amerikaner kamen, in einer selbstgebauten Kiste neben dem Hüttchen verscharrt hatte. Die Grabstelle ist frisch. Jeder, der auf dem Grundstück sucht, würde sie sofort finden. Vater muss tief graben. Gemeinsam heben wir die Kiste heraus. Er öffnet den selbstangebrachten Holzdeckel. Ich erkenne ihn sofort wieder. Er hing früher in Ömchens Wildunger Küche an der Wand. Holzgebrannt steht noch jetzt darauf:

' Der Herr sei mit dir '.

Vater klappt den Deckel wieder zu. Ein flüchtiges Schmunzeln geht über unsere Mienen. Zum herzlichen Lachen fehlen Zeit und Gelassenheit. Damit konnte unserem Silber nichts passieren, meint Vater beiläufig lächelnd.

Die Weckgläser aus dem Keller werden in Engelhards Garten gebracht. Unter Buschwerk versteckt.

Tibu, schlepp' nicht so wahnsinnig! Geh lieber zwei Mal! ...Hast du schon ... was wollte ich sagen ... Mutter dreht unschlüssig an ihrem Ehering ... jetzt habe ich wieder vergessen, was ich fragen wollte! ...

Wir stehen vor den Schränken und wissen nicht, was wir machen sollen.
Meinst du ich soll das ...
Hältst du für wahrscheinlich ...
Werden wir das brauchen? ...
Mitnehmen? ... Hier lassen?...
Unschlüssiges Hin- und Hereilen von Schrank zu Schrank. Aufgezogene Schubladen. Umherfliegende Kleidungsstücke.
Sollen wir nachher alles zuschließen? Offenlassen? Was meint Ihr?
Die Stunden vergehen rasend schnell. Jede Minute ist kostbar. Sieben Uhr. Es ist Zeit.
Vater will mit dem Rad zu Apels fahren und sehen, ob ihr Haus noch steht, ob sie wohnen bleiben können, uns aufnehmen.
Und Ömchen?
Wie kriegen wir Ömchen heraus?
Herr Lederer, kommt mir die Idee, ich lauf' zu Herrn Lederer! Er wird uns raten, helfen!
Er kann.
Ihre Großmutter, sagt er, wird mit einem amerikanischen Armee-Rot-Kreuz-Wagen auf einer Krankentrage transportiert. Das werde ich veranlassen.

Ich merke, Herr Lederer ist längst kein kleiner Lazarettschreiber mehr.

Vater ist aus der Stadt zurück.
Wir können in dem Apel'schen Haus in der Gerwigstraße unterkommen! Die Dachwohnung dort wird frei!
Der Krankenwagen holt Ömchen ab und fährt sie in unser neues Unterkommen. Weil wir oben noch nicht hineinkönnen, wird sie im Erdgeschoss in einem engen Flur, auf ihrer Trage liegend, abgesetzt. Lauter fremde Menschen gehen an ihr vorbei. Alle begrüßt sie freundlich, entschuldigt sich, dass sie plötzlich hier so im Weg herumsteht und außerdem nichts verstehen kann, weil sie schwerhörig ist. Sie wüsste selbst nicht, wie alles so gekommen wäre und miteinander zusammenhinge.
Am Hopfengarten sind alle Häuser beschlagnahmt worden. Die ganze Straße soll abgesperrt und mit der Kampftruppe belegt werden. Wir haben unsere Sachen gepackt und auf dem Handwagen verstaut. Stehen nun wartend vor unserem Haus. In der Nachbarschaft ist die Besatzung schon eingezogen. Ein Konvoi von Jeeps fährt auf der kleinen Straße vor unserem Haus vor, spuckt nach allen Seiten tarnfarbengekleidete Gestalten aus, die, wie es scheint, in endloser Reihe

an uns vorbei den Gartenweg entlang hinaufgehen. Sie tragen schwere militärfarbene Seesäcke mit sich und verschwinden in unserem Haus.

Wir sind zur Seite getreten und lassen alle an uns vorüberziehen. Mutter sieht mit erfrorenem Lächeln den Männern ins Gesicht. Vaters Lippen sind aufeinandergepresst, sein Blick abgewandt. Ich pflücke Mutter die drei ersten aufgeblühten Osterglocken ab. Dabei fällt uns ein, heute ist ja Ostersonntag! Vielleicht die letzten Blumen aus meinem Garten, sagt Mutter. Ich merke, dass ihr das Weinen im Halse steht. Wir sind alle erschöpft und übermüdet von den letzten Tagen und Nächten. Aus einem der Fahrzeuge ist ein Offizier ausgestiegen. Kommt auf uns zu, nimmt vor Mutter den Helm ab und grüßt mit knappen Kopfnicken. Tibu übersetzt. Er sei Hauptmann und Kommandeur der Truppe. Vaters Miene entspannt sich. Der Mann scheint wenigstens gewisse Manieren zu haben. Wann wir wieder zurückkehren können in unser Haus, soll Tibu ihn fragen. Lächelnd zuckt er die Schultern.

May be ... I don't know. I really don't know ...

Wir verlassen den Hopfengarten 7. Zum ersten Mal in meinem Leben sehe ich Vater und Mutter einen Handwagen ziehen. Tibu schiebt hinten und hält. Ich führe mein schwer bepacktes Fahrrad.

Mein altes Rad. Marke 'Brennabor' ! In diesen Tagen zu einer kaum schätzbaren Kostbarkeit geworden.

In der Gerwigstraße angekommen stellt sich heraus, dass die Wohnung wider Erwarten nun doch nicht frei wird. Mutter sinkt erschöpft auf irgendeinem Küchenstuhl nieder. Wohin denn nun?

Nach wenigen Stunden klärt sich alles. Für Vater und Mutter ist eine Dachkammer bei Apels freigemacht worden. Ömchen, Tibu und ich ziehen zu Gisela an den Weinberg.

Es fängt schon an, abendlich zu dämmern, als Tibu und ich mit abenteuerlicher Last durch die Straßen zum Weinberg karren. Auf unserem Handkarren steht die Krankentrage mit Ömchen oben drauf! Zugedeckt mit einem dicken Federbett. Tibu zieht. Ich schiebe. Ömchen findet es herrlich. Nein, wie grün die Bäume schon sind!

Die Haustüre, wo Gisela zur Untermiete wohnt, wurde in der vergangenen Nacht aufgebrochen. Muss also offen stehen bleiben. Schräg gegenüber ist die Baracke, in der die ausländischen Arbeiter wohnen, die nun frei sind.

Gesetze sind außer Kraft getreten. Polizei gibt es nicht. Die Ausländer haben Alkohol erbeutet. Man sieht sie durch die Straßen torkeln und brüllen.

Sofort nach der Besetzung begannen die Plünderungen. Kolonnenweise machten sie ganze Stadtteile unsicher, durchstöberten Häuser, setzten Menschen in Angst und Schrecken.

Wir sind nur Frauen in der Wohnung. Gisela ist schwanger. Tibu nimmt Maß, wie hoch ihr Schlafzimmerfenster vom Erdboden ist und ob man sich im Notfall an einem Betttuch nach draußen abseilen kann. Und Ömchen?

128

Die erste warme Mahlzeit! Seit wann eigentlich? Gisela hat köstlich gekocht und serviert, da kein Licht brennt, bei Kerzenschein. Unsere Stimmung hebt sich mit jedem Bissen, der in den leeren Magen kommt.

Himmel, wie kann das Leben schön sein, wenn man satt ist!

Es lebe die Kulturhalle!

Wir schlafen zu viert in den Ehebetten. Ömchen, Gisela, Tibu und ich. Völlig übermüdet und satt sind wir sofort eingeschlafen. Um Mitternacht werden wir von grässlichem Grölen geweckt. Fremdländische Laute. Brüllen, Schreien, Rülpsen. Wir laufen ans Fenster und sehen, wie die Gestalten sich unserer Haustüre nähern.

Großer Gott! Die offenen Türen! Wenn die reinkommen!

Wir sitzen mit hochklopfenden Herzen in den Betten.

Ist was, fragt Ömchen. Warum schlaft ihr nicht?

Giselas Wohnungswirtin ist auf dem Flur. Sie hat ihren Hund, einen irischen Setter, an der Hand. Wir tasten uns durch die Finsternis.

Nein! Keine Kerze anstecken! Jetzt nicht!

Jebt mir äin Brotmesser, sagt Tibu, macht unsere Schlafzimmertüre zu und setzt sich mit dem Rücken innen dagegen. Ich flüchte ans Fenster. Habe ich schon mal solche Angst gehabt?

Da schlägt der Hund an. Kurze Pause und wieder setzt er mit wütendem Gebell ein. Dann herrscht Stille im Haus.

Wir horchen in die Dunkelheit.

Nichts tut sich mehr.

Sie scheinen sich verzogen zu haben.

Wir legen uns wieder hin und starren, die Sinne nach außen gestellt, mit geöffneten Augen in die Finsternis. Von Ferne hören wir noch Grölen und Fluchen in fremden Sprachen. Mit Beginn der Morgendämmerung fallen wir dann noch einmal in abgrundtiefen Schlaf.

Am nächsten Tag wird auch dieses Haus beschlagnahmt.

Nun müssen Ömchen, Tibu und ich mit in die Bodenkammern zu Apels ziehen. Aber wir sind glücklich über jeden Tag und jede Nacht, in denen wir ein Dach über unserem Kopf wissen.

Du, ich komme mir vor, als ginge ich zur Maskerade, sage ich zu Tibu und betrachte dabei meine Rot-Kreuz-Schwesterntracht.

Macht nichts. Jedenfalls kommst du auf diese Weise leichter ins Haus und niemand wird dir was tun.

Wir sind auf dem Wege zu dem erneut besetzten Hopfengarten. Die Kampftruppe ist fort und weitergezogen. Neue Besatzung zog ein. Nachschub, wie es heißt.

Wir beide wollen versuchen, das schöne, alte Kinderbild, das aus Vaters Familie stammt, herauszuholen, falls es noch da ist. Mutter liebt es besonders. Warten dürfen wir nicht, denn jedes Mal, wenn ein Haus geräumt ist, ziehen Diebesbanden durch und nehmen das mit, was noch vorhanden ist.

Tibu macht den Schlachtplan. Also, ich bleibe draußen und horche. Und du schreist, wenn was ist.

Dann kommst du? Klar! Dann komme ich!

Diese Antwort von Tibu ist für mich Beruhigung genug und veranlasst mich, unserem gemeinsamen Plan mit großer Gelassenheit entgegenzusehen.

Also, wiederhole ich wie ein Schulkind schon mehrfach Besprochenes:

Also, wenn ich ins Zimmer komme, werde ich sagen: I am a Red-Cross-nurse.

Erst Mal sagst du: Excuse me! Das macht sich schon mal gut.

Also, excuse me, I am a Red-Cross-nurse.

Nee, das klingt wieder so, als wolltest Du dich entschuldigen, dass du eine Rot-Kreuz-Schwester bist. Und außerdem, am besten sagst du: I am a *private* Red-Cross-nurse.

Was ist denn 'private'?

So was wie 'zivil'. Sonst denken die nämlich, du wärest beim Kommiss tätig gewesen und wollen deine Entlassungspapiere sehen. Über dieser Unterhaltung sind wir am Hopfengarten angekommen. Aus dem Wohnzimmer dringt durch die Fenster eine quäkende Stimme, die Vater als 'elende Jammermusik' bezeichnen würde.

Tibu bleibt im Vorgarten unter dem Fenster stehen.

Halt mir den Daumen, dass alles klappt!

Die Haustüre steht offen. Wie ein Dieb schleiche ich mich hinein. Ein paar Atemzüge stehe ich wartend vor der Wohnzimmertüre.

Dann klopfe ich.

Nichts. Nur Stimmengewirr und kreischendes Radio.

Ich klopfe nochmals. Energischer diesmal.

Eine Stimme ruft etwas, was ich als Aufforderung verstehe, hereinzukommen. Die Türe geht auf. Im Zimmer Feldbett an Feldbett, in denen Männer liegen, hocken oder sitzen. Schlafend, rauchend, lesend, kauend. Ich stehe in der offenen Türe. Alle sehen mich an. Stille. Nur das Radio kreischt unvermindert. Sonst nichts. Durch die Augenwinkel sehe ich das Bild an der Wand hängen.

Gott sei Dank! Es ist noch da!

Erwartungsvolle Augen sind auf mich gerichtet.

Excuse me, I am ... fange ich an zu stottern. Dann zeige ich zur Wand. Das mit der einstudierten Red-Cross-nurse ist vergessen. Ich habe meine innere Sicherheit wiedergewonnen. Ich möchte mein Bild holen. Dieses Bild gehört mir! Mein Zeigefinger zeigt entschlossen zu der Stelle, wo das Bild hängt. Auch ohne mich zu verstehen, weiß jeder im Raum meine Forderung.

Is it yours?

Ja, antworte ich auf deutsch. Das gehört mir und ich möchte es haben. Ich fühle, dass meine Selbstsicherheit weiter an Boden gewinnt. Wer das ist, will einer auf Kaugummi-Englisch wissen.

Ich! Ich bin das!

Sie nehmen das Bild von der Wand. Ihre Blicke gehen vergleichend zwischen mir und dem Kindergesicht hin und her. Sie scheinen unsicher zu sein. Wissen nicht, wie sie sich entscheiden sollen. Aber, je länger es dauert, umso entschlossener bin ich, ohne das Bild hier nicht wieder hinauszugehen. Das Bild wandert von einer Hand zur anderen.

O.K., sagt schließlich der, der es von der Wand genommen hatte. Er sieht seine Kameraden an, versichert sich ihrer Zustimmung.

O.K.! Und damit reicht er mir mein Bild entgegen.

Thank you! Vielen Dank!

Ehe ich mich versehe, bin ich wieder draußen. Gott sei Dank, dass du da bist, sagt Tibu erleichtert. Wir laufen mit unserer Beute zu den Eltern in das Dachstübchen zurück.

Mutter traut ihren Augen nicht.

Zwei tolle Frauenzimmer seid ihr, sagt Vater.

Ich weiß, das ist ein großes Lob.

Tibu und ich haben eine neue Stelle angenommen. Wir sind Putz- und Waschfrauen in unserem eigenen Haus am Hopfengarten geworden. Zugleich: Diebe in eigener Sache. Alles, was noch im Haus ist, uns von Wert erscheint und unauffällig verschwinden kann, wird in Sicherheit gebracht.

Ich flehe euch an, Kinder, seid vorsichtig, kommt es von Vater, wenn wir abends schwer beladen in die Dachkammer zurückkehren.

Unsere Beute verschwindet zunächst unter dem Heu im Holzstall und nimmt dann den Weg über Engelhards Garten in die Dachkammer.

Nach langem Suchen fanden wir die alte Familienbibel. Wir brachten sie Mutter mit, die grade dabei war, unser gestriges Diebesgut, das alte, schöne Teegeschirr aus dem Haushalt meiner Urgroßeltern zu sortieren.

Zwischendurch üben wir unser solide Beschäftigung aus. Ich ziehe mit Schrubber und Putzeimer von Zimmer zu Zimmer, während Tibu mit dem Waschen olivgrüner Kleidung im Keller beschäftigt ist.

Vor dem von den Amerikanern besetzten Kurhotel ist ein Schild aufgestellt worden:

' Das Herumlungern in diesem Bereich ist verboten '

Seitdem geht Vater nicht mehr dort vorbei.

Überall merkt man, dass wir die Besiegten sind. Natürlich. Hatte ich mir das Kriegsende anders vorgestellt? Eigentlich habe ich gar nicht darüber nachgedacht. Nur immer die Sehnsucht habe ich gespürt, dass doch endlich, endlich Frieden sein möge.

An allen Ecken sind Befehle und Verbote angeschlagen. Und wieder wird mit Bestrafung gedroht. Sieht so die ersehnte Freiheit aus?

Überall elend aussehende, graue, zerrissene Gestalten. Ausgemergelt mit zerfetzten Uniformen und zerrissenen Stiefeln. Es rührt mich an, wenn ich sie sehe, wie sie scheinbar ziellos dahinziehen von Ort zu Ort.

Unsere einstigen stolzen Soldaten, für die nun nichts mehr fährt, um sie wieder nach Hause zurückzubringen. Und wo ist ihr Zuhause? Finden sie es noch vor? Übermüdet und hungrig, mit verbundenen Gliedern und auf Krücken ziehen sie ihres Weges.

Kaum jemand kümmert sich darum.

Sie sind nichts, wonach sich einer umdreht.

Jeder hat mit sich selbst zu tun.

Und es sind auch zu viele.

Wenn sie keine Entlassungspapiere haben, werden sie gefangengenommen. Dann werden sie auf Lastwagen durch die Stadt gefahren. Die Bevölkerung wirft Brote auf die Laster, um die sie sich zu prügeln scheinen. Wasser in Krügen und Kanistern an Stellen, wo die Autos langsam fahren müssen. Wie verdurstet stürzen sie sich darauf. Papierfetzen mit Anschriften werfen sie hinunter.

Gefahren wird nur, wer Gefangener ist. Sonst muss jeder laufen, wenn er vorwärts kommen will. Autos und Eisenbahnen fahren noch nicht. Täglich wird von erbitterten Kämpfen um und in Berlin berichtet. Die Sorge um Richard, der schwerverwundet dort liegt, lässt uns nicht los.

Gerhard wird noch in die Kämpfe in Thüringen gekommen sein. Wir hörten nichts von ihm seit jenem nächtlichen Abschied. Die Hektik jedes Tages und die Notwendigkeit durchzuhalten, lenkt die Gedanken ab. Aber mit dem Einbrechen der Dunkelheit kehren sie unvermindert zurück, fassen mit Würgegriff zu, heften sich an der Seele an, lassen sich nicht abschütteln bis in nächtliche Träume.

Wann wird für uns Frieden sein?

Ich wache auf und mir wird bewusst:

Heute ist der 25. April 1945 und heute bin ich 21 Jahre alt geworden. Nun bin ich mündig. Nach dem Gesetz.

Tibu liegt neben mir. Wie ich auf blanker Matratze und unter rotem, unbezogenem Bettzeug. Beide nicht ausgezogen für die Nacht, denn wir schlafen in unserem Haus am Hopfengarten. Die Haustüre wurde irgendwann aufgebrochen, wir können sie also nicht abschließen. Abends stellen wir unseren Handwagen hochkant dagegen, damit wir auch im Tiefschlaf wach werden, falls ungebetene Gäste ins Haus kommen sollten. Ein dickes Seil haben wir an unserem Fenster befestigt, an dem wir uns in einem solchen Fall in die Freiheit hinunterlassen können.

Von 21 bis 6 Uhr ist Sperrstunde. 'Curfew'. Während dieser Zeit darf niemand auf der Straße sein. Dann könnte geschossen werden.

Tibu gratuliert mir zum heutigen Tag, während ich in Vaters Offiziersstiefel steige, die wunderbar passen, nachdem ich sie mit viel Zeitungspapier ausgestopft habe.

Im Augenblick pendeln wir zwischen Hopfengarten und Dachstübchen hin und her. Zwar ist unser Haus noch beschlagnahmt, es steht aber zur Zeit leer. Die nächste Besatzung sollen Marrokaner sein, sagen die Leute, die ganz schwarz seien und ein Messer quer durch den Mund trügen. Als Vater das hörte, machte er eine abwehrende Handbewegung und lachte dabei. Er scheint es nicht zu glauben. Weder das mit den Marokkanern, noch das mit den Messern.

Die Besatzung unseres Hauses wechselt häufig. Die Letzten hinterließen das Haus in abenteuerlichem Zustand. Nichts stand mehr dort, wo es früher gestanden hatte. Alle Schränke wurden aufgebrochen. Ihr Inhalt, soweit wir ihn nicht herausholten und sofern er nicht gestohlen wurde, ist im ganzen Haus verstreut. Wie ein Puzzle, das wieder zusammengesetzt werden muss. Ein schwerer Eichenschrank wurde in die Waschküche getragen. Sein Inhalt fand sich in Badezimmer und Speisekammer. Mein Bücherschrank unter vielen Möbeln aufgetürmt in der Küche. Seine Bücher schwimmen im Löschwasser der Luftschutzbadewanne auf dem obersten Boden. Ich fand sie erst nach Tagen. Wahllos griff ich hinein, zog den Band ‚Krieg und Frieden‘ heraus und warf ihn zu den anderen Büchern ins Nass zurück. Bücher sind im Augenblick nicht lebenswichtig.

Heute haben wir unser Dach repariert, das in der Beschussnacht abgedeckt wurde. Das ist wichtig,
Vater kommt und wir fangen gemeinsam an zu arbeiten.

Heute bin ich 21 Jahre alt geworden.
Was bedeutet es eigentlich im Augenblick für mich, dass ich nun mündig bin?

Es ist Montag, der 30. April 1945, 20 Uhr. Vater setzt sich in der Dachstube des Apel'schen Hauses auf die Kante seines Bettes, zündet die kleine Nachttischlampe an, schlägt sein Tagebuch auf, legt es auf seine Knie und schreibt folgendes:

*"Vor 12 Jahren feierten wir zum ersten Mal den 1. Mai. Wer hätte ein solches Ende erwartet?! Der Grund ist, dass man eine gute Sache Minderwertigen und Dummköpfen anvertraute, anstatt **geeignete** Kräfte aus dem ganzen Volk zu suchen. Die Rede Hitlers am ersten Parteitag in Nürnberg, in der er die 'Alten Kämpfer' als zur Führung des Volkes berufen bezeichnete, kennzeichnet den schweren Fehler, der zum Untergang führte. Cromwell hat seine Mitkämpfer in der Revolution ausgeschaltet, als er die Macht erlangt hatte, Hitler hat sie gehalten, die ausgesprochenen Verbrechernaturen, Sadisten und Halbidioten.*
Der Hamburger Sender, wohl der einzige, der neben Prag noch in Betrieb ist, bringt, wie es seit langem der deutsche Rundfunk tat, die Montagssendung 'Für jeden etwas', als sei nichts geschehen! Lustige Musik! Dass wir so würdelos zu Grunde gehen würden, hätte ich nicht für möglich gehalten. ... Verhasste Parteibonzen scheinen jetzt vielfach der Volkswut zum Opfer zu fallen..."

Zur gleichen Zeit, während Vater diese Eintragungen in sein Tagebuch macht, schiebt Tibu an diesem Abend wieder den Handwagen gegen die Haustüre am Hopfengarten, nachdem wir noch einmal in die Dunkelheit und völlige Stille hineingehorcht haben. Dann legen wir uns beide in unsere unbezogenen Federbetten und schlafen nach schwerem, arbeitsreichem Tag tief und traumlos bis zum Morgen des ersten Tages des 'Wonnemonats' Mai 1945.

Auch Vater hat sein Schreiben beendet, legt den Federhalter zur Seite und schließt sein Tagebuch mit vehementem Knall. Mutter fährt zusammen, greift sich ans Herz. Gott, hast du mich wieder erschreckt!

Sie hat sich an die elementare Lebhaftigkeit ihres Mannes selbst nach 45 Ehejahren noch nicht gewöhnt.

----

2. Mai 1945

Eben ging ich die Kurparkstraße entlang, als mir ein Amerikaner entgegen kam, der mir ein Zeitungsblatt mit beiden Händen entgegenhielt. Zweifellos so, dass ich es lesen konnte und sollte. Ich glaube, es waren die 'Stars and Stripes'. In handbreiten Lettern stand auf der mir zugewandten Seite:
'Hitler ex' !
Hitler tot!
Ich wandte den Blick in eine andere Richtung und merkte, als ich weiterging, dass mich diese Nachricht völlig unberührt ließ.
Ach so, dachte ich, dann ist er also tot.
Keine Freude, keine Trauer.
Nichts.

Unser vergötterter Führer, der unsere Herzen entzückt, unsere Begeisterung erweckt hatte.

'Führer befiehl, wir folgen'!

Wir waren gefolgt.

Bis hierher.

Unser Land liegt in Trümmern. Unter den Trümmern sind Massengräber von Menschen, die den Krieg nicht gewollt haben. Wie viel kostbares, junges Blut floss in polnische, russische, französische, italienische, afrikanische, belgische, holländische, norwegische, dänische, finnische, griechische und deutsche Erde!

Wie viel Menschen stürzten vom Himmel in den Tod?

Wie viele versanken in den Tiefen der Meere?

Alle waren gefolgt. Wir alle. Bis hierher.

'Hitler ex'!

Nun ist es so weit, wird Vater sagen, wenn ich ihm die Nachricht bringe. Aber er wird damit nicht mehr das meinen, was auf uns zukommt, wie damals 1939, sondern das, was gewesen ist. Das Unwetter, die Wetterwand, die wir damals am Himmel sahen, ist ein entsetzlicher Hagelschlag geworden, der fast jede Familie getroffen hat.

Nun stehen wir vor unseren vernichteten Feldern und müssen neu beginnen. Hitler ist tot. Der Krieg vorbei. Als er begann, war ich ein Kind. Vor ein paar Tagen war mein einundzwanzigster Geburtstag. Nun bin ich mündig geworden. Durch den Krieg und vor dem Gesetz.

Wird der 7. Mai 1945 als 'Tag Null' in die Geschichte eingehen? Oder wird man später bei uns gar nicht mehr daran denken? Weil es schöner ist, sich glorreicherer Tage als dieses zu erinnern? Zum Nachdenken bleiben weder Zeit noch Kraft. Jeder ist mit sich selbst beschäftigt.

Der Tag war wieder anstrengend. Wir sitzen müde in unserem Dachstübchen zusammen. Es ist Sperrstunde, die Straßen sind leer. Wieder schlägt Vater sein Tagebuch auf und schreibt:

"Heute nacht um 2 Uhr 15 ist die Kapitulationsurkunde unterschrieben worden.
'...mit dieser unserer Unterschrift sind das deutsche Volk und die deutsche Wehrmacht den Siegermächten auf Gnade und Ungnade in die Hand gegeben ...'
Das sagte Generaloberst Jodl zu General Eisenhower, als er heute nacht die Unterschrift unter die Urkunde gesetzt hatte. Die Urkunde wurde auch von einem französischen und einem russischen General unterzeichnet. Morgen werden Churchill und der englische König am Abend im Rundfunk sprechen und die Beendigung des Krieges in Europa bekannt geben.
Himmler soll am 14.4.45 den Befehl gegeben haben, das KZ-Lager Dachau zu räumen und dafür zu sorgen, dass keiner der Insassen den Alliierten lebend in die Hände falle. Er, Himmler, wird als verantwortlich an dem Mord von vier Millionen Menschen in Auschwitz bezeichnet.
Die uns jetzt mitgeteilten unerhörten Verbrechen in den Konzentrations-lagern scheinen wirklich begangen worden zu sein! Und dabei konnte die deutsche

Propaganda nicht genug lästern über den bolschewistischen Terror und solche Vorgänge wie in Kathyn!"

Einen Tag später schreibt Vater weiter:

"Die bedingungslose Kapitulation ist heute in Berlin ratifiziert worden. Keitel und die Oberbefehlshaber der Wehrmachtteile unterschrieben für uns. Heute nacht um 0 Uhr 1 tritt die Waffenruhe ein. Praktisch sind die Kämpfe schon gestern eingestellt worden. Churchill hat heute Nachmittag das Ende des Krieges in Europa bekannt gegeben. Die Feinde feiern heute und morgen ihren Sieg. Man kann es verstehen!"

Das ist ein wichtiger Tag heute, sagt Vater und legt sein Tagebuch zur Seite. Ein wichtiger Tag.

Überall wird das Kriegsende gefeiert werden, denke ich. Überall wird Jubel sein, Glockengeläut und Dankgottesdienste für den Sieg.

Wir haben auch einen langen Krieg hinter uns.

Aber wir haben ihn verloren.

Wir sind die Besiegten.

Sind den Siegermächten 'auf Gnade und Ungnade in die Hand gegeben'.

Wird es für uns einen Wiederanfang geben?

Ein neues Beginnen?

An wem werden wir uns in Zukunft orientieren?

Ausrichten? Moralisch maßnehmen?

Wann werden wir noch glauben können, nachdem wir so gläubig waren?

Ist heute der Tag Null?

Wir haben ein neues Zuhause in Aussicht!

Ich freue mich erst, wenn wir wirklich drin sind, sagt Vater.

Aber ich bin da anders. Mehr so wie Ömchen.

Ich freue mich schon vorher!

Die uns von der Stadt zugesagte Wohnung ist in dem Haus, in dem ich geboren bin. Sie wurde Walter zugesprochen mit der Auflage, uns solange darin aufzunehmen, wie wir aus unserem Hopfengarten verbannt sind. Es ist das gelbe Haus an der alten Stadtmauer. Bei den Teichen. Der 'braune' Bürgermeister verschwand über Nacht aus Hersfeld. Nun soll uns diese Wohnung zugewiesen werden.

'Eigener Herd ist Goldes wert', das oft vom Ömchen zitierte Sprichwort bekommt lebendige Bedeutung. Drei Zimmer. Im Wohnzimmer wird Ömchen schlafen. Ein Zimmer für die Eltern und eins für Walter und Gisela, die dort ihr Kind bekommen wird, wenn es so weit ist. Für Tibu und mich fand sich eine Unterkunft in der Nachbarschaft.

Der Hopfengarten wurde wieder neu besetzt und seitdem trete ich wieder als Putzfrau in Aktion. Dieses Mal ist unser Haus voller Pfarrer. Evangelische, katholische, Baptisten. Ist amerikanisches Frommsein anders, als unseres? In den Zimmern liegen Heftchen mit Bildern bekannter Film- und Sportstars. Täglich blättere ich darin. Der Boxer ... betet täglich 10 Mal das Vaterunser. Die Schauspielerin ... liest täglich 2 Stunden in der Bibel. Der Fußballstar ... schoss sein Tor, nachdem er 3 Mal gebetet hatte. Bilanz täglichen Betens und Bibellesens. Als Leistungssoll in Zahlen und Prozenten ausrechenbar!

Ich putze weiter ohne das Bedürfnis zu haben, über meine eigenen Gebete zu sprechen. Unser Denken beginnt und endet bei Richard und Gerhard. Erst wenn von ihnen ein Lebenszeichen da ist, ist für uns der Krieg zuende. Dann erst beginnt das Aufatmen. Dann fängt ein neues Leben an.

Junge, mein Junge!

Ich höre Vaters Stimme durch den Garten rufen. Sehe ihn den Gartenweg hinuntereilen.

Mein Junge!

An der Gartentüre steht Gerhard.

Ich habe Putzeimer und Schrubber zur Seite gestellt und sehe durch das Fenster, wie sich Vater und Sohn in die Arme fallen.

Mein Junge!

Eine Täuschung?

Nein, Wirklichkeit! Ersehnte, heiß ersehnte Wirklichkeit!

Kann man Glücksmomente beschreiben?

Ich stürze hinaus. Grußlos an dem evangelischen Chaplain vorbei, der durch den Flur geht. Remple in der Eile fast gegen ihn.

Mein Bruder! Gestikuliere ich erregt. Mein Bruder ist da! Mir fehlen die einfachsten Worte auf englisch.

Der Augenblick, den wir herbeisehnten!

Der Bruder ist heimgekehrt!

Heimgekehrt aus dem Krieg!

Entlassen aus amerikanischer Gefangenschaft in Oberbayern.

Nein, in unser Haus können wir nicht gehen.

Weshalb?

Da wohnen jetzt andere. Wir haben ein neues Heim in der Vitalisstraße. Warte Junge, warte, ich bringe schnell den Spaten fort, dann gehen wir zu Mutter.

Vater ist aufgeregt, will mehrere Dinge zugleich tun. Freude macht hektisch. Er eilt, als wäre Gerhards Hiersein nur von kurzer Dauer. Als müsste er gleich wieder fort, aber es eilt nichts mehr. Gott sei Dank! Es eilt nichts mehr! Er muss nicht wieder fort. Kann hier bleiben. Kann sich ausruhen.

Ich kehre zu meinem Putzeimer zurück. In dem Zimmer steht der Chaplain am Fenster. Er hatte unsere Begrüßung beobachtet. Während ich in sein Zimmer trete, wendet er sich vom Fenster ab, kommt mit ausgebreiteten Armen auf mich zu, nimmt mich in die Arme.

137

Elizabeth, sagt er mit einer Stimme, die seine innere Bewegung verrät, Elizabeth, ich bin sehr, sehr glücklich mit dir! Tell that to your parents and your brother, please. I am very, very happy with you all!

In diesem Augenblick verändert sich tief in mir selbst etwas. Ich merke es deutlich:
Der Mann, der die Uniform der amerikanischen Armee trägt, der Mann, der mich eben in die Arme schloss, ist kein Feind mehr.
Er ist nicht mehr der Sieger.
Ich nicht mehr die Besiegte.
Da stehen sich zwei Menschen gegenüber, die über Freund-Feind-Denken hinausgewachsen sind.
Dieser Augenblick ist der Beginn des Friedens in uns selbst.

An diesem Abend, Sonnabend den 23. Juni 1945, schreibt Vater abends in sein Tagebuch:
"Gerhard ist da! Er kam am vierten Jahrestag des Angriffs gegen Russland, durch den Hitler die Zertrümmerung unseres Reiches einleitete, wieder nach Hause zurück! Wir sind glücklich."

Fünf Uhr früh. Ende der Sperrstunde. Tibu und ich sind vor einer Viertelstunde aufgestanden. Trinken noch in der Küche einen Becher heißen 'Muckefuck'. Aus dem Schlafzimmer der Eltern kommt Rumoren. Vater hat schon gestern Abend den Handwagen bereitgestellt. Sie wollen, wie fast jeden Morgen, in den Wald 'ins Holz' gehen und abgefallene Zweige für Öfen und Herd sammeln.
Gegen neun werden sie zurück sein.
Wie wir auch.
Mutter begleitet Vater auf diesen Fahrten, hilft ihm, soweit die Kräfte reichen. Vor allem auf dem Rückweg, wenn der Wagen voll und schwer ist. Schon manchmal ging ein Rad ab, oder die Achse brach. Tibu und ich sind zuerst auf der Straße. Alles still und menschenleer. Kein Zecher, kein Brötchenjunge, kein Zeitungsträger und keine Marktfrau wie in Friedenszeiten, früher. Aber je näher wir dem Stadtkern kommen, umso häufiger huschen ähnlich vermummte Gestalten um die Ecken, die so aussehen wie wir.
Alle in gleicher Richtung.
Decken, Eimer und Körbe in den Händen.
Ein schmales Gässchen, noch in nächtlichem Dämmerlicht, ist unser Ziel. Wir stellen unser Klappstühlchen an das Ende der Reihe von Menschen, die an grauer Häuserwand entlang sitzen, hocken oder stehen.
Viel gesprochen wird noch nicht. Alles wartet, bis es acht Uhr ist und sich eine Türe öffnet. Dort, wo das Schild steht, auf dem 'Pferdemetzgerei' steht. Aber je

heller das Tageslicht in das dunkle Gässchen fällt, umso mehr schmilzt die nächtliche Schweigsamkeit dahin. Dieses gemeinsame Warten verbindet. Man kennt sich schon vom vorigen Mal.

Männer in abgetragenen Uniformmänteln rücken in Grüppchen zusammen und holen ihre Skatkarten aus der Tasche. Frauen das Strickzeug.

Die kostbare Zeit muss genutzt werden. Inzwischen hat sich die Schlange verlängert. Wir gehören zum ersten Drittel. Das beruhigt und erhöht die Aussicht auf ein gutes Stück Fleisch. Zentimeter für Zentimeter werden vorwärtsgerückt.

Drängeln tut niemand.

Alle müssen warten.

Und alle warten geduldig.

Rezepte werden getauscht. Wissen Sie, wie der Pferdebraten am delikatesten schmeckt? Garantiert kaum noch etwas von dem süßen Pferdegeschmack zu merken! Köstlich, sage ich Ihnen!

Die Not regt die Fantasie an. Wir alle lassen uns belehren.

Nach drei Stunden ist es soweit. Ich reiche unsere Lebensmittelkarten über den Ladentisch. Es sind viele. Die Familie ist groß. Tibu hält eine Schüssel hin, in die ein Klumpen Pferdehack fällt. Die Krönung: Wir bekommen eine Pferdezunge! Schwer klatscht sie in den Eimer. Höchst zufrieden ziehen wir heim. Stolz hält Tibu die Zunge in die Höhe. Länger als ihr Unterarm!

Sollen wir die nicht einwecken und für irgend eine festliche Gelegenheit aufheben, fragt Mutter.

Ich meine, die ist zu schade zum So-Essen.

Hinter dem Haus steht ein Handwagen. Vollgepackt mit Leseholz.

Es ist neun Uhr. Wir setzen uns zum Frühstück. Alle sind zufrieden mit ihrer frühmorgendlichen Unternehmung. Nun können wir den nächsten Tagen wieder ruhig entgegensehen!

Trotz allem Außergewöhnlichen verläuft unser derzeitiges Leben in relativ gleichmäßigen Bahnen.

Heute ist der 26. Juli 1945. Schon um sechs Uhr waren wir im Wald, um Leseholz zu holen. Die Eltern und ich. Tibu versorgte den Haushalt und Ömchen.

Es ist neun Uhr. Nachdem wir wieder zurück sind, sitzen wir alle gemeinsam am Frühstückstisch in unserer Wohnung Vitalisstraße 5.

An der Wohnungstüre schellt es.

Tibu springt auf, um zu öffnen.

Eine Weile herrscht Stille.

Wir horchen nach draußen.

Dann öffnet sich die Türe zu unserem Zimmer.

Beinamputiert, auf zwei Krücken gestützt: Ein blasser Mann. Das linke Hosenbein des viel zu kleinen schwarzen Anzugs ist hochgeschlagen.

Fahles, eingefallenes Gesicht, ernste, dunkle Augen.

Wie versteinert sehen wir ihn an. Rühren uns nicht.

Starren nur auf die dunkle Gestalt.

Sie auf uns.

Tibu hinter ihm im Türrahmen.

Wie viel Herzschläge hat es gedauert, bis es losbricht?

Wir stürzen auf ihn zu.

Richard! Junge!

Mutter muss sich wieder setzen. Die Knie zittern so, sagt sie.

Ich erkenne meinen Bruder kaum wieder. So verändert sieht er aus. Die Erstarrung löst sich nur langsam. Richard sitzt auf einem Stuhl, hat die Krücken neben sich an die Wand gelehnt.

Er sieht uns an.

Wir ihn.

Können es noch nicht glauben.

Freude?

Ja, natürlich Freude. Aber gleichzeitig die Angst, es könnte etwa nicht wahr sein. Ein Traum nur?

Seit sechs Wochen ist er unterwegs.

Auf meinen drei Beinen, sagt er und schaut dabei auf sein rechtes Bein und die beiden Krücken.

In Berlin-Tempelhof lag er. Die Stadt zunächst im Dauerbombardement, dann hart umkämpft und schließlich von den Russen eingenommen. Dort kam er in russische Gefangenschaft. Am 18. April letzte große Operation am oberen Oberschenkelstumpf. Einen Monat später von den Russen nach Frankfurt/Oder gebracht. Von einer russischen Ärztin medizinisch versorgt.

Ja, gut versorgt.

Der Kopf wurde nicht kahlrasiert, wie bei all den anderen. Vielleicht, weil er Arzt war? Man weiß so etwas nicht.

Am 14. Juni in Frankfurt/O. aus dem Lazarett entlassen. Und damit plötzlich draußen auf der Straße. In zerrissener Uniform, auf einem Bein und mit zwei Holzkrücken.

Züge und Autos fuhren nicht. Die ganze Strecke zu Fuß auf der Landstraße. Immer mal ein Stückchen weiter auf einem landwirtschaftlichen Fahrzeug. Von einem Bauern mitgenommen.

Ein Tropfen auf den heißen Stein. Natürlich. Aber immerhin. Ein winziges Stückchen der Heimat näher.

In Berlin russische Streife. Nimmt ihm die Entlassungspapiere weg. Was macht ein entlassener Soldat in Uniform ohne Entlassungspapiere, wenn bei der nächsten Streife sofortige neue Gefangenschaft droht?

Er geht betteln. Um Zivilkleidung. Aber wer hat denn heute schon ein Kleidungsstück, außer dem, was er auf dem Leibe trägt, nachdem über Nacht aller Besitz zu einem Häufchen Asche wurde?

Ein Circusdirektor schenkt ihm seinen Frack, in dem er früher in der Manege auftrat. Letztes Stück aus goldener Zeit.

Richard streicht über die langen, schwarzen Rockschöße.

Ein anderer gibt ihm seine alte Hitlerjugendmütze: Braucht sie nicht mehr. Hat ausgedient. Weg damit! Aber sie wärmt noch in kalten Nächten und schützt bei Sturm und Regen. Denn man friert, wenn der Magen leer ist und die Straße endlos.

Weiter! Irgendwie weiter nach Westen. Nur heimwärts und nicht schlappmachen! Das rechte Bein streikt. Schwillt an. Der Schuh passt nicht mehr. Starke Schmerzen. Venenentzündung? Aber es muss weitergehen. Muss! Muss! Die Straßen sind lang. Die Nächte kalt. Hunger!

Ein Mensch in der großen Völkerwanderung, die sich nach Westen wälzt. Endlich, endlich am ersten Ziel auf dem langen Weg. Ersehnte Zwischenstation: Spätabends schellt er in Göttingen bei seiner Wirtin, bei der er jahrelang als Student ein Zimmer hatte.

Auf Nachtquartier, Rast und Erquickung hoffend.

Aber ... sie erkennt ihn nicht wieder. Wirft die Türe vor seiner Nase zu. Sie hat Angst. Es passiert so viel!

Er liegt auf der Treppe. Zum ersten Mal streiken die Nerven. Albträume kehren wieder:

Was, wenn zu Hause nichts mehr ist? Keine Menschen, kein Heim?

Aber Einzelheiten möchte er jetzt nicht mehr erzählen.

Hauptsache, du bist da, Junge!

Hauptsache, du bist wieder zu Hause!

Es gibt Meilensteine im menschlichen Leben, an denen man sich ausrichten kann. Dann, wenn es einem besser oder, wenn es einem schlechter geht. Ein solcher Meilenstein wird der heutige Tag für uns bleiben. Wir sind wieder alle zusammen!

Nun ist der Krieg zuende und der Frieden hat begonnen.

Nein, kein Jubel. Kein Glockengeläut.

Dafür das Gefühl nie erlebter, tiefer Dankbarkeit.

Am Abend dieses 26. Juli 1945 schreibt Vater u.a. in sein Tagebuch:

"...Unser ganzes Denken wird von nun an nur noch beherrscht werden vom Glück über Richards Heimkehr ..."

Walter, Richard und Gerhard haben eine ärztliche Tätigkeit im Krankenhaus gefunden. Mit einem Taschengeld. Aber immerhin. Sie sind in ihrem Beruf.
Ich war wegen unseres Hauses am Hopfengarten heute wieder beim Townmajor und beim Leiter der örtlichen Militärregierung. Es müsste doch möglich sein, wieder zurückzukönnen, wenn die derzeitige Besatzung auszieht.
Man kennt mich schon auf den Büros. Zunächst wurde ich höflich auf einen späteren Zeitpunkt vertröstet. Schließlich ließ man mich gar nicht mehr vor. Schon im Vorzimmer wurde ich abgewimmelt. Grade eine Sitzung. Leider!
Ich komme morgen wieder versicherte ich jedes Mal.
Und ich kam!
Nein, bedaure, leider im Augenblick gar keine Aussicht!
Wie oft bin ich schon dort gewesen!
Nun, da wir wieder alle zusammen sind, sind wir wieder eine große Familie. Es wird zu eng in der Vitalisstraße.
Für Richard und Gerhard fand sich irgendwo außerhalb ein Zimmer. Tibu und ich wohnen in der Nachbarschaft. Trotzdem. Die Wohnung ist zu eng.
Du bist zäh wie Hosenleder, höre ich, während ich mich fertig mache für einen erneuten Besuch beim Townmajor oder der Militärregierung. Ich empfinde das als Kompliment, denn wenn mich die Kriegsjahre etwas gelehrt haben, dann dies: Nicht aufgeben. Immer wieder neu versuchen. Und immer wieder. Beharrlichkeit führt schließlich doch zum Ziel. Das weiß ich.
Von wem hast du nur diese Ausdauer, fragt Vater.
Ich weiß es nicht. Von dir? Von Mutter? Ömchen? Ich weiß es wirklich nicht. Weiß nur, dass ich lange durchhalten kann, bis ich das erreicht habe, was ich erreichen will.
Ich werde wieder gehen. Solange, bis sie weich sind.
Bis sie mich nicht mehr sehen können.
Ich merke, dass ich einen langen Atem haben kann.
Und das beruhigt mich selbst.

Meinst Du, dass ich morgen noch mal das mit dem schwarz-weißen Schal anziehen soll? Das von Walters Hochzeit?
Mutter steht unschlüssig vor dem kleinen Schrank, in dem die Eltern ihre Sachen haben, seit wir in der Vitalisstraße wohnen.
Ich habe sonst nichts. Nur das Schwarz-weiße.
Ich nehme Mutter in den Arm. Merke, dass sie aufgeregt ist. Es war so schrecklich viel in den letzten Monaten!
Das Wohnzimmer ist ein Blumenmeer. Für die Trauung wurde der Tisch in den Erker gerückt. Die gute weiße Damastdecke darüber. Ein silberner Kerzenständer mit langen, schlanken, weißen Kerzen. Von André geliehen.

Davor liegt unsere alte Familienbibel, die wir aus dem Hopfengarten retteten und in die unser Großvater sah, wenn er seine Predigten mit den Worten begann: 'Dies ist ein Tag, den der Herr gemacht hat'.

Alles ist über und über mit bunt-herbstlichen Blumen geschmückt.

Die ganze Stadt nimmt teil, sagt Mutter. Alle freuen sich mit uns über die Hochzeit und dass Richard wieder da ist.

Eine Haustrauung soll es werden. Onkel Hermann, Vaters Bruder, wird die beiden trauen.

Tibu, die Braut, wie immer in voller Aktion, läuft in der Wohnung hin und her. Bereitet in der Küche das Fest vor. Heiter und unbeschwert. So, als ginge es gar nicht um ihre eigene Hochzeit morgen. Richard sitzt bei ihr auf einem Küchenstuhl, summt leise vor sich hin, lächelt zufrieden und glücklich und verfolgt seine Braut mit verklärtem Blick bei der Arbeit.

Huch Gottchen, ruft diese, als sie den Kuchen aus dem Herd zieht. Schon räichlich wäit!

Wir sind alle in feierlicher Hochstimmung. Ömchen hat sich schon das schönste Nachthemd bereitlegen lassen. Solche Tage liebt sie besonders. Dann tut sich was. Alles läuft um sie herum und es ist nicht langweilig. Sie hat die Brille aufgesetzt, die Tröt in der Hand, damit ihr nichts von all dem Schönen entgeht.

Vater hat sich zurückgezogen. Er reagiert seine Spannung ab, indem er das Holz klein macht, das er heute früh mit Mutter aus dem Wald holte. Es wird in diesen Tagen viel gebraucht werden. Vor allen Dingen für die Feuerung im Herd. Denn Gas gibt es noch nicht wieder seit der Beschussnacht.

Auch der Briefträger kam erst vor ein paar Tagen wieder. Wir hatten ganz vergessen, dass es so etwas einmal gab!

Der große Tag ist da. Es ist Montag, der 24. September 1945.

Tibu, Richard, Vater und Walter verlassen die Wohnung. Um neun Uhr ist die Trauung auf dem Standesamt. Vater und Walter sind Trauzeugen.

Verjiß nicht, noch äinmal Holz im Herd nachzulegen, ruft mir Tibu noch zu, ehe sie die Wohnungstüre hinter sich zuzieht.

Ömchen sitzt aufrecht und erwartungsvoll im Bett.

Was für ein schöner Tag, Kind!

Ich ziehe ihr das gute Nachthemd an. Kämme ihre Haare.

Noch ein paar Tropfen Kölnisch Wasser, Ömchen? Ist das nicht zu verschwenderisch, Kind?

Sie kann schon lange nicht mehr aufstehen und ist doch mittendrin. Nimmt Teil an Freud und Leid.

Am liebsten an der Freude.

Das kann sie am besten.

Immer mehr Blumen.

Gut, dass wir die Pferdezunge nicht sofort aßen, sondern für einen besonderen Tag eingeweckt haben. Wie Mutter damals sagte. Man muss die Feste feiern, wie sie fallen!

Heute werden alle Lebensmittelreserven locker gemacht.

Alle!

Auch die Reisemarken. Unsere 'Eiserne Ration'.

Mutter eine glückliche Schwiegermutter. Höchst zufrieden mit ihren beiden Schwiegertöchtern Gisela und Tibu.

Gerhard, der ewig Hungrige, geht, solange das Brautpaar noch nicht zurück ist und ehe der feierliche Teil beginnt, noch mal in die Speisekammer, steckt den Zeigefinger in das Schwarz des Siruptopfes, macht eine kreisende Bewegung nachdem er ihn wieder hinausgezogen hat, führt ihn in den Mund und verdreht dabei die Augen nach oben. Eine köstliche Vorspeise! Außerdem: Wenn Hochzeit ist, ist alles erlaubt.

Um 13 Uhr soll die Trauung sein.

Onkel Hermann kommt nicht.

Wir sitzen alle im Hochzeitszimmer und warten.

Der Kerl war schon immer unzuverlässig, sagt Vater verärgert. Wirklich, er macht seinem Titel als Professor alle Ehre. Hoffentlich hat er es nicht ganz vergessen!

Alfred, mäßigt ihn Mutter. Er wird schon kommen. Vielleicht ist er irgendwo aufgehalten worden.

Es schellt.

Vater öffnet.

Herrmann! Gott sei Dank!

Der Ärger ist vergessen.

Onkel Hermann zieht den Talar an.

Möchtest du erst etwas essen, fragt Mutter ihn verbindlich.

Nein, danke! Nachher!

Wir sind alle in unserem Wohnzimmer versammelt.

In freudiger Spannung.

Mutter sitzt neben Vater.

Er hat seine Hand in ihren Schoß gelegt, hält ihre beiden Hände in der seinen.

Alle sind in festlicher Stimmung.

Walter und Gisela. Gisela, die in vier Wochen ihr erstes Kind bekommt.

Gerhard legt eine Platte auf. Die Air von Bach.

Die Türe geht auf. Das Brautpaar. Richard und Tibu.

Tibu in kurzem dunklem Samtkleid. Noch aus Posen.

Onkel Hermann spricht wunderbar.

Er kann es.

Ich knäule mein Taschentuch in der feuchten Hand. Nur nicht losheulen jetzt, denke ich.

Walter sitzt neben mir. Merkt mir meine Rührung an. Nickt aufmunternd. Ich kann es nicht ändern. Mir stehen die Tränen in den Augen.

'Wir danken dir, Herr, denn du bist freundlich...'

Das 'Ja' kommt entschlossen. Ohne Zögern.

Liebevoll blickt Richard auf das blonde Haar seiner Frau hinunter. Er wird ihre Hilfe annehmen, soweit er sie braucht. Und er wird ihr eine neue Heimat geben. Und lieb wird er sie behalten.

'Bis dass der Tod uns scheidet'!

Eine schöne, würdige Trauung.

Onkel Hermann hält beim Essen eine prachtvolle Rede auf das Brautpaar.

Hast du die schriftlich, fragt Mutter.

Leider nein! Ich bereite mich nicht vor. In solchen Fällen kommt es sowieso ganz von selbst.

Vater spricht ein paar Worte auf die Gäste und auf seine Frau. Auf Mutter. Seine ganz große Liebe. Anfang und Ende seines Denkens und Fühlens. Nun schon seit 35 Jahren. Er spürt, dass Rührung in seine Stimme kommt. Das will er nicht. Er beendet seine Rede abrupt.

Nun noch Gerhard. Er bringt einen Toast auf die Braut aus. Frech, humorig und geistvoll. Aber gut. Sehr gut.

Damit ist wieder Entspannung eingezogen. Es darf weiter gegessen werden. Wir genießen unser Nachkriegsfestmahl. Der Tag ist ein Höhepunkt in unser aller Leben.

Abends, als alles ausgeklungen ist und nachdem es wieder ruhig ist in unserer Wohnung, greift Vater noch nach seinem Tagebuch und notiert:

"...Ich weiß, dass wir es besonders gut haben und dass wir dem Schicksal gar nicht dankbar genug sein können!"

Schlechte Zeiten machen erfinderisch. Sie schärfen den Instinkt für das, was machbar ist und was nicht. Ich halte vieles für machbar.

Heute habe ich meinen ersten schmalen Erfolg zu verbuchen. Nicht ein Erfolg, hinter den ich einen Punkt setzen werde. Im Gegenteil. Es ist für mich nichts mehr, als eine Aufmunterung, den bisher gegangenen Weg inoffiziellen Verhandelns und zäher Beharrlichkeit weiter zu verfolgen. In diesem Fall ging es mir um die Herausgabe unseres Klaviers aus dem immer noch von den Amerikanern besetzten Haus am Hopfengarten.

Und das ist nicht leicht, wenn nicht so gut wie unmöglich. Seit Richards Rückkehr wuchs sein Wunsch, wieder Klavier spielen zu können. Versuche meinerseits, mit der Hausbesatzung zu einem für mich befriedigenden Ergebnis zu kommen, schlugen fehl. Überall verneinte man wegen mangelnder Zuständigkeit. Ich merkte, hier war nichts zu machen.

Heute nun nahm ich mir vor, den mir seit langem bekannten Weg zum Townmajor zu gehen. Er kennt mich seit geraumer Zeit und hat zwischenzeitlich wohl auch eine durchaus plastische Vorstellung von meinem Durchhaltevermögen bekommen. Aber dieses Mal sollte es ja nicht um die Herausgabe unseres ganzen Hauses, sondern nur um die des darin befindlichen Klaviers gehen.

Ich hatte mir einen Plan gemacht, auf welchem Wege ich am besten zu meinem Ziel würde kommen können. Aber alles braucht seine Vorbereitung, wenn es die Aussicht auf Gelingen haben soll. So legte ich, ehe ich zu dem gewichtigen Gang startete, meinen rechten Unterarm auf eine lange, ausladende Schiene und umwickelte diese mit allem mir zur Verfügung stehenden Verbandmull. Dann hängte ich den Arm in ein Dreieckstuch und verschwand aus der Wohnung, ohne dass mich noch irgendjemand in meiner skurrilen Aufmachung beobachtet hätte.

Als mich der Townmajor sah, winkte er sogleich mit dem Ausdruck deutlicher Gereiztheit ab. Er war der Annahme, dass ich wieder als Bittstellerin für die Rückgabe unseres Hauses vor ihm stand. Als er aber merkte, dass es in diesem Fall um sehr viel weniger ging, wandte er sich mir mit dem Ausdruck schläfriger Aufmerksamkeit zu. Es handele sich heute nur um das im Haus befindliche Klavier. Ich bin nämlich Pianistin, sagte ich, und muss, um wieder in meinen Beruf zurückzukommen, üben. You understand?

In diesem Augenblick passierte etwas Ungewöhnliches: Sein Kinn unterbrach für einen Moment seine pausenlose Mahlbewegung. Es stand still.

Wir suchen Klavierspieler für unsere Offiziersmessen, für Bars und Partys, sagte er.

Das hatte ich erwartet und aus diesem Grund mit dem umfangreichen Verband vorgebeugt.

Zur Zeit kann ich leider damit nicht dienen, sagte ich bedauernd und wies auf meinen in der Schlinge hängenden Arm hin. Aber später. Später, wenn alles wieder in Ordnung ist, lässt sich nach entsprechend langer Übungszeit auf unserem Klavier durchaus darüber reden. (Dass ich nur den Flohwalzer spielen kann, verschwieg ich.)

Langes Nachdenken und Abwägen seinerseits, wobei sein Kinn wieder stärker als zuvor in Aktion trat.

Well, sagte er plötzlich entschlossen.

Well, you can get it out!

Mein Dank war fast etwas zu überschwenglich und beim Abschied wies ich ihn darauf hin, dass ich in aller Kürze noch mal wegen des Hauses zu ihm käme. Schon die Türklinke in Hand, drehte ich mich noch einmal um. Dieser Transport, sagte ich, lohnt sich für uns eigentlich nur dann wirklich, wenn wir die Kohlen, die noch im Keller liegen, und die uns gehören, noch mit herausnehmen können. Eine kurze Notiz auf dem Schreiben, was ich schon in der Hand hielt, genüge, und ich verspräche, ihn innerhalb der nächsten Woche nicht wieder zu beehren.

Wie viel Kohlen noch im Haus sind, wollte er wissen.

Mein Gott, ich bin eine Frau! Kann Größe und Gewicht eines kleinen Kohlenhaufens nicht schätzen. Außerdem: Was sind für einen Amerikaner schon ein paar Kohlen, half ich ihm bei seiner schweren Entscheidung nach. Doch wirklich nichts!

Ich merkte, ich war am Ziel. Er setzte sich an seinen Schreibtisch, schrieb und gab mir den Zettel, nachdem er seinen Namen darunter gesetzt hatte.

Ich weiß nicht, wie einem Menschen zu Mute ist, der in der Lotterie gewonnen hat. Ganz anders kann es nicht sein als mir, während ich auf dem Weg zurück in die Vitalisstraße war.

Das Klavier!

Die Kohlen!

Unbeschreibliche Reichtümer!

Vater glaubt es noch nicht so recht. Er schreibt am 7. November in sein Tagebuch:

"Elsbeth hat es doch tatsächlich fertig gebracht, vom Townmajor die Herausgabe der Kohlen und des Klaviers zu erlangen! Es ist rührend, wie sie sich einsetzt, denn dies ist wirklich kein angenehmes Geschäft. Morgen soll beides geholt werden. Ich habe Zweifel, ob die Herausnahme gelingt und nicht doch noch in letzter Stunde vereitelt wird."

Und unter dem Datum des 9. November steht:

"Gestern morgen haben wir tatsächlich die Kohlen und das Klavier aus dem Haus geholt! Die Amerikaner behaupteten, es seien keine mehr da. Es fanden sich aber noch eine beträchtliche Menge in dem Holzverschlag. (ca. 15 Ztr.) Das Klavier kam in Richards Zimmer. Er ist strahlend!"

In den Tagen, an denen die herbstlichen Blätter begannen von den Bäumen zu fallen, wurde das kleine Mädchen von Gisela und Walter geboren.

Und als die Blätter grau und glitschig an den Rändern der Wege lagen, als erste Nachtfröste übers Land gingen, die Tage schon wieder zu Ende waren, ehe es wirklich hell geworden war und sich das Jahr 1945 zu neigen begann, trugen wir das Kleine zu Grabe.

Nur vier Wochen lang hatte es in das kalte Licht dieser ungeordneten Welt geblinzelt. Dann verlosch das zarte Lebensflämmchen, kaum dass es recht zu brennen begonnen hatte.

Wie schwer muss es sein, denke ich, während ich in dem kleinen Trauerzug hinter Gisela und Walter hergehe. Wie schwer, so ein hilflos-winziges Wesen, das ersehnt war und auf das man sich neun Monate lang freute, wieder hergeben zu müssen!

Ich sehe Gisela vor mir. Ihr hübsches Gesicht scheint grau und klein geworden zu sein. Vor lauter Traurigkeit.

Walter habe ich in dieser Zeit bewundert in seinem ausgeglichen-freundlichen Wesen. Sah ihn in liebevollem Hinwenden zu seiner Frau.

Das also meinte der Pfarrer damals in der Dorfkirche zu Pferdsdorf, als die beiden vor ihm standen:

'...getreu zusammenstehen in guten wie in bösen Tagen...'

Der Weg von der Wohnung zum Friedhof ist nicht weit. Walter hat den kleinen weißen Sarg auf seine Schulter gestellt und trägt ihn selbst bis zum Grab.

Den Amerikanern, die gelangweilt gegenüber auf dem Geländer am Nordschulteich hängen, nötigt dieses Bild soviel Respekt ab, dass sie sich für den Moment des Vorüberziehens des kleinen Zuges erheben, die Hände aus den engen Taschen ziehen und für einen Augenblick die mahlenden Unterkiefer still stehen lassen.

Dein Wille geschehe, sagt der Pfarrer. Amen.

Dann geht das Leben wieder weiter.

Es bleibt nicht stehen. Aber es lässt einen in solchen Stunden verharren und kurz die Grenzen menschlichen Vermögens und die Endlichkeit aller Dinge erkennen.

Es ist Winter geworden. Wir wärmen uns gegenseitig in der drangvollen Enge unserer Drei-Zimmer-Wohnung. Es gibt kein Entweichen. In der Nacht waren 10 Grad Kälte und in ein paar Tagen ist Weihnachten.

Unser Haus am Hopfengarten scheint geräumt zu werden. Ich sah es am Morgen an den prall gefüllten Militärsäcken, die in den Zimmern an den Wänden lehnen und um die ich herumputzte.

Nachmittags wieder beim Townmajor.

Ja, es ist richtig, das Haus wird geräumt. Aber dann auch wieder besetzt. Höchstwahrscheinlich.

Ich lasse alles spielen, von dem Vater meint, dass es neben anderen, allerdings nicht unbedeutenden Vorzügen, das Wichtigste bei einer Frau ist: Ich versuche einen Großeinsatz an Charme.

Er wird belohnt mit einem Schreiben des Townmajors an den im Kurhotel stationierten Divisionskommandeur, General Butler. Dieses Schreiben bekomme ich in die Hand gedrückt. Ich soll es dem General überbringen. Er entscheidet über das weitere Schicksal von uns und unserem Haus. Nun also kommt es darauf an!

Vom Townmajor gehe ich zum Kurhotel. Bitte um eine Audienz bei dem Herrn General. Der Sergeant im Vorzimmer nimmt bei meinem Eintritt versehentlich für einen Augenblick die Beine vom Schreibtisch, legt sie aber sofort wieder zurück, nachdem er erfahren hat, was der Grund meines Erscheinens ist. Dann bedeutet er mir, dass erstens keinerlei Aussicht auf Rückgabe unseres Hauses besteht und zweitens der Herr General nicht für mich zu sprechen sei.

In diesem Moment wird eine Seite meines Inneren lebendig, die ich bisher nur wenig kultiviert hatte. Ich spüre Zornesröte in mein Gesicht steigen.

Bei der deutschen Armee, sage ich ihm, und merkwürdigerweise stehen mir auch plötzlich alle Worte auf englisch zur Verfügung, bei der deutschen Armee wäre es absolut undenkbar gewesen, dass für die Zivilbevölkerung der kommandierende General nicht zu sprechen gewesen wäre und außerdem...

Der Mann scheint ein feines Gefühl dafür zu haben, dass er es hier mit einer Furie zu tun hat, verschwindet für einen Augenblick in dem angrenzenden Zimmer, um mit dem Bescheid zurückzukehren, dass ich tomorrow morning at eleven o'clock wiederkommen solle.

And now get out immediately!

Dieses Hinweises hätte es nicht mehr bedurft. Ich wäre jetzt auch so gegangen.

Für meine Garderobe brauche ich am nächsten Morgen viel Zeit. Im Gebrauch des Lippenstifts bin ich noch ungeübt. Ich lasse meinen Mund himbeerfarben erröten. Tibus Pumps sind zwei Nummern zu groß und schlabbern bei jedem Schritt von den Fersen, so dass sich mein Gang wie der eines galoppierenden Pferdes anhört. Über das fadenscheinige Baumwollkleidchen ziehe ich den abgeschabten Fohlenmantel.

In dieser zerschlissenen Eleganz komme ich mir unwiderstehlich vor, erscheine pünktlich um eleven o'clock in der Amtsstube des Sergeanten und bitte, zum General vorgelassen zu werden. Ich bin darauf eingestellt, die Rolle der welterfahrenen, selbstsicheren Lady zu spielen.

Der General, ein älterer, freundlicher Herr mit grauen Haaren, tritt auf mich zu und weist mich in einen abgrundtiefen Sessel, aus dem ich kaum mit der Nasenspitze hervorschaue. Der enge Fohlenmantel, der das dünne Kattunkleidchen verbergen sollte, klafft weit auseinander und beim Übereinanderschlagen der Beine hängt der ungewohnt hochhackige Absatz herunter und der Schuh fällt ab.

Ich merke, die welterfahrene Lady schwimmt mir davon!

What's your name?

Elizabeth kommt es viel kleinlauter als geplant.

Elizabeth, do you want some chocolate?

Eine Candy-Stange schiebt sich in meine Hand.

Sie beseitigt die letzten Reste der selbstsicheren Dame. Alles zu Hause Einstudierte werfe ich über Bord.

Unsere Familie ist auf neun Personen angewachsen, die sich täglich in einer Drei-Zimmer-Wohnung um den gemeinsamen Suppentopf scharen, sage ich ihm wahrheitsgemäß. Wir sind wieder alle zusammen und bitten, wieder zurückzudürfen in unser home, in unser castle! Wir wollen wieder in Frieden leben, nachdem wir so lange getrennt waren! Er, er ganz alleine hätte das Mittel in der Hand, eine ganze Familie glücklich zu machen, beschwöre ich ihn. Und das vor Weihnachten! Er möge doch an Weihnachten denken! Was für ein Fest für ihn, Weihnachten uns alle glücklich zu wissen! Durch ihn! Durch seine Unterschrift und Großzügigkeit!

Ich entdecke einen Zug der Milde und Teilnahme in seinem Gesicht. Die Rückkehr der Brüder, die zarte Mutter, das arme, liebe Ömchen! 86 Jahre! Er möge bedenken: Sechsundachtzig!

Alle, alle lasse ich lebendig werden vor seinem Auge. Er sieht sie vor sich. Jeden einzelnen. Scheint sie schon zu kennen. Und er weiß, wie er sie glücklich machen kann.

Ich spüre, ich bin am Ziel.

Blicke wartend in meinen Schoß.

Gerührt-lächelnd ist er mir gefolgt.

Nun Stille.

Schwerfällig erhebt er sich aus seinem Sessel. Geht zum Schreibtisch. Ich höre eine Feder über das Papier kratzen und weiß, was sie geschrieben hat.

Wie bin ich eigentlich nach Hause gekommen? Bin ich geflogen? Jedenfalls hatte ich Tibus Stöckelschuhe in der Hand, um schneller vorwärts zu kommen.

Mutter verlangt nach einem Stuhl. Wirklich, Kinder, mir wird ganz schlecht vor Freude! Vaters Kommentar ist kurz und bündig. Ein tolles Weib bist du!

Weihnachten werden wir wieder in unserem Haus am Hopfengarten feiern. Und wenn wir alle zusammen sind, werden wir die Schotten dicht machen. Und dann wird Vater sagen:

Nun ist es endlich soweit!

Heilig Abend 17 Uhr.

Die Straßen sind leer und weihnachtlich ruhig. Nur ein klapperndes, kleines Gefährt bewegt sich langsam den Hopfengarten hinauf. Es ist unser Handwagen, der die Stille des frühen Abends unterbricht. Vater zieht. Ich schiebe. Wie sind aufeinander eingespielt. Ganz sacht beginnt es zu regnen, obschon leichter Frost herrscht. Mit jedem Schritt atmen wir kleine weiße Wölkchen in die Luft. Am Berg geht es langsamer. Die Fuhre ist schwer.

Ein großer Sack Holz und, gleichsam darauf thronend, der Stall mit unseren beiden Kaninchen, die mit uns den Umzug nach Hause antreten.

Verschnaufpause an der zweiten Serpentine. Vater dreht sich nach mir um. Wischt sich mit Unterarm und Handrücken über die Stirn.

Schön, dass du grade heute dabei bist, sagt er.

Hinter diesen Worten steht für mich unendlich viel, zumal in diesem Augenblick die Weihnachtsglocken zu läuten beginnen. Beides haftet sich in meinem Gedächtnis unverlierbar fest. Noch einen Moment Pause, dann dreht Vater sich wieder um, umfasst erneut und energisch, wie es seine Art ist, die Deichsel und holt tief Luft.

Endspurt!

Die letzten Tage waren lang und unendlich anstrengend. Wir haben alle unsere Sachen, die wir aus dem Haus am Hopfengarten retteten, wieder zurückgefahren. Heute noch Holz, Kohlen, Kartoffeln und Eingewecktes. Wagen für Wagen.

Jetzt beginnt Weihnachten und am Abend wollen wir fertig sein mit unserem Umzug. Denn wir wollen den Heiligen Abend zu Hause miteinander erleben.

Bei Serflings habe ich ein Bäumchen bekommen. Klein, aber immerhin. Den Karton mit dem Weihnachtsschmuck hatte ich schon vor langer Zeit in Sicherheit gebracht.

Als letzte Festvorbereitung werde ich noch in die Stadt laufen. Ich weiß, auf dem obersten Boden bei Apels steht unser gutes Teegeschirr. Das, was wir damals zu allererst aus dem Haus holten, weil es so etwas Besonderes ist und von Ömchens Eltern, meinen Urgroßeltern also, stammt. Alle Teller und Tassen nummeriert und handbemalt! Mutter hat es mir gezeigt und jedes Mal dazu bemerkt, dass sie dieses Geschirr ganz besonders in Ehren halten will.

Der festlich gedeckte Tisch mit dem schönen Teeservice und das Weihnachtsbäumchen dazu sollen heute Abend meine ganz besondere Überraschung sein. Keiner weiß was davon.

Was in der Welt sollten wir uns heute Schöneres schenken können, denke ich so, während ich in einer Stimmung freudiger Erwartung auf diesem Weg bin.

Der Krieg ist aus. Wir sind wieder zusammen, wieder in unserem Haus und Tibu bekommt ein Kind!

Mir ist ausgesprochen festlich zu Mute!

Vorsichtig packe ich das Geschirr ein. Zwölfteilig. Tatsächlich noch vollständig! Über wie viele Generationen erhalten? Immer geschont. Immer 'das Gute'.

Rechts und links getragen ist das Gewicht gleichmäßig verteilt. Damit ich nicht falle mit meiner kostbaren Last steige ich langsam Schritt für Schritt bei spärlichem Licht die Bodentreppe herunter. Draußen ist mittlerweile der Nieselregen in Glatteis übergegangen. Unmittelbar vor der Hospitalkapelle passiert es.

Schon im Fallen höre ich das Klirren in den Taschen. Zitternd lasse ich alles durch meine Hände gehen. Halte aneinander, was nicht zusammenpasst, versuche zusammenzubringen, was nicht zueinander gehört, lege es dann wieder in die Tasche zurück und sehe darin ein buntes Kaleidoskop hauchdünner Porzellanstückchen. Meine heißen Tränen fallen auf die gefrorene Erde und erstarren dort zu Eis.

Vier Unterteller scheinen noch übriggeblieben zu sein und wohl auch die Tassen dazu, soweit ich das im Dämmerlicht erkennen kann.

Vater sieht zuerst meinen Kummer. Liebevoll-zärtlich nimmt er mich in die Arme. Was kommt es denn heute auf Teegeschirr an, sagt er. Heute, wo wir wieder alle zusammen und zu Hause sind! Was kommt es denn heute darauf an!

Das winzig kleine Bäumchen ist geschmückt. Ein wenig verloren wirkt es in unserem alten, großen Esszimmer, das in früheren Jahren an stattlichere Weihnachtsbäume, die von der Erde zur Decke reichten, gewöhnt war.

Überhaupt erscheint uns das ganze Haus noch ein wenig zu weit und zu groß nach der drangvollen Enge der letzten Vitalisstraßen-Monate. Es hallt noch beim Sprechen so, wie es klingt, wenn man durch eine leere Wohnung geht. Das kommt daher, dass viele Möbel aus dem Haus getragen wurden und seitdem verschwunden sind.

Aber kaum brennt das Weihnachtsbäumchen, da bekommt das Zimmer schon die richtige Atmosphäre. Und wieder geht von seinem Kerzenlicht jener unwiderstehliche Zauber aus, wie er uns schon als Kinder alljährlich in seinen Bann schlug.

Wir sind daheim! Unter unserem Dach, das immer unser Dach war, solange ich denken kann und das uns nun von neuem, nachdem wir es einmal verloren hatten, in vielfachem Maß das Gefühl der Geborgenheit, der Heimat und des Zuhauses gibt.

Weihnachten 1945.

Nach sechs Jahren wieder alle zusammen.
Und nach sechs Jahren endlich wieder:
'Frieden auf Erden und den Menschen ein Wohlgefallen!'

Es ist Januar geworden. Das Jahr 1946 hat begonnen.
Unser Leben am Hopfengarten fängt an, sich zu normalisieren. Jeder hat seine Aufgaben und Tätigkeiten.
Vater steht bereits um sechs Uhr früh am Herd und kocht auf winziger Gasflamme den großen Topf Suppe, der am Abend vorbereitet wurde und mittags die Familie sättigen soll. Schon zwei Stunden später hat das Gas sein Leben ausgehaucht und kommt bis zum nächsten Morgen nicht wieder.
Unsere Gedanken werden jetzt im wesentlichen vom Essen beherrscht. Abend für Abend wiegt Vater unsere Brot-, Butter-, und Wurstrationen für den nächsten Tag auf der Briefwaage ab. Ganz satt werden wir nie mehr und selbst in der Nacht kreisen die Träume um Vorstellungen, die mit dem Essen zu tun haben.
Überall blüht das Geschäft, das man 'Schwarzer Markt' nennt. Aber um sich daran zu beteiligen, muss man entweder gute Tauschware oder viel, viel Geld haben, denn ein kg Mehl kostet im Moment 600 Mark.
Beides ist bei uns nicht vorhanden, weil Vater seit fast einem Jahr seine monatlichen Überweisungen von der Stadt nicht mehr erhält. Am 15. Dezember

1945 kam die Mitteilung, dass seine Bürgermeisterpension ab 1. April 1945 auf Anordnung der Provinzialregierung nicht mehr gezahlt würde.

Es war ein Sonnabendmorgen, als die Nachricht kam. Vater legte sie, nachdem er sie gelesen hatte, aus der Hand und sagte: Auch das noch! Dann rührte er weiter in seinem Suppentopf.

Die kleinen 'Veronikas' sind wie bunte Pilze aus der Erde geschossen. Schleifchen im Haar, blutrote Lippen und Fingernägel, Umhängetaschen über der Schulter. Innerhalb kürzester Zeit haben sie fließend Englisch gelernt. Sie fallen nicht unter den Begriff 'Fraternisierungsverbot' und werden mit unterschiedlichen Empfindungen betrachtet. Alles freut sich über den Witz, in dem sich Bauersfrau und Veronika im Zug gegenübersitzen. Die Bauersfrau packt ein dickes Leberwurstbrot aus, beißt genüsslich hinein, weist auf ihr Brot und sagt: Hätten wir's nicht, dann täten wir's nicht! Darauf greift die kleine Veronika in ihre Tasche, holt eine 'Chesterfield' heraus und sagt, indem sie sich die Zigarette anzündet: Täten wir's nicht, dann hätten wir's nicht!

Die letzte Nacht verbrachte ich damit, mir zu überlegen, wie ich es anstellen kann, 'es' zu haben, ohne 'es' zu tun. Daraufhin habe ich mich heute bei der amerikanischen Arbeitsvermittlung beworben und tatsächlich sofort einen Job bekommen. Ab morgen werde ich als Kellnerin in einer Mannschafts-Messhall arbeiten.

Auf diese Weise behalten die Eltern meine Lebensmittelkarte. Ich bekomme freie Verpflegung und außerdem 110 Reichsmark. Mein Dienst dauert von morgens 7 Uhr bis 7 Uhr am Abend. Zwölf Stunden also.

Während dieser Zeit darf ich die Messhall nicht verlassen. Sie ist in einer großen Baracke der Technischen Nothilfe in den Anlagen an der alten Stadtmauer eingerichtet und dient der Mannschaftsverpflegung. Frühstück, Mittag- und Abendessen.

Meine Familie reagiert auf diese Neuigkeit mit unterschiedlichem Ausmaß von Sorge.

Ausgerechnet als Kellnerin, Kind, meint Mutter und dreht den Ehering an ihrer immer dünner werdenden Hand. Gibt es denn nichts Anderes, ich meine Besseres, oder vielmehr Geeigneteres für Dich?

Ich mache mir ernstlich Sorgen um Deinen Rücken, sagt Vater. Du bist zu leichtsinnig damit.

Dies ist also seit meiner Schwesterntätigkeit meine zweite offizielle Stelle. Die Schauspielerin verschiebe ich noch mal auf später. Es sieht auch nicht so aus, als ob in nächster Zeit etwas daraus würde, denn sie scheint mir derzeit als eine im wahrsten Sinne des Wortes brotlose Kunst und zunächst müssen wir einmal satt werden. Außerdem habe ich schon oft gehört, dass den Schauspielern Blumen, aber noch nie, dass ihnen Würste auf die Bühne geworfen wurden.

Wieder werde ich mich morgen früh, am 9.1.46 auf den Weg zu meiner neuen Tätigkeit machen. Wie damals, als ich zum ersten Mal bei noch nächtlicher Dunkelheit mit meinem Fahrrad ins Krankenhaus fuhr.

An übermäßigen Illusionen habe ich in den Jahren zwar eingebüßt, aber dass ich mich morgen ganz ohne Spannung und Vorfreude in mein neues Abenteuer stürze, kann ich beim besten Willen nicht behaupten!

Warum eigentlich nicht einmal Kellnerin?
Inzwischen bin ich vertraut mit meiner neuen Tätigkeit und den Menschen, mit denen ich zu tun habe. Wenn sich morgens das Tor zur Messhall geöffnet hat, ergießt sich ein Haufen fröhlich- unbekümmerter Jungen verschiedenster Rasse, Art und Färbung in den großen Raum.
Hallo Elizabeth, how are you this morning?
Wie Kinder so unkompliziert und ungekünstelt. Nicht beladen mit vorgeschriebenen Verhaltensmustern und Förmlichkeiten.
Der Sergeant, der die Leitung der Messe hat, heißt Fisher. Richard Fisher. Er hat das Aussehen eines Gorillas. Über der zwei-finger-breiten Stirne beginnt der Haaransatz. Die Augen stehen eng zusammen. Eine kurze, breite Nase dazwischen. Arme und Beine sind dicht und schwarz behaart. Seine Bewegungen sind von tierischer Elastizität. Mir scheint, hier hat eine gradlinige Entwicklung vom Primaten zum homo sapiens stattgefunden und durch ihn wird die Darwinsche Theorie unwiderlegbar erhärtet.
Mein Arbeitstag ist lang und schwer. Und wieder merke ich, dass ich an die Grenzen meines körperlichen Vermögens stoße.
Nach dem Frühstück wird der Fußboden gescheuert. In diese Aufgabe teile ich mich mit meinen drei Kolleginnen, Anni, Ria und Emmi. Wir vier haben aus den verschiedensten Beweggründen diesen Job angenommen, und wohl nicht immer stand der Wunsch nach voller Verpflegung oben an.
Ein hohlwangiges Mädchen und ein noch hohlwangigerer Jüngling machen die Tafelmusik. Uralte Schlager! Diese musikalische Untermalung lässt mich das immer schwerer erscheinende Gewicht der vier großen Platten auf meinen beiden Armen und die währenddessen zunehmenden Rückenschmerzen fast vergessen.
Und außerdem: Eine Kellnerin hat keine Schmerzen. Sie lächelt und ist heiter.
Der Tag ist auf die Dauer doch zu lang. Der Rücken hält den Anstrengungen nicht stand. Die Arbeit ist zu schwer. Deshalb entschließe ich mich, freimütig mit meinem Gorilla zu sprechen.
Ich sage ihm, dass ich den langen, anstrengenden Tag ohne Mittagspause nicht durchhalte. Versuche ihm aber zu erklären, weshalb ich gerne hier weiter arbeiten möchte.
Zwei Augen von unendlicher Sanftmut sehen mich an. Dann streckt sich ein langer, schwarzbehaarter Arm nach meiner Hand aus und zieht mich hinter sich her. Am Ende des kleinen Ganges, rechts neben dem Eingangstor, öffnet er eine Türe und schiebt mich in den kleinen Raum, in dem sein Feldbett steht.
Wenn eine Kommission kommt, flüstert mir der dunkle Riese zu, bin ich dran!
Ich kann dafür degradiert oder aus der Army ausgeschieden werden, Elizabeth!

Er weist auf das Feldbett.

Da soll ich mich hinlegen und ausruhen.

In einer Stunde schließt er wieder auf.

Ich höre noch, wie sich der Schlüssel im Schloss dreht, dann strecke ich den schmerzenden Rücken auf dem Lager aus.

Seit diesem Tag sinke ich Mittag für Mittag, nachdem das Frühstück serviert, die Halle gescheuert und auch das Mittagessen vorüber ist an dieser Stelle in einen abgrundtiefen Schlaf, bis sich eine Stunde später der Schlüssel wiederum im Schloss dreht und ich mich erfrischt erhebe.

Fähig, die zweite Tageshälfte zu bewältigen.

Lieber Richard Fisher! Ich werde dir das alles niemals danken können. Aber mit dieser menschlichen Tat hast du dir sicher den Himmel, bestimmt aber einen Ehrenplatz in meinem Herzen gesichert!

Seit Tagen regnet es. Tag und Nacht. Die Wege zur Messhall gleichen einer Schlammlandschaft. Dadurch ist das tägliche Scheuern des Holzfußbodens zu einer Art Sträflingsarbeit geworden.

Immer und immer wieder neues Putzwasser. Zäh klebt der braun-rote Lehm an den Dielen.

Ich liege auf den Knien und scheuere mit der Wurzelbürste. Meter für Meter arbeite ich mich vor. Noch das letzte Stück bis zur Eingangstüre. Dann ist Mittag. Die Zeit drängt. Die Kraft lässt nach, denn die Halle ist lang. Fast an der Eingangstüre angekommen und damit am Ende dieser Arbeit, tut sich die Türe auf.

Ich sehe an ein paar Gestalten hoch. Offiziere, wie es scheint.

Aber mein Blick bleibt an den faustdicken roten Lehmklumpen haften, die an ihren Schuhen kleben. Genau in der Höhen meiner Augen. Schon tut der Vorderste, wohl der Rangoberste, einen Schritt in die eben frisch gescheuerte Halle. Auf den Knien rutsche ich ihm entgegen, versperre ihm den Weg, weise entsetzt auf seine schmutzstarrenden Schuhe hin.

Halt, höre ich mich rufen. Stay where you are!

Nicht weitergehen! Bitte, nicht weitergehen!

Alles ist doch grade sauber gemacht!

Einen Augenblick bleibt er stehen.

Stutzt. Sieht mich an.

Ich erhebe mich aus meiner Hockstellung.

Nun stehen wir uns gegenüber.

Auge in Auge.

Feindlich-eisiger Blick trifft mich.

Wir lassen uns nicht aus den Augen.

Kein Wort fällt.

155

Wie angewurzelt stehe ich da. Rühre mich nicht von der Stelle.

Nun tritt er ganz, ganz langsam einen Schritt zur Seite.

Genüsslich, so scheint es, greift er nach meinem Putzeimer, holt weit nach hinten aus und gießt dann mit kräftigem Schwung das Wasser quer durch die Halle.

Eine lehmrote Straße ergießt sich über den Fußboden.

Ich sehe ihr nicht nach, denn während der ganzen Zeit bleiben unsere Blicke ineinander haften. Er wendet seine Augen nicht ab und ich gebe die seinen nicht frei. Plötzlich gibt er sich einen Ruck und geht schnell und entschlossen weiter in die Messhall hinein.

Mit jedem Schritt eine braune Erdspur hinterlassend.

Die, die hinter ihm standen, folgen ihm.

Wie erstarrt stehe ich da.

Bin ich von einer Lähmung befallen?

Ich zucke mit keiner Wimper.

Keine Träne.

In diesem Augenblick löst sich aus der kleinen Gruppe ein großer, blonder Mann. Ich hatte ihn bis jetzt nicht wahrgenommen. Nun steht er vor mir.

Freundlich-helle Augen sehen mich an.

Aber ich bin noch so verstört, dass ich auch diesen Augen nicht traue. Ich trete einen Schritt zurück.

Sie brauchen keine Angst vor mir zu haben, sagt er mit warmer Stimme. Aber ich gehöre auch zu der Kommission. Bin Chaplain Mydland. Der Divisionspfarrer. Ich habe eben alles gesehen. And I am terrible sorry!

Eine kleine Verbeugung.

Dann folgt er den anderen nach.

Über Nacht ist es kalt geworden. Der Wind hat sich gedreht, das Islandhoch bringt Eis und strahlende Wintersonne.

Die morastigen Wege zur Messhall haben höckerartige Formen bekommen und sehen aus wie frisch gepflügter Acker, dessen Erdschollen im Frost erstarrt sind.

Richard Fisher, der Mess-Sergeant, kann mit seinem Jeep wieder bis zur Türe fahren. Ich sehe, wie er sich mit federnder Leichtigkeit von seinem Wagen schwingt. Elizabeth, ruft er mir von der Türe aus zu, Elizabeth, ich habe etwas für dich bekommen! Wenn du heute Abend mit der Arbeit fertig bist, hol es bei mir ab.

Ein Rausschmiss wird es nicht sein, denke ich, sonst hätte er mir nicht so vergnügt zugerufen. Aber was kann er für mich haben? Und von wem? Ich bin so neugierig, dass dieser Tag viel länger zu dauern scheint, als alle bisherigen.

Um 19 Uhr klopfe ich an sein Zimmer.

Er drückt mir ein Päckchen in die Hand. Das ist für dich, sagt er.

156

Von wem?

Das schickt dir der Chaplain. Unser Chaplain Mydland. Er hat es mir heute gegeben.

Ich öffne nur einen Schlitz. Sehe ein riesengroßes Glas, auf dem 'Coffee' steht. Fast fällt es mir aus der Hand. Ich bin so aufgeregt!

Immer wieder sehe ich in mein Päckchen.

Und tatsächlich immer wieder: 'Coffee'!

Er lässt dich grüßen, Elizabeth!

Ich war doch eben so müde, als ich mit der Arbeit fertig war. Nun laufe ich hastig-stolpernd über den gefrorenen Weg nach Hause zurück. Mein wertvolles, kostbares Geschenk in der Hand.

Ömchen, mein liebes Ömchen! Jetzt kannst du wieder jeden Morgen eine Tasse Kaffee trinken!

Es geht nämlich bergauf!

Das Leben wird wieder besser!

Auch für dich!

Am Abend des 4.2.46 schreibt Vater in sein Tagebuch:

"Wir haben heute Walters Geburtstag im Familienkreis sehr schön gefeiert. Es war eine Herzensfreude mit den vier Kindern und den beiden Schwiegertöchtern zusammen zu sein. Ich habe das Gefühl, dass wir es besonders gut haben und dem Schicksal gar nicht dankbar genug sein können!"

Am nächsten Morgen bekommt Vater einen Brief überbracht, den er, nachdem er ihn hastig überflogen hat, nochmals Wort für Wort liest.

Und nach einer Weile noch einmal.

Er kann es nicht glauben.

Mutter liegt krank im Bett.

Vater geht, den Brief in der Hand, zu ihr.

Setzt sich auf ihren Bettrand. Nimmt ihre Hand in die seine.

Ist was, fragt sie. Ich sehe es dir doch an! Etwas Unangenehmes?

Ja, sagt er. Etwas Unangenehmes. Aber es ist etwas Vorübergehendes. Ich muss noch einmal fort.

Fort? Wohin?

Morgen muss ich mich bei der C I C melden. Mit Decke, Wäsche etc... Er reicht ihr das Schreiben.

Hängt das mit deiner Tätigkeit als Abwehroffizier zusammen, fragt sie.

Wahrscheinlich. Ich nehme es an. Ja, wahrscheinlich wohl.

Beide wissen genau, was diese Nachricht bedeutet. Auch, dass es nicht nur vorübergehend ist, denn alle, die wieder geholt wurden, sind immer noch fort.

'Automatische Haft' ist ein Wort dafür.

Vater erhebt sich schwerfällig von Mutters Bett.

Tu mir den Gefallen und bleib ruhig liegen. Bitte!

Dann geht Vater zu seinem Schreibtisch zurück, schlägt noch mal sein Tagebuch auf und ergänzt den Bericht vom vorigen Abend:

"Als Ausgleich für das Glück, das ich gestern Abend empfand, kommt heute morgen der Befehl, dass ich mich morgen hier bei der C I C zu melden habe. Das bedeutet Abtransport und lange Haft. Wer weiß, wie lange? Der Abschied fällt mir sehr schwer, besonders im Gedanken an Elli. Dass ich ein sehr gutes Gewissen habe, ist nur ein schwacher Trost, das haben andere sicher auch, die schon monatelang festsitzen.

Hoffentlich kann ich noch einmal in meinem Leben in dieses Buch schreiben!"

Vater ist fort. Immer wieder tröstete er Mutter, dass es sicher nur ganz kurz dauere, bis er wieder zurückkäme.

Einen Mann in meinem Alter - schließlich werde ich 66! - hält man nicht ohne Grund lange fest. Und außerdem, sobald eine Vernehmung ist und ich mich äußern kann, werde ich sicher sofort entlassen. Vielleicht ist es auch nur eine Verwechslung? Man weiß es nicht.

Aber Mutter hört aus seiner Stimme, dass er etwas sagt, was er selbst nicht zu hoffen wagt.

Ömchen kann nun die Welt und die Menschen überhaupt nicht mehr verstehen! Wie kann es denn möglich sein, dass man bestraft wird, wenn man nichts Strafwürdiges begangen hat?

Mein erster Gedanke ist Chaplain Mydland.

Sie müssen helfen!

Er verspricht zu tun, was möglich ist.

Ein paar Stunden später ist er zurück.

Ja, er konnte mit Vater, der in das Lager Waldschenke gebracht wurde, sprechen und ihm versichern, alles in seiner Macht Stehende zu tun, um ihm zu helfen. Aber noch während des Gesprächs kommt ein C I C - Beamter in die Wachstube und verbittet sich jegliche Einmischung des amerikanischen Armeeangehörigen in dieser Angelegenheit. Der Gefangene wird abgeführt und der Pfarrer nachdrücklich verwarnt. Trotzdem gibt er es nicht auf. Am Tage darauf versucht er es noch mal, Kontakt mit Vater zu bekommen. Aber er erfuhr nur, dass Vater bereits in ein anderes Lager abtransportiert worden ist. Auf seine Frage, wohin, gab man ihm keine Antwort.

Nun muss unsere Leben wieder ohne Vater weitergehen.

Es fällt schwerer denn je zuvor.

Wie verwaist sitze ich abends mit Mutter in dem kleinen Wohnzimmerchen im Obergeschoss unseres Hauses, in dem auch Ömchens Bett steht.

Der Krieg ist zwar vorbei, aber das quälende Warten hat nun von neuem begonnen.

In der Messhall treffe ich neben Freundlichkeit auch auf erbitterte Feindschaft. Auf unverhohlenen Hass. Immer wieder bekomme ich sie zu spüren.
Fisher macht mich auf einen Leutnant aufmerksam, dessen Familie in Auschwitz umkam. Ich weiß, dass das Furchtbare, was geschah, noch lange nicht vergessen sein kann.
Noch lange nicht!
Lane heißt der neue Feldwebel, der die Aufsicht über die Messhall hat. Er hasst die Deutschen, warnt mich Fisher.
Be careful, Elizabeth!
Lane spricht nicht mit mir.
Eines Tages werde ich zu einer Party eingeladen.
Party, was ist das? Ich habe das Wort noch nie gehört.
Freundlich, aber ganz entschieden lehne ich ab.
Why, Elizabeth?
Weil ich, solange mein Vater noch ein Gefangener ist, an keiner Tanzerei der Amerikaner teilnehme.
Lane, der die Unterhaltung gehört hat, stutzt. Er betrachtet mich genau. Ein deutsches Mädchen, das die Einladung zu unserer Party ablehnt! Seit diesem Augenblick nimmt mich Lane zur Kenntnis. Spricht mit mir.
Dann und wann kommt auch Chaplain Mydland in die Messhall. Ob ich die schwere Arbeit auch aushalte? Kurze Unterhaltungen zwischen Putzeimer und Speiseplatten.
Ja, ich halte durch, danke!
Es ist wohltuend, dass jemand danach fragt. Alles an dem blonden Hünen ist positive Ausstrahlung. Menschliche Wärme und Heiterkeit. Und immer ein guter Zuspruch, ein Mut-Machen.
Ich warte schon darauf.
Norweger ist er von Geburt. Als er zehn war, wanderten seine Eltern mit den Kindern in die USA aus. Nun lebt er im nördlichen Staat Montana. Als Gemeindepfarrer. In einer Landschaft wie seine norwegische Heimat. Er beschreibt sie genau und liebevoll.
Die Ebenen im Westen mit ihren Rinderweiden. Die Rocky Mountains, der Yellowstone-Park, die gewaltigen Great Falls, die ihn an sein Norwegen erinnern.
Ich glaube, er hat Heimweh.
Nicht zuletzt nach seiner kleinen 5-jährigen Tochter, die auf ihn wartet und die übrig blieb von seinem Glück.
Von welchem Glück?
Meine Frau starb vor zwei Jahren.

Zum ersten Mal sehe ich, dass sich das heitere Gesicht verfinstert. Ich sähe seiner Frau ähnlich. Das gibt es ja. Ja, das gibt es schon mal. Und deshalb müsse er auch immer und immer wieder hierher kommen.

Elizabeth, fragt er plötzlich mit für mich erschreckendem Ernst, Elizabeth, could you imagine becoming a pastor's wife?

Vor Schreck setzt mein Herz für einen Schlag aus. Ich hatte mir schon oft überlegt, wie das wohl ist, wenn ich mal einen Heiratsantrag bekommen sollte. Aber so hatte ich es mir absolut nicht vorgestellt!

A pastor's wife? Ich bin verwirrt. Weiß nicht, was ich antworten soll. Mir fehlen die Worte und nicht nur auf englisch.

Am Abend meint Mutter: Amerika ist weit, Kind! Und Montana noch weiter! Ihr Zeigefinger fährt suchend in meinem Schulatlas über das riesige Land.

Ich finde das ja auch. Und außerdem wollte ich mit meinen Kindern einmal deutsche Lieder singen und in den Schulferien mit ihnen nach Oberbayern fahren. An die Rocky Mountains hatte ich dabei eigentlich nicht gedacht!

Was philosophiert ihr so lange, fragt Ömchen und legt das Buch aus der Hand. Es ist doch schon spät und der Ofen ist längst kalt! Wollt ihr nicht ins Bett?

Doch, doch, wir waren nur so ins Erzählen gekommen.

Bis in die tiefe Nacht versuche ich Claudius' Lied 'Der Mond ist aufge-gangen' ins Englische zu übersetzen. Aber ich merke, es gibt etwas bei uns, das man in keiner anderen Sprache ausdrücken kann. Nur in unserer. Man kann es nicht! Weder in Worten noch mit dem Gefühl.

Es ist etwas geschehen, was ich zwar erhofft, aber dennoch nicht für möglich gehalten hatte: Ich habe einen der begehrten Plätze an der Schule für Krankengymnastik in Marburg bekommen!

Das kommt einem Volltreffer in der Lotterie gleich!

Noch vor ein paar Wochen stand ich dem freundlich-väterlichen Professor Wiedhopf, dem Leiter, gegenüber, bei dem ich mich, wie alle Aspiranten, vorstellen musste.

Von seinem Urteil hing Entscheidendes ab. Das wusste ich.

Wenn ich dann angenommen bin, genügt eine schlichte Postkarte, sagte ich und versuchte, mich damit in überzeugende Heiterkeit und Optimismus zu kleiden, um seine Entscheidung dadurch in meinem Sinne positiv zu beeinflussen.

Wissen Sie denn so sicher, dass Sie einen der 15 Plätze bekommen? Bei über hundert Bewerbern?

Ich zweifele nicht einen Augenblick daran, dass man mich nehmen wird, Herr Professor, antwortete ich mit gespielter Sicherheit.

Am 1. April 1946 beginnt das Semester. In der Universitätsstraße habe ich ein Zimmerchen bekommen. Bei Fräulein Mönke.

Ich lege Wert auf Moral, sagt sie mit strengem Blick.

Laut Wohnungsamt muss sie von den ihr zustehenden Quadratmetern ein halbes Zimmer abgeben. Das bedeutet, dass mir mein Zimmer nur zur Hälfte gehört. Die andere Hälfte gehört Fräulein Mönke. Als Abstellkammer. Sie ist durch ein Schränkchen und ein Klavier, die beide ihren Rücken meinem Zimmer zuwenden, abgeteilt.

Ehe ich Hersfeld verlasse, kommt Bärbchen, um meine Garderobe aufzubessern. Sie näht aus der Hakenkreuzfahne ein modernes Dirndl und aus Vaters Gala-Uniform aus dem ersten Weltkrieg ein Kostüm. Friedensware, flüstert Bärbchen und reibt das weiche Wolltuch der Uniformjacke zwischen den Fingern. Friedensware!

Das einzige Paar Schuhe ist frisch repariert. Schuhsohlen aus gestanzten Autoreifen, die alten Skistiefel für nasse Tage mit eingefettetem Blumenbast, einer gut gehüteten Kostbarkeit, anstelle von Schnürriemen, versehen.

Ich habe wieder meinen abgeschabten Fohlenmantel an, das Kopftuch auf moderne Art oben auf dem Kopf gebunden.

Die Trennung von Mutter und Ömchen fällt mir schwer. Ein Gefühl von Fahnenflucht überkommt mich. Schon deshalb, weil ich ihnen nun meine wertvolle Lebensmittelkarte entziehe, die sie in der Zeit, während ich bei den Amerikanern arbeitete, zusätzlich verbrauchen konnten. Mein Trost ist, dass die drei Brüder und die beiden Schwägerinnen in der Nähe sind.

Ich sehe Mutter beim Abschied an. Noch zarter, noch durchsichtiger ist sie geworden, seit Vater fort ist. Wie immer lächelt sie, obschon sie weinen möchte. Sie will mir den Abschied nicht schwer machen.

Pass auf Dich auf, sagt sie sanft und streichelt über meinen Kopf.

Ömchen stöhnt auf. Ogottogott Kind wirst du mir fehlen!

Du mir auch, Ömchen, du mir auch! Ihr alle beide!

Mein Abschied von der Messhall ist schmerzloser.

Lane fragt nicht mehr: Who tells me, you are a good German?

Dieses Kapitel haben wir in langen Gesprächen immer wieder zu bearbeiten versucht.

Nun, da ich von meinem Fortgehen berichte, fragt er mich, woran es mir in Marburg mangeln wird.

An allem, ist meine spontane Antwort wahrheitsgemäß. An allem! Aber ich werde einen Weg finden. Vielleicht wieder als Kellnerin. Am Abend. Dann werde ich mir damit mein Schulgeld verdienen und etwas zum Essen darüber hinaus.

Arbeite nie in einer amerikanischen Bar, Elizabeth! Da passt du nicht hin!

Ich nehme dies als freundlichen Hinweis, ohne weiter darüber nachzudenken, und scheide von dieser Arbeitsstelle, die an Gegensätzlichkeiten und Farbigkeit nichts zu wünschen übrig ließ. Jetzt beim Abschied empfinde ich es stärker als je zuvor:

Sie war eine Schule des Lebens, die ich niemals missen möchte!

Mutter bringt mich zum Bahnhof. Wartet mit mir, bis endlich ein Zug kommt, der in die richtige Richtung fährt.

Sieht mir nach, wie ich mich in den überfüllten Wagen mit aller Körperkraft hineinzwänge.

Pass auf dich auf, höre ich noch ihre Stimme, kann mich aber nicht mehr zu ihr umdrehen, denn ich stehe unbeweglich und eingekeilt in einer Menschenmauer.

Alle Züge sind überfüllt. Die Menschen steigen durch die Fenster ein. Bepackt mit Säcken, Kisten, Kasten. Mit letztem Hab und Gut.

Man meint, alle Welt wäre unterwegs.

Kurze Strecken. Weite Strecken.

Oft nur ein paar Stationen zu Hamsterfahrten. Oder Heimkehren nach der Odyssee eines langen Krieges. Vielleicht auch Suchen. Verzweifeltes Suchen nach den Nächsten, Liebsten. Nach Menschen, die vertrieben sind oder verschollen.

Beim Umsteigen verliere ich einen Augenblick den Körperkontakt mit meinem Bastköfferchen, als ich es schon in der Hand eines Mannes entdecke, der sich eilig damit durch die Menschenmenge davonschlängelt. Halt, rufe ich. Halt! Der Mann hat meinen Koffer!

Ein anderer sieht es, tritt ihm entgegen und nimmt ihm den Koffer aus der Hand. Gibt ihn mir dann wieder. Ohne Wortwechsel.

Keine Empörung. Nichts Besonderes eigentlich. Etwas Alltägliches eher. In solchen Zeiten ändern sich Menschen und Gesetze ganz von selbst. Überall sind Suchzettel angeheftet:

Achtung! Ich suche meine Frau! Zuletzt wohnhaft in ... Stalingradkämpfer! Achtung! Wer kennt ... Wer hat gesehen ... Königsberger! Achtung! Königsberger! Wer ist meinem Kind ...meiner Frau... meinem Mann ... begegnet? Bitte melden! Ich heiße ... meine Mutter hat sich das Leben genommen, mein Vater war Soldat, zuletzt bei ... Wer kennt ... ist begegnet ... hat gesehen ... weiß etwas von ... Achtung! ... Achtung! ... Achtung!

Unzählige Schicksale auf die Größe eines Klosettpapiers reduziert. An Bahnhofswände, Bretterbuden und Ruinenreste geklebt.

Tränen, Verzweiflung und Hoffnung einer durch den Krieg entwurzelten Menschheit. Aus dem einstmals beschriebenen 'Volk ohne Raum' ist ein Volk ohne Heimat, ein Volk auf der Suche, ein Volk unterwegs geworden.

'Das ist die Heimkehr dritter Klasse' sagt Erich Kästner.

Marburg!
Ein neues Leben beginnt!

Und wieder stürze ich mich auf das, was auf mich zukommt mit freudigem Optimismus und offenen Sinnen.

Frühling und Universitätsstadt lassen vorübergehend vergessen, was von Tag zu Tag deutlicher, bohrender zutage tritt:

Ich habe Hunger!

Jeden Tag orthopädisches Turnen und Sport. Oft mehrere Stunden. Das verträgt sich nicht mit dem, was es auf eine Lebensmittelkarte gibt. Der Hunger wird quälender. Ich denke an nichts anderes. Suche fieberhaft nach einer Beschäftigung bei den Amerikanern, denn ich muss meine Semestergebühren bezahlen, nachdem ich schon mehrfach gemahnt wurde.

Ich möchte auch nicht meinen Platz verlieren.

Außerdem muss ich an etwas Essbares kommen. Dringend!

Aber ich bin nicht der einzige junge Mensch hier in Marburg, der Geld braucht und Hunger hat. Alle lukrativen Stellen sind besetzt und es bedarf irgendwelcher geheimnisvoller Wege und Beziehungen, die ich nicht kenne, um an einen Job zu gelangen.

Mittlerweile ist es sommerlich warm geworden. Trotzdem halte ich Tag und Nacht mein Fenster geschlossen, denn genau gegenüber sind die von den Amerikanern besetzten Stadtsäle, aus deren Küche ständig der Geruch nach Gebratenem und Gebackenen in mein Zimmer strömt.

Aber es dringt durch alle Ritze.

Überall duftet es verlockend. Süß und gebraten. Auf der Straße, im Treppenhaus, in meinem Zimmer. Tag und Nacht.

Mein Zwei-Pfund-Brot, das die ganze Woche reichen muss, habe ich genau eingeteilt. Für jeden Tag ist eine Kerbe eingeschnitten.

Ich liege im Bett. Kann nicht einschlafen. Ich weiß, keine zwei Meter entfernt liegt mein Brot. Heute ist Dienstag. Eine kleine Mittwochsanleihe habe ich schon gemacht. Mehr darf ich nicht abschneiden. Soll ich noch eine hauchdünne Scheibe ... soll ich nicht? Und wie sieht es dann Sonntag aus? Wenn alles aufgegessen ist?

Wenn in der Mensa getanzt wird, gibt es abends um 12 eine Teller Hafersuppe für jeden. Aber erst um 12 Uhr. Solange wird getanzt.

Ich tanze viel. Hole alles bisher Versäumte nach. Aber da rechnet mir jemand vor, dass Tanzen etwas ist, was man nicht verantworten kann. Wegen der Kalorien. Es soll Aufstellungen geben, wie viel Kalorien man verbraucht, wenn man eine Stunde tanzt, schwimmt, läuft ...

Wie viel Kalorien verbrauchen wir morgens beim Sport?

Irgend ein Engel gibt mir einen Hinweis:

Die Bäckersfrau hat Ischias.

Ich gehe hin und biete meine Massagekenntnisse an. Bezahlung in Brot, wenn ich bitten darf.

Ich versinke mit der Zwei-Zentner-Frau im weichen, nachgiebigen Pfühl des gewaltigen Bettes. Opfere meine allerletzte Kraft, denn sie soll zufrieden sein mit mir, damit ich wiederkommen kann.

Ich habe nicht gedacht, dass es nach so vielen Notjahren noch Sitzpartien gibt, die solchen Umfang haben! Endlich rutsche ich total erschöpft von dem, was ich eben purpurrot knetete wieder herunter.

Mit meiner Bezahlung, einem Zwei-Pfund-Brot, gehe ich nicht nach Hause, denn ich habe Sorge, ich könnte auf dem Weg dorthin jemandem begegnen, den ich kenne und der ebensolchen Hunger hat, mit dem ich mein Schwererarbeitetes teilen müsste.

Besser in die Lahnwiesen. Da bin ich alleine.

Dort hole ich mein kostbares Brot aus dem Papier und beginne Stück für Stück abzubrechen. Lange und gut gekaut verschwindet es im Magen. Nein, nicht wieder einteilen in kleine Portionen!

Einmal, nur einmal rundherum satt werden!

Wie dehnfähig sind die Magenwände eines jungen Mädchens von 22 Jahren?

Ich weiß es!

Zwei Pfund Brot gehen hinein!

Spielend!

Dies ist die Zeit der heißen Tipps, von denen wir leben. Professor Krämer soll hinter seinem Haus am Rotenberg alte Kartoffeln auf seinen Komposthaufen geworfen haben. Ist das nur ein Gerücht? Ich stehle mich bei Dunkelheit in das mir völlig fremde Grundstück.

Mit rasenden Herzklopfen packe ich eine ganze Tasche voll. Nachdem die faulen Kartoffeln aussortiert sind, bleibt noch eine Schüssel voll.

Mit etwas Salz sind sie eine wahre Delikatesse! Ich esse mich noch am selben Abend rundum satt. Anschließend schreibe ich einen euphorischen Brief an Mutter und ergehe mich darin in der Feststellung, dass das Leben unendlich schön ist.

Mutter vermutet, dass ich mich wieder verliebt habe.

Aber dieses Mal sind es nur Pellkartoffeln, die mir den Bauch gefüllt und mich so glücklich gemacht haben.

Ich sitze in meinem Zimmer und bereite mich für die nächste Semestralprüfung vor. Das Lernen fällt schwer, wenn der Magen leer ist.

An der Wohnungstüre schellt es.

Fräulein Mönkes Kopf erscheint.

Ein Amerikaner! Für Sie! Ich höre den Vorwurf in ihrer Stimme.

Für mich? Das kann nicht sein!

Die Türe öffnet sich weiter.

Lane drängt Fräulein Mönke einfach zur Seite und steht mit ganzer Breite mitten in meinem Zimmer. So, als wäre er schon immer hier gewesen.

Hallo Elizabeth, how are you?

Mir verschlägt es die Sprache.

Morgen, sagt er, während er sich prüfend bei mir umsieht, morgen gehe ich wieder zurück in die Staaten. Ich bin noch einmal hierher nach Marburg gekommen, weil ich dir noch etwas geben möchte. Er reicht mir einen Stoß Papier, Schreibhefte, Federhalter, Bleistifte und Radiergummi.

Alles Gegenstände von unschätzbarem Wert.

Nein, zum Setzen ist keine Zeit. I am in a hurry!

Dann drückt er mir einen Umschlag in die Hand.

Um elf Uhr morgen Vormittag legt mein Schiff in Bremerhaven ab. Diesen Umschlag darfst du erst morgen nach elf Uhr öffnen. Erst, wenn ich fort bin. Nicht früher! Versprichst du mir das?

Ich verspreche es.

Elizabeth, du hast das Bild der Deutschen für mich zurechtgerückt, sagt er kurz.

And I want you study hart!

Dann ist er wieder fort.

Habe ich geträumt?

Nein, ich sehe den Umschlag, den er mir gab.

Immer wieder nehme ich ihn zur Hand.

Es reizt mich, ihn zu öffnen.

Aber ich tue es nicht. Ich habe es versprochen und werde es halten. So schwer es mir fällt.

Braun und rechteckig ist er.

Und er fasst sich weich an.

Dick und weich.

Schließlich ist es soweit.

Ungeduldig-zitternd reißt der Zeigefinger durch das braune Papier.

Es gibt so etwas, was zwischen Weinen und Lachen liegt.

Vielleicht ist es beides.

Ich ziehe aus dem Umschlag fünftausend Mark heraus!

Kein Gruß, keine Adresse.

Auch für diese Hilfe muss ich also den Dank schuldig bleiben.

Aber vergessen wird sie nie!

So unerwartet, wie der Spender plötzlich in meinem Zimmer stand, war er wieder verschwunden.

Für immer.

Am nächsten Tag bezahle ich mein Studiengeld für alle Semester im voraus. Mit dieser Bescheinigung kann mir nichts mehr passieren.

Ich stehe in der Bäckerei Schatz in der Biegenstraße. Der Laden ist leer. Die Bedienung lässt auf sich warten. In meine Nase steigt der Duft nach frisch Gebackenem.

Ich spüre das Wasser im Mund zusammenfließen.

Noch scheint niemand zu kommen. Kurz entschlossen und blitzschnell greife ich in den Korb mit den Vollkornbrötchen.

Links, rechts und schon sind zwei in beiden Jackentaschen verschwunden.

Dies ist der erste bewusste Diebstahl seit dem Zwei-Pfennigstück, das ich damals bei Frickes aus der Spielkiste nahm. Nur mit dem Unterschied, dass ich die beiden Brötchen heute nicht wieder zurückbringe, denn ich habe sie sofort auf der Straße verschlungen.

Und ein schlechtes Gewissen habe ich dieses Mal bei mir auch nicht mehr feststellen können!

Meine Wirtin, Fräulein Mönke hat einen Bruder in Amerika. Das weiß ich, seit regelmäßig Pakete eintreffen. Care-Pakete.

Das sind Lebensmittelpakete, die man von Amerika nach Deutschland schicken kann. Alle enthalten in verschiedenen Zusammensetzungen hochwertige Nahrungsmittel.

Wer heute Care-Pakete bekommt, ist zu den Glücklichen zu zählen. Jeden Abend dringt nun köstlicher Geruch aus Fräulein Mönkes Küche.

Ich sitze in meinem Zimmer und versuche zu arbeiten. Aber ich kann mich nicht konzentrieren, denn ich merke, dass ich dauernd daran denke, ob nicht gleich Fräulein Mönke kommt und mir von dem, was sie da kocht, etwas bringt.

Sie weiß doch, wie hungrig ich bin! Wir haben oft darüber gesprochen, als sie auch noch Hunger hatte. Ehe der Segen aus Amerika eintraf.

Sie muss es doch wissen!

Aber ich warte vergebens. Abend für Abend.

Mit schöner Regelmäßigkeit trifft nun jede Woche ein Paket ein. Fräulein Mönke kommt nicht mehr nach mit dem Aufessen. Deshalb stapelt sie ein Paket auf das andere. Lauter ungeöffnete Care-Pakete.

Sie verlängern die künstliche Wand von Klavier und Schränkchen, die meine Zimmerseite zu der von Fräulein Mönke trennt. Zwischen mir und Fräulein Mönke entsteht eine hohe Wand. Eine Wand aus Care-Paketen.

Eine Wand zunehmender Enttäuschung und Ablehnung, die ganz langsam zu Hass wird.

Jeden Morgen, wenn Fräulein Mönke zur Frühmesse geht, nehme ich mir vor, heute die Pakete auf der Seite zu meinem Zimmer hin einfach aufzuschneiden und zu plündern.

Im Laufe des Tages verdichtet sich diese Vorstellung.

Sie wird zum Zwang.

Und am Abend, wenn es wieder aus Fräulein Mönkes Küche duftet, überlege ich mir, Fräulein Mönke kurzerhand umzubringen und mich anschließend in aller Ruhe an ihren Care-Paketen satt zu essen.

Neben der Paket-Wand habe ich meine Winterbriketts aufgestapelt. Mit einem dieser Briketts werde ich Fräulein Mönke erschlagen, wenn ich einmal durchdrehe, denke ich.

'Erst kommt das Fressen, dann die Moral', ein geflügeltes Wort zur Zeit.

Kolleginnen sind Verhältnisse mit Amerikanern eingegangen.

Bezahlung in Naturalien.

Sie sprechen offen darüber.

Keinen Herrenbesuch, bitte! Ich lege Wert auf gute Moral, sagte Fräulein Mönke mit strengem Blick. Damals, als ich einzog. Manchmal, wenn ich abends in meinem Zimmer über meinen Büchern sitze und der Duft aus der Küche kommt denke ich, was mag Fräulein Mönke morgens wohl beichten, wenn sie in der Frühmesse ist? Was wohl?

Frau Bonacker ist die Zimmerwirtin meiner Freundin Ilse.

Sie ist eine rege, tüchtige Frau. Und sie hat eine Dachwohnung mit drei schrägen Zimmern am Rotenberg. In den Häusern rundum wohnen Professoren und sonstige feine Leute, bei denen Frau Bonacker als Zugehfrau beschäftigt ist. Auch durch diese Tätigkeit ist sie eine wertvolle, gesuchte Person.

Außer dem Zimmer an meine Freundin Ilse hat Frau Bonacker aber auch - den schlechten Zeiten gemäß - ihr Wohnzimmer untervermietet.

Und zwar an einen Herrn.

Der Herr heißt Tischer. Herr Tischer.

Er ist Koch bei den Amerikanern.

Das ist sehr wichtig und es bedeutet etwas heutzutage.

Es scheint so, als unterhielten Frau Bonacker und Herr Tischer ein durchaus gutes Verhältnis, aber bei der ständigen Trennung und Teilung von Wohn- und Schlafzimmer hat sich zwischen den beiden im Laufe der Monate augenscheinlich einige Konfusion ergeben.

Offensichtlich aber mehr in der Nacht, denn am Tage sind beide berufstätig und nicht zu Hause. Jedenfalls wusste wohl keiner von beiden mehr so recht, wo er nun wirklich hingehörte, und um diesem Zustand ständiger Unklarheiten abzuhelfen, beschlossen die beiden zu heiraten.

Das wäre auch nichts Besonderes, nur, Frau Bonacker ist zwanzig Jahre älter als ihr Herr Tischer. Aber in Zeiten, in denen das Nicht-Normale normal ist, achtet man auf derlei Kleinigkeiten kaum.

Ich kenne Frau Bonacker gut, denn ich bin oft bei meiner Freundin Ilse.

Deshalb bin ich auch dabei, als die Planung für die bevorstehende Hochzeit stattfindet.

Eine pikfeine Hochzeit wird es werden, das steht fest. Eine Hochzeit, bei der nur die allerbeste Gesellschaft eingeladen wird. Nur das Feinste vom Feinen vom vornehmen Rothenberg.

Ob die wohl kommen werden?

Klar werden sie kommen. Sie wissen doch alle, dass Herr Tischer Koch bei den Amis ist!

In eine Dreizimmer-Wohnung kann man nur eine begrenzte Anzahl von Gästen einladen. Aber vielleicht sagt auch der eine oder andere ab?

Eine Liste wird aufgestellt. Einladungskarten geschrieben.

'Herr Professor'... malt Frau Bonacker in Schönschrift, Professor mit einem oder mit zwei F? ...

...*'und Frau Gemahlin...'*

Mit Spannung werden die Antworten erwartet.

Frau Bonacker bekommt auf alle Einladungen nicht nur freudigste Zusagen, es wird auch bescheiden angefragt, ob man nicht einen nahen Verwandten, der grade zu Besuch da ist, mitbringen dürfe.

Alles hat zugesagt. Von Seiner Magnifizenz bis zum kleinsten Professor, alles kommt!

Frau Bonacker wird nervös.

Ob die drei Zimmerchen ausreichen?

Herr Tischer, der junge Bräutigam, schleppt tagelang Kisten, Kasten, Eimer und Dosen aus seiner amerikanischen Küche in die Dachwohnung.

Endlich ist es so weit.

Der Küche entweichen verheißungsvolle Düfte und Dämpfe.

Wir können den Tag nicht erwarten.

Niemand der Gäste konnte ihn erwarten, wie es scheint, denn alle sind überpünktlich zum Hochzeitsmahl zur Stelle. Alles, was Rang und Namen hat, strömt in die Dachwohnung zu Frau Bonacker.

Die Sitzplätze reichen bei weitem nicht aus.

Keine Umstände, Frau Bonacker, ich kann mich doch gut beim Essen auf die Erde setzen!

Alles hat sich um das skurrile Brautpaar geschart. Die Schüsseln können kaum so schnell wieder gefüllt werden wie sie leer sind.

Vorzüglich, lieber Herr Tischer, wirklich ganz vorzüglich!

Zum Wohl!

Ja, sehr zum Wohle!

Nachmittags Bohnenkaffee und Sahnetorten!

Etwas, was wir alle nur noch ganz entfernt dem Namen nach kennen! Niemand bricht auf, entschuldigt sich vorzeitig.

Alles bleibt bis zum Abendessen.

Keiner geht, bevor nicht alle Schüsseln, Kannen und Flaschen geleert sind.

Die 'Drei-Groschen-Oper', denke ich.

Ich stehe auch auf der Bühne.

Spiele mit.
Aber dies ist kein Theater. Es ist die Bühne des Lebens!

Das Fest ist zu Ende.
Es ist nichts mehr zu erwarten.
Die Gäste sind satt. Und mehr als das!
Alles verabschiedet sich beinahe hastig.

Wer von diesen Gästen wäre wohl zu der Hochzeit heute gekommen, denke ich, während ich durch die Dunkelheit in mein Zimmer zurückschlendere, wenn keine Hungerzeiten wären und Herr Tischer nicht Koch bei den Amerikanern?

Seit es kalt ist, wird mein Zimmer nicht warm. Die mir zugeteilten Briketts reichten nur kurz und ich merkte nicht viel davon, denn mein Ofen steht auf der Zimmerseite von Fräulein Mönke.
Seit das Wasser in meiner Waschschüssel eine Eisschicht bekommt, ziehe ich am Abend, ehe ich mich ins Bett lege, meinen abgeschabten Fohlenmantel über meine Sachen und ein Wolltuch um den Kopf.
Merkwürdigerweise leide ich nun nicht mehr unter Hunger, obschon ich weniger esse, als je zuvor. Man gewöhnt sich mit der Zeit an alles, bilde ich mir ein. Trotzdem werde ich von Tag zu Tag dicker. Immer in meinem Leben bin ich dünn gewesen, jetzt werde ich plötzlich dick und dicker.
Ich verstehe das nicht!
Trotzdem lassen in gleichem Maße meine Kräfte nach. Ich setze alles daran, durchzuhalten, aber ich komme mir vor wie ein Auto, dessen Räder sich im tiefen Schnee festgefahren haben und durchmahlen.
Ich gebe Vollgas, aber es geht nicht mehr.
Es ist mir auch schließlich gleichgültig.
Alles ist mir gleichgültig.
Ich bin müde.
Bleibe im Bett und stehe nicht mehr auf.
'Hungerödeme', sagt der Arzt, drückt seinen Daumen in meinen Unterschenkel, in dem ein Loch zurückbleibt. Das ist Wasser, was Sie so dick gemacht hat, fügt er an. Sie müssen hier heraus und in die Klinik. Nun werde ich morgen mit einem Holzvergaserauto nach Hersfeld ins Krankenhaus gefahren.
In meiner Schule bin ich für ein halbes Jahr wegen Krankheit abgemeldet worden. Ich frage mich nicht, ob mir die Zeit lang erscheint oder kurz, auch nicht, ob ich darüber traurig bin oder nicht. Ich komme mir leer vor.
Ausgebrannt und müde.
Und morgen werde ich mit einem Holzvergaser nach Hause ins Krankenhaus gefahren. Weiter denke ich nicht.

Ich hebe mit aller Kraft meine Matratze hoch und greife in das darunter befindliche Versteck, aus dem ich Lanes braunen Umschlag mit dem Rest des Bargeldes hervorhole.

Dann klopfe ich bei Fräulein Mönke, der ich die Zimmermiete für das halbe Jahr im voraus bezahle.

Ich muss vorübergehend nach Hause, aber mein Zimmer möchte ich beibehalten. Während Fräulein Mönke nach dem Geld greift, bin ich schon wieder draußen.

Marburg verschwindet in nebelhafter Ferne.

Ich hatte alles mit mir geschehen lassen und mich willenlos allem gefügt.

Nun liege ich in meinem Krankenhausbett und döse in den Tag hinein. Solange es hell ist, gehen die Augen an der hohen Zimmerdecke spazieren, suchen dort die Schadstellen ab und verfolgen die Ritzen im Putz.

Ich denke ohne zu denken und drehe mich im Karussell meiner dunklen Gedanken. Drehe mich immer um mich selbst und im Kreise herum.

Es wird hell und wieder dunkel und wieder hell.

So vergeht Woche für Woche.

Mutter kommt und besucht mich.

Wir sprechen von irgendwelchen Dingen, und wenn sie wieder gegangen ist, weiß ich nicht mehr, wovon wir eigentlich gesprochen haben.

Fünf mal am Tag bekomme ich Albuminose. Das ist ein Eiweißersatz, sagt man mir. Es mache mich wieder gesund und kräftig.

Albuminose!

Bis zu meinem Lebensende werde ich dieses Wort nicht vergessen!

Schon sein Klang ruft bei mir akute Übelkeit hervor.

Aber Fleisch können auch Krankenhäuser nicht hervorzaubern.

Hin und wieder kommt ein Brief aus Marburg.

Marburg!

Es erscheint mir unerreichbar weit.

Ich lege ihn müde beiseite und vergrabe mich wieder in meine finsteren Gedanken.

So vergeht ein Tag nach dem anderen.

Alle sind gleich. Ohne dass ich der eine vom anderen abhebt.

Die Amseln haben bereits mit ihrem Frühlingsgesang begonnen, da öffnet sich eines Tages meine Türe.

Ein Mann steht im Zimmer.

Langsam tritt er auf mein Bett zu. Dann neigt er sich über mich. Ich kann ihn nicht richtig erkennen, denn sein Gesicht verschwimmt in meinen Tränen.

Es ist Vater, der nach einem Jahr Haft wieder entlassen worden ist!

Er hat Zeltlager, Scheinwerfer, Stacheldraht und Wachposten hinter sich gelassen und ist wieder zu Hause!

Nun ist alles wieder gut, nun ist alles wieder in Ordnung, sagt er so, wie ganz früher, als ich noch ein kleines Kind war und er mich tröstete, wenn ich traurig war.

Nun ist alles wieder in Ordnung!

Ganz langsam löst sich der graue Schleier, der wochenlang über meinen Gedanken lag. Ich merke, ich fange wieder an, kräftiger zu werden. Pläne zu machen.

Die Albuminose beginnt zu wirken.

Fröhlichkeit und Optimismus kehren mit zunehmender Körperkraft zurück.

Ich werde wieder ich.

Und alles beginnt neu.

Funkelnagelneu!

Bruno hat ein Herz aus Gold.

Er ist, seit ich die Stelle bei Captain Schutt angenommen habe, sozusagen mein ständiger Begleiter.

Treu, anständig und ehrlich.

Und ich kann mich absolut auf ihn verlassen.

Er ist glücklich, wenn wir beide zusammen spazieren gehen und bedrückt, wenn ich einmal erschöpft und traurig auf irgendeinem Stuhl sitze und meine, nun könne ich nicht mehr.

Dann kommt er mit seinem weichen, sensiblen Mund ganz nahe an mich heran.

So nah, bis ich ihm einen Stoß gebe und sage:

Hau ab, Bruno!

Das tut er dann auch, denn er neigt nicht dazu, überempfindlich zu sein.

Er hat durchaus Anlagen zum Grandseigneur.

Grundsätzlich lässt er mich auf der rechten Seite gehen und ich fühle mich in seiner Gegenwart selbst in tiefer abendlicher Finsternis absolut sicher und geborgen.

Denn ich weiß, er würde sich für mich ins Zeug legen.

Komme, was da wolle.

Nachdem ich aus dem Krankenhaus entlassen wurde, habe ich zur Aufbesserung meiner Körperkräfte und damit zur Wiederherstellung meiner Gesundheit die Stelle eines Dienstmädchens bei Captain Schutt angenommen. Denn dort bekomme ich volle Verpflegung und das ist die einzige Möglichkeit, um meine aufgeschwemmten Pfunde wieder loszuwerden.

Jeden Morgen, wenn ich in das Haus von Captain Schutt komme, begrüßt mich Bruno mit lautstarkem Gebell. Damit will er seine Freude über unser Wiedersehen zum Ausdruck bringen. Dieses Gebell ist kräftig und voluminös. Genau wie Bruno selbst auch, denn er ist eine ausgewachsene Bulldogge.

Be quite Bruno, kommt dann die schrille Stimme von Mrs. Schutt aus dem Schlafzimmer, be quite, I still want to sleep!

Still! Beschwöre auch ich dann Bruno eindringlich.

Ganz still!

Das versteht er besser, hört auf zu bellen und nur sein kleines Stummelschwänzchen geht noch lebhaft hin und her und zeigt mir, wie froh er ist, dass wir zwei endlich wieder zusammen sind.

Wir sind beide in voller Verpflegung im Hause Schutt.

Der Bruno und ich.

Brunos Umfang ist, genau wie meiner, etwas zu üppig. Nur, bei Bruno kommt es davon, dass er zu viel zu fressen bekam.

Bei mir vom Gegenteil.

Deshalb habe ich auch absolut kein schlechtes Gewissen dabei, wenn ich mittags und abends mindestens die Hälfte von Brunos umfangreichem Steak abzweige und in meine Tasche stecke, die ich dann mit nach Hause nehme.

Denn diese kleine Beikost tut meinen Eltern sehr gut. Besonders Mutter, die immer schmaler und durchsichtiger wird.

Vergiss nicht, beruhigte mich diesbezüglich zwar kürzlich eine gute Bekannte, vergiss nicht, dass deine Mutter schließlich noch nie ein Adonis gewesen ist! Aber auch das hilft mir nur unbedeutend, denn ich weiß, dass Mutter die Kriegs- und Hungerjahre stark zugesetzt haben.

Im Allgemeinen bin ich mit meiner neuen Stelle ganz zufrieden. Sie bringt mir, was ich von ihr erwarte, nämlich gute und reichliche Verpflegung und mit allem anderen werde ich schon fertig.

Einmal in der Woche habe ich große Wäsche. Dann stehe ich sehr zeitig auf, denn in aller Herrgottsfrühe muss ich Feuer im Waschkessel machen. Und den ganzen Vormittag über stehe ich dann, in eine Wolke von Dampf gehüllt, am Waschtrog und rubbele die Wäsche. Ich habe dabei Holzschuhe an und eine große Schürze vor. Und die Arme bis zu den Ellenbogen im Seifenwasser.

Genau wie Frau Kuhn, unsere Waschfrau damals, als ich noch ein Kind war.

An den Waschtagen koche nicht ich das Essen, sondern Mrs. Schutt. Wenn es dann fertig ist, geht die Flurtüre zum Keller hinunter auf und eine schrille Stimme ruft: Elizabeth, dinner is ready!

172

Während sie die Türe aufhielt, ist Bruno an ihr vorbei in den Keller gelaufen und steht nun erwartungsvoll-schwanzwedelnd neben mir am Waschtrog. Ich streiche mir mit dem Unterarm die Haarsträhnen aus der feuchten Stirne, trockne mir seitlich an meiner Schürze beide Hände zugleich ab, indem ich sie auf dem Oberschenkel auf- und abstreiche.

Dann schlenkere ich die Holzpantinen von den Füßen, binde meine nasse Schürze ab und streiche mit meiner ribbeligen Hand Bruno über seinen Kopf, der darauf wartet, dass wir nun zusammen zum Mittagessen hochgehen.

Bruno, sage ich dann zu ihm, Bruno sei froh, dass du das nie machen musst. So früh aufstehen, Feueranzünden und Wäschewaschen. Dafür hat dein Vater schon gesorgt, dass du das niemals machen musst, weil er ein Hund war und weil du auch einer geworden bist.

Dann gehen wir beide, Bruno und ich, zum Mittagessen.

Aber es gibt keine Graupensuppe, wie damals bei Frau Kuhn immer. Es gibt 'Hämbörgers' und Maisgemüse. Soviel, bis ich rundum satt bin.

Wenn ich mich erst mal durchgefressen habe hier bei Captain Schutt, dann werde ich wieder mit frischen Kräften in Marburg anfangen.

Und darauf freue ich mich schon heute!

Der März hat begonnen.

Trotzdem ist es noch einmal sehr kalt geworden. Den ganzen Winter über lebten wir in dem einzigen Raum, den wir wirklich warm bekommen, in unserer derzeitigen kleinen Küche. Dem Zimmerchen zum Wald hin, in dem auch Ömchens Bett steht.

Ömchen findet alles wunderschön und ist glücklich, dass wir so gemütlich eng beisammen sind.

Aber die Matratze, auf der sie liegt, ist vom feuchten Küchendunst und der eisigen Kälte in den Nächten an der Wand, an der Ömchens Bett steht, angefroren.

Seit ein paar Tagen hat sie hohes Fieber. Gerhard untersucht sie eingehend und stellt eine Lungenentzündung fest. Die beiden sind allein miteinander.

Meinst du, Junge, meinst du, dass ich auch diese Krankheit wieder überstehen muss?

Nein, Ömchen, ich glaube das nicht, sagt Gerhard ihr wahrheitsgetreu. Du bist sehr schwer krank. Ich glaube nicht, dass du dieses überleben wirst.

Ömchen nimmt seine Hand und lächelt ihren Enkel dankbar an. Beide wissen, dass Gerhard damit ein Versprechen einlöst, was er ihr einmal gab, als sie ihn bat, es ihr zu sagen, wenn es einmal soweit ist.

Der Junge hat sein Wort gehalten, sagt sie, als ich mich später zu ihr setze, ich bin so glücklich!

Ruhig und abgeklärt liegt sie in ihrem Kissen.

Jeden von uns empfängt sie noch freudig.

Allen dankend. Immer nur dankend.

Walter öffnet eine Flasche Wein, setzt sich zu ihr, trinkt ein Glas mit ihr.

Sie trinkt ihr Glas aus.

So, wie sie den Becher des Lebens bis zur Neige geleert hat.

Kein Tropfen ist zurückgeblieben.

Bis zum Grund des Lebens mit allen Höhen und Tiefen hat sie geschaut.

Dank dir, mein Junge! Dank dir mein lieber Junge!

Spätabends sitze ich an Ömchens Bett.

Wir sprechen nicht mehr.

Sie hat die Augen geschlossen.

Leise öffnet sich die Türe.

Vater kommt herein. Legt seine Hand auf meine Schulter.

Sieht zu Ömchen hin.

Ömchen, sagt er fast tonlos, Ömchen wird uns fehlen.

Uns allen.

Es gibt Menschen, die eigentlich gar nicht sterben dürften, weil sie den anderen als Leitbild dienen.

Als Vater längst wieder draußen ist, schlägt Ömchen die Augen auf. Sie blickt ins Halbdunkel. Erkennt mich nicht.

Wer ist da, fragt sie mit schwacher Stimme.

Ich stehe auf, trete in den dünnen Schein der kleinen Lampe.

Ich bin bei dir Ömchen! Das Kind!

Beruhigt schließt sie wieder die Augen.

Mutter möchte die Nacht über bei ihr bleiben.

Nein, niemand sonst, bitte, ich möchte allein mit ihr sein, sagt Mutter.

Es ist sechs Uhr früh. Ich liege wach im Bett.

Die Amsel, die immer auf dem Giebel unseres Hauses sitzt, beginnt in schmelzendem Ton ihr Frühlied zu singen.

Dann fällt der ganze Vogelchor ein.

Wie ein 'Kyrie Eleison' erscheint es mir.

In diesem Augenblick weiß ich, Ömchen hat ihren Einzug im Himmel gehalten!

Leise öffnet sich die Türe der kleinen Küche.

Ich gehe hinaus. Mutter kommt mir entgegen.

Wir sprechen nichts. Ich weiß es auch so.

Hand in Hand gehen wir zu Ömchen.

Still und ohne Atem liegt sie in ihrem Kissen.

Den Ausdruck der Ruhe auf dem Antlitz.

Wir bahren Ömchen in unserem Wohnzimmer auf.

Solange sie noch im Haus ist, ist sie nicht alleine.

Irgendjemand sitzt bei ihr.

Hält Andacht.

Nein, kein Wehklagen.

Kind, höre ich sie sagen, Kind du hast Talent, mach was draus!

Ich will immer das Beste aus allem machen, geliebtes Ömchen, denke ich und sehe in das Abgeklärte ihres Gesichts.

Vater und Gerhard suchen das Grab auf dem Friedhof aus.

"Gerhard ist rührend in seinem Verständnis und seiner Teilnahme. Sehr lieb und rücksichtsvoll", schreibt Vater in sein Tagebuch.

Bei der Beerdigung ist der Friedhof spiegelglatt gefroren.

Richard kann nicht mitgehen, es ist zu gefährlich.

' So nimm denn meine Hände ' wird bei der Trauerfeier gesungen.

Ich weiß, Ömchen hätte es sich gewünscht.

Ihr Lieblingskirchenlied. Unzählig oft haben wir beide es gesungen. Mit ihm verbinde ich meine Kindheit in Ömchens Zimmer.

Mit dem Ofenschirm und der Fußbank.

Mit dem Gefühl des Geliebt- und Angenommenseins, mit dem der Geborgenheit und Heiterkeit.

Mit allem, was meine Kinderseele erwärmte,

was mein Leben bereichert hat.

So nimm denn meine Hände
und führe mich
bis an mein selig Ende
und ewiglich.
Ich kann allein nicht gehen,
nicht einen Schritt;
wo du wirst geh'n und stehen,
da nimm mich mit.

Blick durch den Rückspiegel

Seit Ömchens Beerdigung vergingen viele Jahre.

Das Rosenstöckchen, das ich damals auf ihrem Grab pflanzte, ist mit den Jahren ein großer Busch geworden, der den kleinen Stein, auf dem ihr Name steht, umrankt, wie ein Bilderrahmen.

Ömchen ist mir nicht entrückt in der Zwischenzeit. Sie blieb mir nahe und begleitete meinen Weg.

Ich trete vor einen Spiegel und blicke hinein.

Mein Haar, vor Jahren noch von einzelnen weißen Strähnen durchzogen, ist nun grau geworden.

Das Gesicht einer Endfünfzigerin.

Aus welchem Stoff ist wohl der Meißel, der das menschliche Antlitz formt?

War es der Schmerz oder die Freude, die die Falten einkerbten?

Sind es Kummer- oder Lachfältchen?

Ich weiß, dass meine Vergangenheit immer länger und die Zukunft immer kürzer wird. Das eine nimmt in demselben Maße zu, wie das andere abnimmt. Aber dieser Gedanke hat für mich nichts Beängstigendes. Nichts Bedrückendes.

Ich habe das Gefühl, mein bisheriges Leben voll gelebt zu haben.

Freude und Schmerz. Die Freude überwog.

Ich denke jetzt immer öfter an meinen eigenen Tod.

Er ist mir heute näher als noch vor einigen Jahren.

Wir machen uns vertraut miteinander.

Ich denke an die, die schon vor langer Zeit starben.

Aber es gibt Stunden, in denen sie mir heute noch fehlen.

Dennoch hat mein Denken an sie nichts Trauerndes.

Hin und wieder gehe ich auf den Friedhof an ihre Gräber.

Hand in Hand stehe ich dort mit dem Mann, dem ich mit allem Gefühl, dessen ich fähig bin, zugetan bin.

Mit einer Zärtlichkeit, die sich wie ein spinnwebfeines Band durch die Jahre unserer Gemeinsamkeit zieht.

Der Mann, von dem ich mehr Liebe bekam, als ich mir jemals als junges Mädchen erträumt hatte.

Dessen Frau ich bin und der in gleichem Maße in mir die Mutter anrührt, als auch das junge Mädchen lebendig hält.

Das Kind in mir, was noch immer lebendig ist und sich immer noch fragt, wann es denn eigentlich erwachsen ist.

Der Mann, der weiß, wenn ich traurig bin, mich fürchte, unsicher bin. Und der dieses alles nicht als Schwäche empfindet, sondern als zu mir gehörend.

Der in Augenblicken, wenn ich Angst habe, seine Arme um mich legt. Dann hält er das Kind in mir in seinen Armen.

Es ist der gleiche Mann, dessen verlorenes Lächeln ich kenne, der seine belegte Stimme freizuhusten versucht, damit ich seine zurückgehaltenen Tränen nicht wahrnehmen soll.

Dessen Blick mich fragt, was er jetzt tun, was sagen soll.

177

Der unendlich verletzbar ist und den ich dann streicheln möchte, und trösten, wie eine Mutter ihr Kind.

Der Mann, der weiß, dass Reifen auch darin besteht, den anderen so sein zu lassen, wie er ist. Und ihn dennoch liebt.

Der Spiegel, in den ich sehe, wird zum Rückspiegel und ich erkenne plötzlich durch das Transparent des Frauengesichts hindurch das junge Mädchen, wie es nach dem großen Krieg voller Hoffnung und voller Optimismus vor seinem Leben steht.

Ein Mädchen, das von Glück und Gemeinsamkeit träumt und überzeugt ist, dass es alles erreichen kann, wenn es nur will.

Das Mädchen, das wieder in die Universitätsstadt zurückkehrt, von früh bis spät darüber nachdenkt, an etwas Essbares zu kommen, das im Winter immer noch friert, weil es keine Kohlen zum Heizen hat und die Nachkriegshungerzeit noch nicht beendet ist.

Das eine fleißige Schülerin ist, seine Examen macht und vergnügt durch Marburger Nächte tanzt.

Ich sehe das Mädchen, wie es eines solchen Abends einem Mann, der längst über das übliche Studentenalter hinaus ist, erst vor kurzem aus langer Kriegsgefangenschaft entlassen wurde und sein Studium begonnen hat, gegenübersteht. In zerfetztem Uniformrock, mit abgerissenen Abzeichen und ausgetretenen Offiziersstiefeln.

Für beide ist der Krieg vorüber und für beide beginnt das Leben ganz neu.

Mit Planen und Hoffen.

Der Flieder an der Marburger Schlossmauer duftet betörend, der Ginster blüht und das Glück scheint so groß, dass es den beiden jungen Menschen fast die Sinne raubt.

Gemeinsam geht sich's leichter und besser, denken sie.

Sie fassen sich an und beide tragen einen goldenen Ring an der linken Hand.

Auf den Sommer folgt der Winter.

Darauf wieder ein Sommer und noch ein Winter.

Und als das Frühjahr kommt, hat er sein Staatsexamen gemacht und das Studium beendet.

Dann, ganz kurz, ehe sie das Brautkleid anlegt, betritt sie zum ersten Mal das Haus seiner Eltern in der fernen Stadt. Hier begegnet ihr etwas, was sie bisher noch nicht erlebte.

Diese Menschen, seine Eltern, sehen nicht in ihre Augen, sondern sie blicken nur starr auf ihren Rücken.

Auf den Makel.

Sie fühlt wachsenden Widerstand und deutliche Ablehnung. Steht vor einer Mauer von Kälte und erstarrt selbst zu Eis.

Auf der Fahrt nach Hause zurück fällt ihr Ömchen ein, die damals sagte: Es ist doch gut, dass du den Rücken hinten hast, Kind, denn alle Menschen sehen dich nur von vorne an und in deine Augen!--

Die heitere Gelassenheit, die das Verhältnis zu dem Freund bisher ausmachte, ist wie fortgeblasen.

Beklemmende Enge fühlen beide in den Kehlen.

Es wird nicht mehr frei und unbekümmert miteinander gesprochen. Die Worte werden abgewogen. Vorsichtig überlegt. Gut dosiert. Angst verwandelt sich in Aggression. Aber die darf man nicht zulassen. Denn dann ist alles vorbei.

Zum ersten Mal im Leben überkommt sie ein bisher nicht gekanntes Gefühl der Wertlosigkeit. Der Minderwertigkeit.

Sie wird immer unsicherer.

Misstrauisch auch anderen Menschen gegenüber.

Missversteht Zuneigung und Freundlichkeit der ihr Nahestehenden.

Fürchtet falsches Mitleid.

Und möchte trotzdem nach Händen greifen, um Hilfe und Verständnis zu finden.

Sie versucht zu halten, was sie längst verloren hat.

Der schwache Rücken, früher als selbstverständliche Gegebenheit hingenommen, bekommt plötzlich übermäßiges Gewicht.

Er wird eine schwere Lebenslast, die sich auch nachts im Traum auf ihre Seele legt.

Sie bekommt Zukunftsangst.

Beginnt an sich selbst zu zweifeln. An ihren Fähigkeiten.

Seelisch und körperlich.

Da kommt ihr die Idee: Baumann in Stuttgart!

Wird er ihr Sicherheit geben können? Garantien? Irgendwelche Garantien? Etwas absolut Verbindliches sagen können?

Ein Wort, was mit Geisterhand alle Sorgen, alle Ängste von ihrer Seele nehmen kann?

Der Freund bittet sie, sie solle sich doch eine schriftliche Prognose einholen.

Ein Ehetauglichkeitszeugnis etwa, fragt sie erschrocken zurück.

Und schriftlich?

Für wen?

Für meine Eltern, sagt er. Sie wünschen das.

Was wünschen deine Eltern?

Eine Prüfung der Ware auf Unbedenklichkeit, auf einwandfreie Fabrikation und Herstellung? Ohne Beanstandung und Wertminderung?

Sie ist fassungslos.

Meine Eltern bitten mich, dir zu sagen, sie wünschten nicht, dass du ihr Haus noch einmal betrittst, ehe nicht alle ihre Bedenken und Sorgen restlos ausgeräumt seien und sie dieses nicht schriftlich und durch eine Kapazität bestätigt, in der Hand hätten, hört sie ihn.

Atemlose Schrecksekunden.

'Reinhaltung der Rasse'? 'Vermeidung des Geborenwerdens unwerten menschlichen Lebens', stöhnt es aus ihr heraus.

Das sind vertraute Wortbildungen und Vorstellungen aus noch gar nicht so lange vergangenen unseligen Zeiten!

Aber in unmittelbarer Verknüpfung mit sich selbst hatte sie sie noch nie gedacht.

Und du, fragt sie, wie denkst du darüber?

Da merkt sie, dass der Zweifel, einmal geboren, wächst, und auch von ihm Besitz ergriffen hat.

Die Warnungen seiner Eltern haben nicht ihre beabsichtigte Wirkung verfehlt.

Er sei ein verantwortlicher Mensch, sagt er. Und er frage sich, wie er das Leiden bisher nicht ernsthaft genug zur Kenntnis hätte nehmen können, frage sich nun öfters, ob ihre Kräfte auch ausreichend wären, um später für ihn und seine Familie zu sorgen.

Noch nie in ihrem Leben hat sich das Mädchen so tief verletzt gefühlt. Abgelehnt. Zurückgewiesen.

Sie fährt trotzdem nach Stuttgart.

Will mit dem Arzt, der seit ihrer Kindheit ihr Vertrauter und Freund zugleich ist, sprechen.

Dieser hört sich alles an.

Dann erhebt er sich und geht langsamen Schrittes an sein Fenster.

Schaut hinaus.

Lange Zeit dumpfen Schweigens.

Immer noch abgewandt und aus dem Fenster blickend, sagt er schließlich mit heiserer Stimme:

Der hat dich nicht verdient! Die haben dich alle nicht verdient, Mädle! Der ist deiner nicht wert!

Den lass gehen!

Mit dem Gefühl einer Leere fährt das Mädchen wieder nach Hause.

Aber auf dieser Fahrt merkt sie, dass sich in ihr irgend etwas für immer gewandelt hat.

Es ist etwas zu Ende gegangen.

Und sie merkt erst jetzt, wie viel Vertrauen, welchen Glauben sie diesem Menschen geschenkt hatte.

Am nächsten Tag legt sie den Ring, den sie trug, in einen Umschlag und sendet ihn ohne ein begleitendes Wort zurück.

Alles, was ihr vertraut war, rückt nun meilenweit fern.

Sie zieht sich in sich selbst zurück.

In ihr weint es unaufhörlich.

Und als sie sich ausgeweint hat, wird ihr klar, dass sie so nicht wird weiterleben können.

Ihr wird bewusst, dass es keinen Sinn hat, einem verlorenen Glück nachzutrauern.

Sich zu flüchten in Minderwertigkeitskomplexe, Unsicherheit und Einsamkeit.

Und viel später noch wird ihr bewusst, dass der, der 'ja' gesagt hat zum Leben, damit auch zum Kummer 'ja' sagen muss.

Sie lernt, dass nicht der Schmerz an sich das Entscheidende ist, sondern welche Veränderungen er in einem hervorruft.

Nun beginnt sie zu erfahren, dass sie aufhören muss, von anderen Menschen zu erwarten, dass sie ihr Sicherheit geben.

Und sie lernt, auch die Stunden durchzustehen, wenn sie, wie in einem Käfig gefangen, von der Macht grenzenloser eigener Unsicherheit und Hilflosigkeit gepackt wird.

Eines Tages bringt sie dann ein Schild an einer Türe an, auf dem ihr Name steht und darunter:

' Staatl. gepr. Krankengymnastin.
Alle Kassen '.

Praxisräume werden vom ersten selbstverdienten Geld umgebaut. Ein Auto gekauft. Eine Kollegin wird eingestellt. Und ein zweite...

Das Unternehmen läuft.

Und verlorenes Terrain auf dem Gebiet des Selbstbewusstseins wird Schritt für Schritt zurückgewonnen.

Wieder kreuzt ein Mann den Weg des Mädchens.

Ein Mann, so wie sie ihn sich erträumt hatte.

Und wieder Lachen, Fröhlichsein, Wandern, Musik, Gespräche, bei denen man sich findet und versteht.

Sie fühlt, dass sie sich wieder verliert und fürchtet plötzlich, dass dasselbe noch einmal auf sie zukommen könnte wie damals.

Je tiefer sie in den Strudel des Verliebtseins gezogen wird, umso mehr schwinden unbekümmerte Heiterkeit und Unbeschwertsein. Ihre Stimme bekommt eine andere Färbung, das Lachen wird unfrei. Und wieder fühlt sie sich wie von einer zunehmenden Lähmung befallen. Und kann sich nicht daraus befreien.

Zu frisch ist noch die alte Wunde und zu kümmerlich das zarte Pflänzchen wiedererworbenen Selbstwertgefühls.

Panische Angst vor neuerlichem Abgelehntwerden hat nach ihr gegriffen. Und sie kann das alles dem Freund doch nicht erklären.

Findet keine Worte für das, was war und das, was ist.

Redet ganz anders, als das, was sie meint und was sie will.

Sie merkt, dass sie immer mehr an Natürlichkeit, an alter Heiterkeit und Sicherheit verliert, dass Sprache und Bewegungen verkrampfen. Je unsicherer sie wird, umso unfähiger wird sie, darüber zu reden.

Ihr eigenes Ich wird ihr fremd, sie fürchtet, dass auch er sie eines Tages um eine Bescheinigung bittet.

Für seine Mutter. Denn sie wünsche das.

Sie wird still und immer stiller.

Was hast du, fragt er sie.

Nichts! Weshalb?

Du bist so anders. Nicht mehr so froh und gelöst wie zum Anfang. Auch den Gesprächen haftet nun etwas an, was schwer ist wie Blei. Federleicht möchte sie sein und kann es doch nicht.

Eines Tages kommt dann der Brief:

'Ich glaube doch nicht, steht da, und sie liest es wieder und wieder, ich glaube doch nicht, dass wir füreinander bestimmt sind. Ich brauche die fröhliche Frau, die ich zuerst in dir sah. So, wie Du am Anfang warst.' ... Sie kann nun auch darauf nichts mehr antworten.

Lässt auch ihn gehen.

Aber sie weiß, dass die Wunde der Verletzung, von der sie annahm, sie sei vernarbt, noch Tag und Nacht weiter blutet.

Sie legt den Brief beiseite und kehrt zurück an ihre Arbeit.

In ihre Praxis.

Die Tätigkeit macht sie nun zu ihrer 'Erfüllung'. Zum 'Lebensinhalt'.

Sie gibt sich dieser 'Aufgabe' hin.

Von frühmorgens bis spätabends.

Patienten kommen und gehen.

Schon werden die umgebauten Praxisräume zu klein.

Erschöpft fällt sie am Abend ins Bett. Erschöpft beginnt sie früh. Zeitplanungen, Namen, Krankenscheine, Telefonate, Kassenabrechnungen, Karteikarten, Ärztekontakte, Namen ...

Wir machen uns Sorge um dich! Du übernimmst dich!

Gut gemeinte Warnungen der Eltern, die sie besorgt beobachten.

Sie reagiert gereizt.

Die Praxis läuft auf Hochtouren.

Das Lächeln, das den ganzen Tag auf ihrem Gesicht liegt, erreicht nicht mehr ihr Inneres.

Sie merkt, dass die Kräfte immer deutlicher nachlassen.

Den schmerzenden Rücken nimmt sie nicht zur Kenntnis und straft ihn damit für das, was er ihr angetan hat.

Die Kaffeekanne.

Ständig erreichbar.

Immer häufiger muss sie gefüllt werden.

Während der Arbeit bleibt ihr im wahrsten Sinne des Wortes die Luft weg.

Immer häufiger.

Sie muss sich abstützen, wenn sie durchatmen will.

Stemmt die Hände gegen das Steuerrad im Auto, wenn sie nicht genug Luft zum Atmen hat.

Plötzlich hat sie Geld. Geld, mit dem man etwas anfangen kann. Die Währungsreform 1948 ist längst vorüber. Aus der Reichsmark ist harte D-Mark geworden.

Sie weiß gar nicht, wie viel sie eigentlich besitzt.

Sie kann das 'Verdiente' nicht ausgeben.

Es hat für sie derzeit keinen Wert.

Und ist trotzdem das einzige, was im Augenblick für sie zählt, denn es gibt ihr ein bestimmtes Erfolgsgefühl.

Eines Tages ist sie zu schwach zum Aufstehen.

Die Atemnot ist zu groß.

Eine erfahrene Kollegin übernimmt die Praxisleitung.

Vierzehn Tage liegt sie in dem schrägen Kämmerchen des neuerbauten Häuschens der Eltern, das im Garten an der Stelle entstanden ist, wo ihr Sandkasten einmal stand.

Vierzehn Tage schaut sie aus dem schrägen Dachfenster in den Himmel. Dann steht sie wieder in ihrer Praxis.

Gut, dass Sie wieder da sind, sagt die Vertretung, das hält man nicht aus über längere Zeit!

Eines Sonnabends beim Mittagessen bei den Eltern schellt es.

Ein Mann steht in der Haustüre. Möchte zu ihr.

Er sei nur vorübergehend am Ort.

Bittet um eine dringende Behandlung.

Sie möchte ihn wegschicken.

Das sauer verdiente Wochenende hat doch begonnen!

Meine Praxis ist bereits geschlossen.

Sie sieht ihn an. Groß, schlank, schneeweiße Haare über der hohen Stirn und dem jungen Gesicht.

Bitte, setzen Sie sich ins Wartezimmer, ich bin gleich da, sagt sie.

Merkwürdig, geht ihr am Abend dieses Tages durch den Sinn, es ist doch unergründlich, warum manche Menschen in uns ein Wohlwollen, eine spontane

Zuneigung auslösen. Menschen, bei denen man stehen bleiben, verharren möchte. Und andere wieder, die in einem nichts als niederdrückende Langeweile hinterlassen. Eigenartig, dass es Menschen gibt, die den ganzen Raum mit Licht ausfüllen, und andere, die über unsere Gedanken und Gefühle einen tristen Nebelschleier decken.

Heute war meine Praxis mit jenem Licht erfüllt, denkt sie. Und diese Helligkeit hob den heutigen Tag von allem Grau der übrigen Tage des Jahres ab.

Nehmen Sie sich eigentlich genug Zeit für sich selbst, fragt jener Mann, nachdem er sie einige Tage bei ihrer Arbeit beobachtete.

Zeit für mich selbst, wie meinen Sie das?

Ich meine das, womit das Leben ausgefüllt sein sollte, wenn es erfüllt ist. Menschen, Gespräche, Musik, Lesen, Tanzen ... Sie sind doch jung! Arbeit kann doch nicht alles sein für Sie!

Diese Worte, eindringlich gesagt, erschrecken sie. Aber sie lehnt, fast brüsk, eine weitere Diskussion über dieses Thema ab.

Es ginge ihr gut, sagt sie und es bestünde kein Grund zur Besorgnis. Verzeihen Sie, ich wollte Sie nicht verletzen! Das wirklich nicht!

Er lädt sie zu einem Kammermusikabend ein.

Ein Weg zu zweit durch das Wunder eines Raureif-Februartages. Sie genießt es, reden zu können mit einem Menschen, von dem sie sich verstanden fühlt.

Der aber dennoch keine Unruhe in ihr hervorruft. Der nichts fordert. Sie fühlt Ruhe, Verständnis, menschliche Wärme, Wertschätzung.

Er bringt ihr eine dunkelrote Rose mit.

Ihr Ebenbild, sagt er lächelnd.

Mein Ebenbild? Sie erschrickt. Betrachtet den makellos graden Stiel der Blume. O Gott nein, das stimmt nicht!

Bei einem Spaziergang kommen sie über den Friedhof.

Stehen an Ömchens Grab.

Wissen Sie, wer Ömchen war? Soll ich Ihnen von Ömchen erzählen?

Sie fühlt sich in der Gegenwart dieses Mannes bestätigt und gewinnt wieder an innerem Gleichgewicht, an Selbstsicherheit.

Nach einigen Tagen muss er die Stadt wieder verlassen.

Leben Sie wohl, sagt er, während er sich beim Abschied über ihre Hand neigt. Leben Sie wohl, und vergessen Sie nicht, dass man jeden Lebenstag nur einmal leben kann. Und dass er dann unwiderruflich vorbei ist. Jeder Tag, jeder Monat, jedes Jahr ...

Dann ist er wieder fort und der Alltag geht weiter.

Das Gefühl des Erschöpftseins nimmt zu.

Auch die Atemnot.

Und als das Jahr auf seinen Höhepunkt zugeht, die Tage lang und die Nächte kurz sind, geht es nicht mehr.

Sie fühlt sich ausgeleert, erschöpft, ausgepumpt.

Sie liegt in ihrem Bett und hört aus dem Kopfkissen das wütendeilige Pochen ihres Herzens.

Aber alles ist ihr im Augenblick gleichgültig.

Herzmuskelentzündung!

Sie sieht die besorgten Blicke der Eltern.

Der Vater räumt ihr sein Bett.

Sie schläft neben der Mutter.

Das beruhigt.

Der Bruder kümmert sich um sie. Menschlich und ärztlich.

Ein paar Tage später hält sie ein Telegramm in der Hand:

"Wenn es Sie nicht zu sehr anstrengt, komme ich für eine Stunde an Ihr Krankenbett. Mein Zug trifft ein um ..."

Die Mutter kauft ein schönes Nachthemd für den Besuch.

Blau mit weißen Pünktchen!

Beinahe wie ihr 'gutes' Kleid über viele Kriegsjahre.

Dann liegt ein großer Rosenstrauß auf ihrem Bett und eine warme Hand auf der ihren.

Sie müssen sich Zeit nehmen, sagt die ruhige Stimme.

Viel Zeit! Nichts und niemand drängt Sie.

Sie sieht in liebevolle Augen.

Ein Blick, der sie beruhigt.

Der sie versteht, ohne dass Worte gewechselt werden müssen.

Lieber Gott, denkt sie, nachdem der Mann wieder fort ist, lieber Gott, beschütze diesen Menschen!

Jeden Tag kommt nun ein Brief.

Briefe, die keine Antwort verlangen.

Nur Tröster sein sollen.

Wochen sind vergangen.

Wissen Sie, schreibt sie eines Tages, aufrecht in ihrem Bett sitzend, wissen Sie eigentlich, dass ich einen kranken, einen krummen Rücken habe? Ein Makel!

Und nun noch das Herz!

Ich weiß nicht, ob es wieder ganz gesundet.

Sagen Sie mir, ich bitte Sie, sagen Sie mir, wenn diese Tatsache Sie stören, wenn sie Ihnen irgendwelche Angst machen sollte.

Aber ich beschwöre Sie: wenn es so ist, wenn Sie dies meinen, und wenn Sie es mir sagen müssen, dann sagen Sie es mir gleich! Sofort!

Warten Sie nicht damit! Tun Sie es mir zuliebe!

Am nächsten Tag liegt ein Telegramm auf ihrem Bett.
Zitternd reißt sie es auf.

"Ich habe Sie so lieb. So, wie Sie sind.
Nicht trotz, sondern wegen des Rückens.
Nicht trotz, sondern wegen Ihres Herzens."

Das Datum des Telegramms wird von einem Tränenstrom zur Unkenntlichkeit aufgeweicht.
Aber sie vergisst es trotzdem nicht:
Am 27. Juli 1953 um 11 Uhr 15 ist es aufgegeben worden.

Sie verbringt viele Genesungswochen in Bad Wildungen-Reinhardshausen.
Es ist bereits herbstlich geworden.
Sie liegt vom frühen Morgen bis zur Dunkelheit, in warme Decken gehüllt, auf einer Terrasse und beobachtet Wolken und Vögel.
Täglich reicht ihr der Postbote einen Brief zu.
Eines Tages hat sie einen Traum:
Sie läuft neben einem abfahrenden Zug her. Will noch aufspringen. Aber das geht nicht mehr. Der Zug fährt zu schnell. Immer schneller. Da schaut jemand aus dem Fenster des Zuges. Sie erkennt den Mann, das ihr bekannte Gesicht ...
Atemlos schreit sie im Weiterrennen seinen Namen ...
... und erwacht.
Noch am selben Tag berichtet sie ihm in einem Brief von ihrem Traum. Am nächsten Tag kommt ein Brief von ihm. Darin schreibt er, ohne jedoch bis dahin etwas von ihrem Traum zu wissen, dass er in jener Nacht, in dem sie ihren Traum hatte, ihre Stimme gehört hätte, die wieder und wieder seinen Namen rief. Er konnte nicht antworten, seine Stimme versagte...
... und er erwachte schweißgebadet...

Der Winter kommt und dann das Frühjahr mit warmen Tagen.
Sie nimmt wieder an Kräften zu. Und er wird von seiner seit langem getrennt von ihm lebenden Frau nun auch vor dem Gesetz geschieden.

Wie hattest du dir eigentlich als junges Mädchen den Mann deiner Träume vorgestellt, fragt er sie.
Beide wissen seit langem, dass sie zusammen bleiben werden.
Es war kein Vulkanausbruch, diese Liebe.
Aber es war ein ständiges Wachsen gegenseitigen Vertrauens und gegenseitiger Zuneigung.
Einem Gefühl der Wärme, Sicherheit und Geborgenheit.

Hast Du mir eigentlich jemals einen Heiratsantrag gemacht, fragt sie ihn am 17. April 1954, als sie auf dem Weg zum Standesamt sind.

Wenn ich es nicht getan haben sollte, so hole ich es hiermit in aller Form nach, lächelt er und zieht ihre Hand an seine Lippen.

Willst du meine Frau werden?

Ja, ja und nochmals: JA!

Der Blick durch den Rückspiegel kehrt wieder ins Jetzt und Heute zurück.

Wie weit liegt das Damals zurück und wie nahe ist es noch!

War ich damals glücklicher?

Bin ich's heute?

Lässt sich Glück überhaupt vergleichen?

Messend bewerten?

Am Tage unserer silbernen Hochzeit, den wir in der frühlingswarmen Sonne Kretas, inmitten von Olivenhainen und Weinfeldern, verbrachten, notierte ich in mein Tagebuch:

"Heute ist Dienstag, der 17. April 1979.

Früh wache ich auf. Das Tal liegt im Dunst des frischen Morgens. Das Idagebirge verhüllt sein Antlitz hinter weißschimmerndem Nebelschleier.

'Dies ist der Tag, den der Herr gemacht hat. Lasset uns freuen und fröhlich darinnen sein!'

So steht es in einem Brief meines Großvaters, des Pfarrers.

Unser Tag!

Fünfundzwanzig Jahre.

Zweieinhalb Jahrzehnte.

Ein viertel Jahrhundert.

Ein drittel heutiger, menschlicher Lebenserwartung:

'Wenn es hoch kommt. Und wenn es köstlich gewesen ist.'

Jahre in der Sonne.

Immer angenommen, geliebt, geborgen, umsorgt.

Hans legt mir eine Kette aus Gold mit blauen Steinen um.

Blaue Steine! Kretische Arbeit!

Ich lese die Sage um den Göttervater Zeus nach:

'Nachdem Zeus, in einen weißen Stier verwandelt, dem Mädchen Europa, das er aus Phönizierland entführt und auf seinem Rücken über das blaue Meer zur Insel Kreta herangetragen hatte, nun wieder in Menschengestalt, entgegentrat, hielt er, als Brautgeschenk gleichsam, ein Halsband aus rötlichem Golde mit blauen Steinen in den Händen ...'

Eine Kette aus Gold mit blauen Steinen!

Doppelte Bedeutung! Doppelte Freude! Doppeltes Erinnern!

Ein schönes Geschenk zu diesem Tag kam neulich auch - völlig unbewusst - von Mathias, der in ein paar Tagen zweiundzwanzig Jahre alt wird. Ich werde immer mal gefragt, sagte er, was ich so übers Heiraten denke. Dann muss ich antworten: Wenn ich mich so umsehe, spricht für mich eigentlich fast alles gegen das Heiraten. Das einzige, was dafür spricht, ist die Ehe meiner Eltern.

Ich erinnere mich auch an das, was der Pastor damals vor unserer Hochzeit zu mir sagte: Denken Sie daran, dass Ihr zukünftiger Mann, wie alle Ehemänner, irgendwann die Sporen des Ritters ausziehen und Pantoffeln anziehen wird.

Heute weiß ich: Fünfundzwanzig Jahre hindurch hat er die Sporen nicht abgelegt!

Hans meint: 'Alter schützt vor Liebe nicht, aber Liebe vor dem Alter!'

Mittlerweile hat der Ida seinen weißen Nebelschleier abgeworfen. Er präsentiert sich in zartester Bläue.

Das Meer, gläsern-türkisfarben, wirft seine Wellenvolants gegen den Strand.

Der Tag steigt an.

Es wird warm.

Es ist unser Tag.

Unsere silberne Hochzeit!"

Ich blicke auf diese fünfundzwanzig Jahre zurück, wie auf einen reich gedeckten Tisch. Immer bin ich satt geworden. Nie habe ich Hunger gehabt.

Ich bin geliebt worden und ich habe geliebt.

Ich habe ein Kind bekommen und seit diesem Tag wusste ich, dass dies die Krönung meines Lebens war. Dass es nie wieder etwas geben könnte, was mich in ähnlicher Weise beglücken würde.

Ich wusste, dass sich von diesem Augenblick an die Welt für mich verändert hatte, und dass sie niemals wieder so werden würde wie sie vorher war.

Wir wurden beide unter demselben Stern geboren, denn Mathias kam am 25.April, in demselben Monat, an dem gleichen Tag und in der selben Stunde auf die Welt wie ich.

Der Junge wächst auf in einer Umgebung, die ihm gut ist, die ihn liebt, und hat eine Kindheit, in der er bewahrt wird von großen Lebensängsten und einschneidenden Verlusten.

Siebzehn Jahre alt, hat er die Schule hinter und den ersehnten Medizin-Studienplatz vor sich.

Das Leben steht mit Hoffnungen und Plänen vor ihm.

Das Tor zur Welt ist geöffnet, vertrauensvoll blickt er hindurch in die Zukunft und ist überzeugt davon, dass er alles erreichen kann, wenn er nur will.

Der Blick ist nach vorne gerichtet.

Der Zeitpunkt ist gekommen, er ist bereits anderswohin unterwegs. Am Tag seiner Abreise geht er in sein Zimmer und packt seine Sachen für den Neuanfang in Marburg.

Siebzehn Jahre lang hatte ich auf diese Stunde seines Fortgehens zugelebt.
Ich hatte die Augen nicht geschlossen. Wusste, dass dieser Tag kommen würde.
Ich wollte ihm gewappnet gegenüberstehen.
Lächelnd wollte ich meinen Jungen in seine endgültige Selbstständigkeit ziehen lassen.
Aber nun stehe ich in der Türe seines ausgeräumten Zimmers. In der Mitte auf dem Fußboden sind Sack gegen Sack, Plastiktüte gegen Plastiktüte gelehnt. Karton auf Karton gestapelt.
Alles, was auf den Regalen stand, was an den Wänden hing und baumelte, ist mit einem Mal verschwunden.
Nie, niemals wird es wieder so werden, wie es bisher war, schießt es mir da schmerzlich durch den Kopf.
Erschöpft hockt Mathias auf einer Kiste und bläst den Rauch seiner Pfeife in die Luft. Unsere Stimmen klingen hohl, denn das Zimmer ist leer.
Das ist nun die Abschiedsstunde, auf die ich mich lange vorbereitet habe. Der Auszug. Und nun muss ich lächeln, denke ich. Gefasst lächeln. Aber ich höre mich mit veränderter Stimme sagen: Gib mir noch deinen Janker zum Pressen. Du wirst ihn brauchen, wenn es kalt ist.
Und während ich anschließend in der Küche das Bügeleisen auf den Stoff drücke, steigt heißer Dampf in mein Gesicht.
Ich weiß, ich hatte den Janker vorher nicht angefeuchtet. Und ich weiß auch, dass dieser Dampf von meinen ungeplanten Tränen kommt, die vom Bügeln wieder zurück in meine Augen steigen.
In ein paar Tagen ist ja Hans wieder von seiner Reise zurück, dann bin ich nicht mehr allein im Haus, dann ist alles wieder gut und dann sieht auch alles nicht mehr traurig aus, versuche ich mich zu trösten.

Da merke ich plötzlich, dass Mathias hinter mir steht. Er sieht, dass ich geweint habe.
Mensch, Muttchen, sagt er liebevoll, Mensch Muttchen, ich glaube wirklich, dass das zweite Abnabeln mehr weh tut als das erste.
Wir fallen uns in die Arme, und schließlich wird dieser Abschied doch noch das, was er werden sollte: Eine unvergesslich schöne Station auf dem Weg meines Lebens. Nur, dass ich das eigentlich erst viel später, als alles wirklich überstanden war, richtig gemerkt habe. Und dass der Abschied ganz, ganz anders verlaufen ist, als ich es mir jahrelang fest vorgenommen hatte, wenn ich mich weitblickend-planend innerlich auf diese Stunde einzustellen versucht hatte.

Dafür war dann schließlich mein Lächeln nicht künstlich, nicht eingeübt, sondern es war echt.
Und die Tränen - die Tränen waren es auch!

Ich habe in meinem bisherigen Leben ein Glück erlebt, viel größer, als ich es früher einmal erträumte.

Ich habe als junges Mädchen einen Kummer gehabt und viel später, als ich ihn bereits überwunden hatte, stellte ich fest, dass er mich nicht ärmer, sondern reicher gemacht hatte.

Jahrzehnte danach, als ich noch einmal den Schritt in einen Beruf gewagt hatte, sollte ich lernen, dass mein eigener Schmerz, den ich damals hatte, vergleichsweise ein Nichts war gegen die seelische Not und Verzweiflung, die mir in dieser Tätigkeit begegnete:

Ich wurde Psychotherapeutin.

Ein Beruf, mit dem ich mich jahrelang vorher theoretisch befasst hatte und dessen Ausübung für mich wiederum eine Lebenskrönung werden sollte.

Hier erlebte ich, dass es zu den beglückendsten Erfahrungen gehört, für Menschen da zu sein, die seelische Wunden haben, die sich einkapseln, sich ängstlich in sich zurückziehen, sich einmauern, weil sie mit dem Leben nicht mehr fertig werden und glauben, nicht mehr imstande zu sein, die Welt, so wie sie ist, zu ertragen. Die Depressiven, die Verletzten, die Hoffnungslosen, die Angstvollen und die Hasserfüllten. Ich habe erfahren, dass die Nacht des Leids einer nicht mehr heilbaren Krankheit endlos sein kann, dass sie aber leichter zu ertragen ist, wenn diese seelische Not ein anderer mit einem teilt, und wenn es gelingt, in einer solchen Dunkelstunde gemeinsam eine Kerze anzuzünden, durch die der Blick auf den weiteren Weg erhellend sichtbar wird. Ich hoffe, ich habe gelernt, besser zuzuhören. Mich in den anderen Menschen hineinzuversetzen. In seine tiefen Sehnsüchte und Wünsche. In seine Trauer, seinen Schmerz und das Verlangen, darüber zu sprechen.

Ich hoffe auch, ich habe etwas davon gelernt, sein Unvermögen sich auszudrücken zu verstehen, sein Schweigen zu akzeptieren. Vielleicht leben wir nur insoweit wirklich, wie wir uns denjenigen zuwenden, die uns nötig haben und nur durch die Menschen, die uns nahe sind. Und sei es nur für die Dauer eines einzigen Gesprächs. Ich habe versucht zu lernen, meine Zufriedenheit weder in sehnsüchtigen Erinnern an die Vergangenheit, noch in unklarem Hoffen auf die Zukunft zu suchen, sondern in der Gegenwart zu finden.

Ich versuche, bei dem, was ich habe, Ruhe, Frieden und Glück zu finden. Ohne mich dabei ständig ängstlich zu fragen, ob es nicht noch besser, noch schöner, noch mehr sein kann. Vielleicht gelingt es mir hier und da besser, meine Umgebung, die anderen Menschen, nicht so zu sehen, wie ich sie mir wünsche, sondern so, wie sie sind.

Sie so anzunehmen und zu akzeptieren.

In der Hoffnung darauf, auch von ihnen so angenommen zu werden, wie ich bin.

Ich versuche, gegen meine innere Unruhe, gegen meine Ungeduld vorzugehen. Und wundere mich, wenn ich trotzdem hier und da imstande bin, meiner Umgebung Ruhe zu vermitteln.

Ich strebe an, jeden Tag voll zu leben.

Denn dieser Tag ist der Schnittpunkt meines Lebens zwischen Vergangenheit und Zukunft.

Er ist meine Gegenwart.

Wohl wissend, dass die Gegenwart eine Fiktion ist, denn wenn ich diesen Gedanken zu Ende gedacht habe, ist er bereits Vergangenheit. Ich bin mir im klaren darüber, dass die Vergangenheit in die Zukunft mündet und wir in der Mitte stehen.

Diese Mitte erschöpfend auszuleben ist mein Ziel.

Ich weiß, dass ich selbst, die ich in diesem Augenblick lebe, nur ein unendlich verschwindend kleiner Teil eines Ganzen bin, was seit Ewigkeit existiert und ewig sein wird.

Dennoch bin ich sicher, dass meine Verantwortung groß ist. Allem und jedem gegenüber, was auf dieser Erde lebt und seine Zeit mit mir teilt.

Was ist mein Ziel?

Wonach strebe ich?

Was will ich erreichen?

Ich weiß es nicht. Merke nur, dass ich mich immer wieder in gleichem Maße von meinem imaginären Ziel entferne, wie ich mich glaube, ihm genähert zu haben.

Und ich weiß, dass dieser Prozess nicht aufhören wird, solange ich lebe. Dies zu erkennen, ist vielleicht auch schon ein Lebenssinn.

Ich habe versucht, innerlich selbstständiger zu werden.

Unabhängiger, freier.

Dies wiederum meine ich im Sinne der persönlichen Verantwortlichkeit für alles, was ich tue und auch, was ich nicht tue, was ich unterlasse.

Immer ist in mir das Bedürfnis des Mich-Anlehnens, der Wunsch nach Geborgenheit, des Schutz-Suchens beherrschend gewesen.

Meist bin ich anderen gefolgt, weil ich mich unsicher fühlte. Und noch heute warte ich oft auf Hände, die mir helfen, auf Meinungen und Ratschläge, die mir meine eigenen Entscheidungen und Entschlüsse abnehmen oder doch zumindest leichter machen.

Ich muss lernen, weniger das Leben meiner Umgebung leben zu wollen, dadurch, dass ich mich selbst und die Gründe für meine Wünsche und Bedürfnisse besser kennen lerne.

Immer habe ich mich ängstlich und unsicher danach gerichtet, was ich glaubte, meiner Umgebung 'schuldig' zu sein, mich danach zu richten, was andere von mir erwarteten, wünschten.

Die Angst vor Autorität, auch die Angst davor, mit meiner Umgebung in Spannung zu leben, haben meine Handlungen, meine Entscheidungen weitgehend beherrscht.

Immer wieder entdecke ich in mir das kleine Mädchen mit dem Bedürfnis nach Sicherheit, Anerkennung, Lob und Lieb-gehabt-werden-wollen, das sich ängstlich fragt, was die anderen von ihm halten, denken und erwarten.

Ich habe das große Glück, neben einem Mann zu gehen, der mich an die Hand nimmt, ohne mich dadurch unselbstständig und klein zu halten, der mich nicht schwach haben will, um selbst stark zu sein. Der aber versucht, mir alle Schwierigkeiten aus dem Wege zu räumen.
Ich hoffe, dass ich trotz dieser liebevollen Stütze auch alleine werde gehen können, wenn es einmal von mir verlangt werden sollte.

Ich weiß, dass es keinen dauerhaften Glückszustand geben kann, glaube aber sicher, dass man Glück dennoch zu seinem Weggefährten machen kann.
Ich bin sicher, dass auch das persönliche Glück Wandlungen und Schwankungen unterliegt.
Aber ich meine, es ist wichtig zu wissen, dass es dennoch gegenwärtig ist.

Ich bin dankbar, wenn ich morgens aufwache und dem Mann zulächeln kann, von dem ich mich zutiefst verstanden fühle.
Dessen Hand ich am Abend halte, wenn er, neben mir liegend, liest, und die ich nur für die Dauer des Umblätterns loslasse.
Neben dem ich oft durch die Stille des Waldes gehe, ohne ein Wort sprechen zu müssen.
Bei dem ich dieses Miteinander-Schweigen-Können als eine Form des inneren Einklangs, des Sich-Verstehens empfinde.
Mit dem ich mich unterhalten kann und dabei erlebe, dass diese Gespräche nicht im Einerlei des täglichen Alltags stecken bleiben müssen, sondern dass sie dann geistiger Austausch und Wechselgespräch in fruchtbarem Sinne sind.
Der Mann, der auf mich wartet, wenn ich nach Hause komme.
Der mit mir lachen kann, sich an meiner Freude mitfreut, und der mit mir traurig ist, wenn ich es bin.
Der bei mir ist, wenn ich krank bin und bei dem ich bin, wenn er es ist.
Und an dessen Seite ich so viel Ruhe und inneren Frieden, so viel Zärtlichkeit empfinde, um das Gefühl zu haben, dass dieser Augenblick gar nicht schöner sein kann, als er es ist, und dass ich dadurch imstande bin, ihn wirklich zu genießen.

Ich glaube, dies ist meine Form von Glück.

Ich bin mir im klaren darüber, dass sich unser Leben in einem ständigen Wandel befindet.

Dass auf die Dauer nichts so bleiben wird, wie es im Augenblick ist.

Das Goethe-Wort:

'Möcht' ich zum Augenblicke sagen, verweile doch, du bist so schön...'

denke ich oft und möchte dadurch vielleicht beschwörend auf den Augenblick einwirken.

Doch zu verweilen!

Nicht zu vergehen!

Und trotzdem weiß ich: er wird vergehen.

Es wird anders werden.

Wie, das weiß ich nicht.

Nur, dass nichts so bleibt, wie es im Augenblick ist, weiß ich.

Ich werde mich irgendwann von liebsten Menschen, von vertrauter Umgebung, von dem ganzen Geflecht meiner Wurzeln, Geschichten und Erinnerungen, von allem, was mich zusammenhält und zu dem macht, was ich bin, trennen müssen.

Ich weiß nicht, wie es sein wird, wenn mein Leben von dem, was es aufrecht hält, beraubt sein sollte.

Wie es dann aussehen wird.

'Übe dich beizeiten im Aufbrechen und Abschiednehmen' sagt ein Weiser. Aber wie man es üben soll, hat er nicht dazu gesagt.

Genügt es, wenn man den Augenblick lebt?

Um die Vergänglichkeit weiß?

Um seine Vergänglichkeit?

Ich bin dankbar dafür, dass ich in meinem Leben noch vieles erleben durfte, was es heute nicht mehr gibt, weil die Zeitläufte darüber hinweg gegangen sind und vieles mit sich genommen habe, was damals zu unserem Leben gehörte.

Ich bin dankbar dafür, dass ich noch in Hülle und Fülle Wiesen gesehen habe, die wirklich bunt und voller Blumen waren.

Ich bin als Kind noch mit einem Schmetterlingsnetz durch unseren Garten gelaufen. Und wenn ich so selten einen schönen Falter darin gefangen habe, dann lag es nicht daran, dass es keine gab, sondern dann lag es an mir, weil ich nicht fix genug war, um sie einzufangen. Denn Sommerhimmel, Blumen und Wiesen waren damals noch voll von diesen zart-anmutig-buntleuchtenden Schöpfergebilden.

Ich bin dankbar, dass ich noch auf jeder Dorfstraße vor den Gänsen erschrak, wenn sie wild schnatternd, die Hälse nach meinen dünnen Beinen ausstreckten und mein Bruder mich warnte, ich müsse vorsichtig sein, sehr vorsichtig, weil ich gefährdet sei!

Die Gänse, sagte er, beißen nämlich nur die Dummen!
Und das war für mich reichlich Grund genug, diesen zischenden Hälsen aus dem Weg zu gehen.

Ich freue mich, dass ich noch die alte Dampfeisenbahn kennen gelernt habe. Mit der ersten, zweiten und dritten Wagenklasse.
Und einem Extraabteil für 'Reisende mit Traglasten', einem Wagen, der eigentlich leer war und nur ein paar Bänke an den Wänden entlang hatte.
Auf Holzbänken sitzend ruckelten wir im ständigem Gleichton durch die Landschaft. Alle paar Meter an einem anderen Bahnhöfchen haltend. Stunde um Stunde.
Von Zeit zu Zeit stieß die Lokomotive einen dröhnenden Schrei aus, ehe sie in das Dunkel eines Tunnels eintauchte, oder einen schrillen Pfiff, wenn sie sich einem neuen Dörfchen näherte.
Und der Dampf an den Wagenfenstern begleitete unsere Fahrt mit einer endlosweißen Fahne, die sich hinter dem Zug im Blau des Himmels in ein Nichts auflöste.

Meinen Enkelkindern werde ich davon erzählen können, dass ich zu meinen Geburtstagen am 25. April ein Ziegenlämmchen geschenkt bekam. Mit einem roten Schleifchen um den Hals. Es vollführte lustige Bocksprünge vor meinem Geburtstagstisch und wurde erst dann eilig wieder in den Garten gebracht, wenn es auf den guten Haargarnteppich einiges hatte fallen lassen, was nicht in ein Wohnzimmer gehört.
Auch, dass ich noch die kleinen, warmen, eben geschlüpften gelben Kükchen in der Hand hielt, werde ich zu berichten nicht vergessen, die von der Glucke im Hühnerstall ausgebrütet, grade aus dem Ei gekrochen waren. Jeden Morgen brachte ich ihnen den in ganz kleine Stücke gezupften Brötcheninhalt. Und die alte Glucke kam mit lockendem Tucken eilig angelaufen, gefolgt von ihrer kleinen Kükenschar, um sich das Frühstück für die ganze Familie zu holen.
Das abendliche Eierholen aus dem Legenest war ein sich täglich wiederholendes Vergnügen. Der blind-tastende Griff in das Nest nach den oft noch warmen, eben gelegten Eiern.
Das Gackern der Hühner und das Krähen des Hahns gehören zu den ganz vertrauten Geräuschen meiner Kindheit.

Auch von dem Tanzbär werde ich meinen Enkelkindern erzählen, der von Zeit zu Zeit in unsere kleine Stadt kam, einen Maulkorb trug und der sich zu dem rhythmischen Schlagen auf das Tamburin mit den Schellen dran, schwerfällig auf seinen breiten Hintersohlen hin- und herbewegte. Die schwarzhaarige Frau mit dem langen, weiten Rock und den riesigen Ohrringen, schlug mit Handballen und Ellenbogen den Takt zu dem reizvoll-unheimlichen Tanz dieses Tierkolosses.

Natürlich, auch die Sägemaschine darf ich nicht vergessen, die sich asthmatisch-keuchend unseren Berg hinauf quälte, und die dann die in Meterlänge vor der Gartentüre aufgestapelten Holzklafter für Herd und Ofen in Stücke zersägte.

Ich werde erzählen, dass Abende und Nächte meiner Kindheit dunkler waren. Ein ganz anderes Dunkel allerdings als heute.
Dass hier und da eine Gaslaterne an der Straße stand, die von einem Mann mit einer langen Stange angezündet wurde.

Ich werde versuchen, ihnen zu erklären, dass die Abende meiner Kindheit heller und dunkler zugleich waren, als es die heutigen sind. Neonlicht kannte man noch lange nicht.
Die Lichter meiner Jugend funkelten und blinkten.
Sie waren geheimnisvoller als die heutigen.

Auch die Gerüche waren anders. Es roch überall. Besonders in der Küche, in der es nur ein Fenster, aber noch keinen Abzug über dem Herd gab. Und im Winter blieb dieses Fenster geschlossen. Dort roch es nach Plätzchen, nach Malzkaffee, getrockneten Pilzen und nach Holzfeuer.
Und im Kleiderschrank roch es nach Mottenkugeln im Winter und nach Lavendel im Sommer.

Ich bin froh, dass ich noch die hohen Getreidegarben auf dem Feld gesehen habe, wie sie in langen Reihen, ausgerichtet wie Soldaten beim Appell, sich goldgelb bis hin zum Horizont von dem Sommerhimmel abhoben.
Auch der Sämann gehört zu diesem Erinnern, der mit kräftig-weitem Wurf, Schritt für Schritt, den Samen des Weizens, des Hafers und des Roggens über das Feld streute.
Und der Landmann, der mit gemessenem Schritt hinter seinem Pflug, der von einem Ackergaul gezogen wurde, einherging über die frisch gepflügten Erdschollen, die im Herbstdunst dampften.

Das war in der Zeit, als wir weder Radio, noch Plattenspieler oder Verstärker hatten. Aber dafür machten wie selbst viel mehr Musik. Der Sonntag morgen wurde begonnen mit einem Choral, den der Vater mit großen, ruhigen Griffen auf dem Klavier spielte.
'Lobe den Herren', 'Die güld'ne Sonne' oder 'Geh' aus mein Herz ...'
Bei diesen Melodien fühle ich mich unmittelbar zurückversetzt in meine Kindheit. Und es ist wieder Sonntagmorgen im Elternhaus. Unzählige Volkslieder kannte ich. Strophe für Strophe.
Wir sangen sie zusammen. Ein- und mehrstimmig. Die ganze Familie.

'Und in dem Schneegebirge...' und 'Ich ging durch eine grasgrünen Wald ...'
Zupfgeigenhansel und Quempasheft in der Hand.
Und wenn Onkel Herrmann kam, lernten wir neue Lieder dazu.
Oder der Vater spielte mit dem Bruder. Klavier und Violine.
Manchmal kam auch der Nachbar mit seinem großen Cello. Das war dann schon
fast ein Orchester! Und die Mutter saß dabei und stopfte körbeweise
Wollstrümpfe.

Die jungen Mädchen hießen damals 'Backfische'.
Sie erröteten und machten einen Knicks.
Wir fuhren in die Sommerfrische.
Nicht an die Adria, sondern auf das Knüllköpfchen.
Denn unsere Sehnsüchte endeten nicht an den Schneefeldern des Himalaja,
sondern an den Kämmen unserer heimischen Mittelgebirge.

Ich weiß, dass ich selbst in einem Zustand dauernden Wandels lebe.
Fühle, dass sich um mich herum alles ständig ändert.
Manchmal habe ich Heimweh.
Aber dieses Heimweh habe ich nicht nach einem Ort, sondern nach einem
Zustand.
Es ist die Sehnsucht nach etwas, was es nicht mehr gibt.
Was verloren ist.
Etwas anderes wird dafür entstanden sein.
Aber dieses Andere ahne ich nur.
Ich hoffe, dass im Laufe meines Lebens der Anteil dessen, worüber ich mich
freue, größer sein wird, als der, worüber ich traurig bin oder mich empöre.
Ich hebe ein herbstbuntes Blatt auf, freue mich daran und denke, dass dies
Vollendung ist.
Ein Gespräch an einem warmen Maiabend auf der Trasse.
Flug und Flügelschlag der Gabelweihe, des Roten Milan.
Kinderjauchzen.
Eine Hand in der seinen fühlen und dabei glücklich sein.
Dies alles wird es immer geben.
Es bleiben unvergängliche Kostbarkeiten.

An manchen Tagen fühle ich mein Älterwerden deutlich.
Dann blicke ich gerne zurück auf mein bisher gelebtes Leben und denke: es war
schön, dieses Leben zwischen den zwei Polen. Dieses intensiv gelebte Leben
zwischen Höhen und Tiefen, Schuld und Vergebung, Spannung und Ruhe, Liebe
und Hass, Glück und Verzweiflung.
Dann bin ich voller Dank allen Menschen gegenüber, die mir begegneten.
Denn alle hatten ihren unverwechselbaren, wichtigen Wert für mich und meine
Entwicklung.

Die, die mich beglückten und die, die mich enttäuschten. Die, die meinem Herzen nahe standen, die mich begleiteten und die, die meinen Weg nur kurz streiften.

Denn alle trugen bei mit einem kleineren oder größeren Stein, damit aus den Einzelteilchen der menschlichen Begegnungen ein Mosaik wurde. Ein Ganzes.

Ein Mensch, der zum Schluss nach seinen Herzschlägen und nach dem was er, während dieses Herz schlug, gedacht, getan, versäumt und geliebt hat, bewertet werden möchte.

Ein Mensch, der danach strebte, sich zu vervollständigen und der dabei immer wieder erlebte, dass Reifen ein langer, ein lebenslanger Prozess ist.

Einer, der weiß, dass es menschliches Schicksal ist, zu erfahren, dass es eine Vollendung nicht gibt.

Und vermutlich werde ich, dieser Mensch, mich noch auf meinem Sterbebett fragen:

w a n n

b i n

i c h

e i g e n t l i c h

e r w a c h s e n

Elsbeth Herrmann, 1924 geboren.

Volksschule und Lyzeum in Bad Hersfeld.

Ab 1941 Kriegseinsatz in Krankenhaus und Lazarett.

Ab 1946 Ausbildung zur Krankengymnastin in Marburg.

1954 Heirat.

1957 Geburt von Sohn Mathias.

Von 1973 bis 1993 Psychotherapeutin an einer Fachklinik.

Ich danke Herrn Prof. Rolf Bloch für seine stete Ermutigung, dieses Buch zu veröffentlichen; Herrn Dr. Michael Fleck für die nötigen Korrekturen, sowie Bärbel und Hans-Christiaan Hoek, die dem Buch seine äußere Gestalt gaben.

ISBN: 3-8311-1138-3